Patricia Hagan

L'héritière de l'amour

Traduit de l'américain
par Denise Caussé

Éditions J'ai lu

Titre original :

A FOREVER KIND OF LOVE
Harper Collins, New York

1

Tennessee, été 1854

Les femmes se pressaient autour d'Edana O'Neil, l'encourageant à voix basse chaque fois que la douleur lui arrachait un nouveau gémissement. La future maman était assise sur une simple chaise, les jambes étendues de part et d'autre du tabouret bas sur lequel était installée la sage-femme.

— Je vous en supplie, écartez-vous, j'étouffe... implora-t-elle.

— Cesse donc de te plaindre et pousse, sans quoi c'est ton bébé qui risque d'étouffer! répliqua sèchement Lucille Byrnes qui, debout derrière elle, lui maintenait les épaules contre le dossier de la chaise.

Assise sur son tabouret de sage-femme, Clara O'Toole fronça les sourcils en entendant ces mots. Parler d'éventuelles complications à une femme en train d'accoucher était bien la dernière des choses à faire! La malheureuse avait besoin de chaleur, de réconfort, certainement pas qu'on ajoute à son angoisse.

— Ne t'inquiète pas, Edana, tout se passera bien, dit-elle en fusillant Lucille du regard. Et pour toi, et pour le bébé. J'ai mis au monde plus d'un enfant qui n'était pas pressé de sortir, et sans aucun problème.

« Oui, mais ces enfants-là n'avaient pas été conçus dans le péché », songea Edana en serrant les dents pour ne pas hurler. Car si tout le monde l'ignorait, elle savait pertinemment que son mari n'était pas le père du bébé. Elle secoua la tête pour chasser cette pensée et au même instant un voile tomba devant ses yeux.

— Elle s'est évanouie, enfin ! annonça Clara avec un soupir de soulagement. Maintenant, je vais pouvoir tourner le bébé.

Toutes les femmes qui l'entouraient échangèrent des regards incrédules, mais seule Lucille osa dire tout haut ce que les autres pensaient tout bas :

— Il me semble pourtant qu'une bonne chrétienne doit endurer la souffrance que lui envoie le Seigneur, car...

Clara ne la laissa pas terminer :

— Et moi, il me semble avoir accouché suffisamment de femmes pour savoir quand il est temps de tourner un bébé qui se présente mal ! Passez-moi le pot de saindoux, nom d'un petit bonhomme ! Et laissez-moi faire ce que j'ai à faire avant que le cœur de cette malheureuse ne lâche...

Assis sur les marches de la véranda qui bordait la façade de la petite maison, Carlin O'Neil attendait la naissance de son enfant, le regard perdu dans l'immensité verte des pinèdes qui rejoignaient l'horizon. Un pli soucieux barrait son front. De lourds nuages s'amoncelaient au sud-est, annonçant un orage qui éclaterait sans doute avant la nuit. Il était en train de perdre un temps précieux. Aujourd'hui, il avait prévu de rentrer sa récolte de maïs. Mais quand il s'était réveillé, ce matin, sa femme avait déjà perdu les eaux et il avait dû courir chercher les voisins et la sage-femme.

Dire qu'il était maintenant près de quatre heures et que l'enfant n'était toujours pas là ! O'Neil secoua la tête, pestant contre son épouse. Quelle petite nature ! Décidément, ce n'était pas la femme qu'il lui fallait… Dieu sait pourtant qu'il s'était donné du mal pour la trouver ! Il l'avait envoyé chercher spécialement en Irlande — car étant lui-même irlandais, il voulait à tout prix une Irlandaise de souche — et il avait dû payer à son père une véritable fortune ! Oh, pour être jolie, elle était jolie… Mais il avait très vite compris qu'elle n'avait rien de la solide fermière dont il rêvait. D'ailleurs, ne lui avait-il pas fallu près de neuf ans pour lui donner un premier enfant ? Et une fille, encore ! Une fille qui ne pouvait guère l'aider à la ferme et qui n'occasionnerait que des frais jusqu'à son mariage !

Pour couronner le tout, Edana s'était entichée de cette gamine au point de ne plus vouloir d'autre enfant. Carlin avait même trouvé à la cave un cruchon de liqueur de genièvre, boisson réputée pour empêcher les femmes de concevoir. Il l'avait jeté, naturellement, mais sept ans s'étaient encore écoulés avant que son épouse ne change brusquement d'attitude et ne daigne partager à nouveau son lit. Quand elle était tombée enceinte, Carlin avait repris espoir : cette fois, ce serait un garçon, le premier d'une lignée de solides gaillards qui travailleraient la terre avec lui et l'aideraient à agrandir la propriété. Mais si par malheur c'était encore une fille… Non, il ne voulait même pas y penser !

A vrai dire, il n'était pas sûr de vouloir garder Edana pour femme. Il n'était pas amoureux d'elle et son peu d'enthousiasme au lit avait fini par le lasser. Il n'avait rien d'autre à lui reprocher car elle était douce, discrète, bonne couturière, excellente cuisinière, mais ce ne serait pas un déchirement pour lui que de s'en débarrasser afin d'épouser, tant qu'il en était encore temps, une femme capable de réaliser ses rêves.

Quoi qu'il en soit, pour l'heure, il ne lui demandait qu'une chose : accoucher au plus vite de façon qu'il puisse retourner aux champs !

Assis près de Carlin sur les marches de la véranda, Dooley O'Neil demeurait silencieux. Il sentait bien la nervosité de son frère mais il n'osait engager la conversation : Carlin n'aimait pas parler de ses sentiments et il détestait qu'on l'interroge, fût-ce avec les meilleures intentions du monde. Cependant Dooley, lui, avait grand besoin de parler. Ses nerfs étaient à vif et, chaque fois qu'il entendait Edana crier dans la maison, son cœur se serrait un peu plus.

— Je crois qu'une petite goutte d'eau-de-vie ne nous ferait pas de mal, lança-t-il enfin, incapable de garder plus longtemps le silence. Veux-tu que j'aille chercher le cruchon à la grange ?

Carlin hocha la tête avec un sourire reconnaissant, puis se rembrunit en voyant un buggy s'avancer vers la ferme.

— Merci, mais si Addie McCabe me voit un verre à la main, ça va encore faire tout un drame.

— Oh, non... gémit Dooley, apercevant à son tour le buggy. Que vient-elle faire ici ? Tu ne l'as pas envoyé chercher, n'est-ce pas ?

— Si tu crois qu'elle a besoin d'une invitation ! Elle est toujours à fourrer son nez dans ce qui ne la regarde pas.

Addie McCabe arrêta le buggy devant la maison et, malgré le déplaisir que leur causait son arrivée, les deux frères ne purent s'empêcher de sourire en voyant son beau-fils sauter de la voiture. Clint leur fit bonjour de la main puis dévala à toutes jambes la pente qui menait à la rivière. C'était un gamin de douze ans, plein de fougue et de vie — de la graine de voyou, répétait sans cesse Addie qui ne manquait jamais d'ajouter : « Heureusement que mon petit Jordan ne lui ressemble pas... » Et en effet Jordan, de deux ans son cadet, était aussi sage et réservé que son demi-frère était turbulent. Cela tenait sans doute au fait qu'Addie le gardait constamment dans ses jupes alors qu'elle ne s'occupait pratiquement pas de Clint, qui passait le plus clair de son temps avec son père Angus. Peut-être qu'Addie souffrait de n'avoir pas été la première dans la vie d'Angus et qu'elle en voulait inconsciemment à Clint de le lui rappeler par sa présence. C'était du moins ainsi que Dooley interprétait sa froideur à l'égard de l'enfant... Ç'avait dû être une sacrée épreuve pour elle, surtout après que lui-même, Dooley, avait rompu leurs fiançailles — mais tout cela remontait à plus de dix ans, c'était de l'histoire ancienne maintenant.

— Alors ? demanda-t-elle en descendant de voiture. Le bébé est là ?

Carlin secoua la tête et Addie grimaça.

— Je m'en doutais. D'ailleurs, je parie que ce sera encore une fille... Toi qui disais qu'Edana te donnerait au moins dix garçons, on dirait que ça n'en prend pas le chemin ! Tu aurais mieux fait d'épouser une fille d'ici, au lieu d'aller la chercher si loin.

Dooley faillit rétorquer qu'elle était mal placée pour faire un tel sermon — elle n'avait donné qu'un enfant à Angus en onze ans de mariage — mais il préféra se taire. C'était une vraie langue de vipère et, depuis leur séparation, elle le détestait et n'en faisait pas mystère.

— C'est bien silencieux, poursuivit Addie en tendant l'oreille vers la maison. Ou les contractions sont très espacées et il y en a encore pour des heures, ou elle s'est évanouie. La connaissant, j'opterais pour la deuxième hypothèse, ajouta-t-elle avec un sourire méprisant.

Sur quoi, laissant là Carlin et son frère, elle releva ses jupes pour monter les marches de la véranda et entra dans la maison sans même prendre la peine de frapper.

Les femmes qui s'y trouvaient déjà se tenaient au

fond de la cuisine, près de la cheminée où trônait un chaudron d'eau bouillante. Il faisait une chaleur étouffante.

Voyant Edana affalée sur sa chaise, Addie se dit que Clara O'Toole était décidément une sage-femme de la vieille école. Elle-même avait accouché de Jordan dans un lit, et elle avait insisté pour qu'Angus appelle un vrai médecin pour mettre le bébé au monde, comme cela se faisait dans la bonne société de New York ou de Philadelphie.

Ignorant les regards peu amènes qu'on lui lançait, Addie commença d'enlever ses gants, tirant soigneusement un doigt après l'autre.

— Eh bien, que se passe-t-il ? demanda-t-elle à la cantonade. Je croyais qu'elle avait perdu les eaux ce matin ? Le bébé devrait être là depuis longtemps, ce n'est pas son premier.

— Il se présentait par le siège, répondit la sage-femme. Maintenant que j'ai pu le tourner, ce ne devrait plus être long.

Addie hocha la tête. Elle persistait à penser que cela aurait mieux valu pour tout le monde si Carlin l'avait écoutée au lieu d'épouser Edana. Elle avait fait de son mieux pour le convaincre que sa cousine Olive ferait une parfaite épouse, mais Olive était d'origine anglaise, comme elle, et Carlin voulait à tout prix une Irlandaise. Résultat, il s'en mordait aujourd'hui les doigts et Olive, le cœur brisé qu'il l'ait repoussée, était devenue une vieille fille aigrie.

Tout comme elle-même avait bien failli le devenir, songea Addie avec colère. Car à peu près à la même époque, Dooley et elle étaient fiancés. Ils étaient sur le point de fixer la date de leur mariage quand Carlin avait demandé à Dooley d'aller chercher sa future femme à Philadelphie. Dooley était parti et, après son retour, plus rien n'avait jamais été pareil entre eux.

Oh, bien sûr, il lui avait assuré qu'Edana n'y était

pour rien, mais Addie n'avait pas été dupe. Dooley n'était plus le même homme. Quand elle lui parlait du mariage, il changeait précipitamment de sujet. Finalement, un jour qu'elle le pressait de fixer une date, il lui avait annoncé tout de go qu'il ne voulait plus se marier, jamais, qu'il préférait vivre seul.

Blessée, humiliée, Addie avait fini par se résigner : elle non plus ne se marierait pas, elle finirait vieille fille, comme tant d'autres... Et puis Angus McCabe avait commencé à lui faire la cour. Il était veuf, sa femme était morte un an plus tôt en mettant au monde leur premier enfant.

Au début, Addie ne l'avait guère encouragé. Elle était encore très amoureuse de Dooley et la perspective de devoir s'occuper d'un enfant en bas âge dont elle n'était pas la mère la rebutait. Puis, peu à peu, elle s'était laissée fléchir : Angus était riche, plutôt sympathique, peut-être parviendrait-elle à oublier le passé...

En fait, elle n'avait jamais oublié. Rien. Ni Dooley, ni leurs fiançailles rompues, ni le désespoir d'Olive quand Carlin lui avait annoncé son mariage. Elle détestait encore comme au premier jour la femme qui était responsable de tout ce gâchis. Si seulement elle avait pu prouver qu'il y avait quelque chose entre elle et Dooley, elle se serait fait un plaisir de les dénoncer à Carlin... mais elle ne les avait jamais surpris en train de s'embrasser, enlacés, ou même simplement main dans la main. A vrai dire, c'était précisément leur réserve qui avait fini par la convaincre qu'ils étaient sinon amants du moins amoureux : la façon qu'ils avaient de s'éviter, de ne jamais s'asseoir sur le même banc à l'église, de ne jamais danser ensemble quand il y avait une fête en ville...

Un hurlement de douleur l'arracha à ces sombres ruminations. Edana venait de reprendre connaissance.

— Ça vient, je vois la tête du bébé ! annonça

Clara tandis qu'une des femmes lui tendait une serviette chaude.

Elle eut juste le temps de s'en saisir avant que le corps du bébé n'apparaisse.

— Un garçon, Edana ! C'est un garçon !

Dans l'excitation du moment, personne ne remarqua la moue déçue d'Addie.

Dehors, Carlin s'était levé d'un bond, le visage illuminé d'un large sourire.

— Tu as entendu ? s'écria-t-il en étreignant l'épaule de son frère. J'ai un fils, enfin !

Dooley avait parfaitement entendu. Il tentait simplement de masquer son propre trouble. Un fils, oui, Edana venait d'avoir un fils... Mais de qui ?

Quand Carlin lui avait confié que sa femme était à nouveau enceinte, juste après le premier de l'an, Dooley avait rassemblé tout son courage pour aller voir Edana. Il voulait savoir s'il y avait la moindre chance que l'enfant soit de lui. Non, c'était tout à fait impossible, avait répondu la jeune femme, mais ils ne devaient plus se voir, jamais, c'était trop dangereux.

Dooley, cependant, ne pouvait s'empêcher de l'aimer. Il était tombé fou amoureux dès l'instant où il l'avait vue et il savait, même si elle n'en avait jamais rien dit, que c'était la même chose pour elle.

Dieu sait s'ils avaient lutté contre ce sentiment ! Pendant dix ans, ils avaient réussi à trouver la force d'y résister. Et puis un jour, dans un moment de faiblesse, c'était arrivé : tel un fleuve qui rompt ses digues, le désir les avait submergés, balayant tout sur son passage.

Ils étaient pourtant condamnés au péché. Jamais ils ne pourraient vivre leur amour au grand jour. Ni l'un ni l'autre ne voulait blesser Carlin, le malheureux n'y était pour rien. Et il fallait aussi penser à Angela...

Dooley esquissa un sourire en songeant à sa nièce. Avec ses grands yeux verts, ses cheveux d'un roux éclatant et son petit nez en trompette constellé de taches de rousseur, elle faisait irrésistiblement penser à quelque malicieux farfadet surgi des légendes irlandaises.

Dooley n'oublierait jamais le jour où elle était née. Ce jour-là, comme aujourd'hui, il avait attendu avec son frère sur les marches de la véranda. Mais quand la sage-femme avait annoncé que le bébé était une fille, Carlin avait été si déçu qu'il était reparti presque immédiatement aux champs. Lorsque Dooley était entré dans la maison, il avait trouvé la jeune femme effondrée, berçant le bébé dans ses bras.

— Carlin ne veut même pas choisir son prénom, lui avait-elle confié, les yeux gonflés de larmes. As-tu une idée, Dooley ?

Celui-ci n'avait pas hésité longtemps.

— Angela. Il faut l'appeler Angela. Une telle beauté ne peut être qu'un cadeau des anges.

— Angela... avait répété la jeune maman, songeuse, puis elle avait ri à travers ses larmes. Soyez la bienvenue chez vous, mademoiselle Angela O'Neil !

Carlin disparut dans la maison, laissant Dooley à son humeur songeuse.

A cet instant, Angela arriva en poussant de grands cris, poursuivie par Clint. La fillette était à bout de souffle, sa robe était mouillée et tachée de boue, et elle serrait contre sa poitrine une poupée de chiffon détrempée.

— Eh bien, eh bien, que se passe-t-il ? demanda Dooley en lui ouvrant grands ses bras.

Angela s'y jeta éperdument et, sitôt à l'abri de cette forteresse, se retourna vers Clint pour lui tirer la langue.

— Je t'aurai, tôt ou tard ! gronda le garçon en agitant rageusement le poing.

Dooley remarqua que son œil gauche était gonflé et commençait à bleuir.

— Eh bien, qu'est-ce qui te prend de poursuivre ainsi ma nièce? lança-t-il en réprimant un sourire.

Le regard étincelant de colère, Clint expliqua qu'ils étaient en train de jouer au bord de la rivière quand Angela lui avait donné un coup de poing.

— Il voulait noyer ma poupée! rétorqua la petite en essayant de lui envoyer un coup de pied.

— C'était seulement pour rire. Tu ne comprends jamais la plaisanterie... D'ailleurs je ne veux plus jouer avec toi, tu es trop méchante.

— C'est toi qui es méchant, Clinton McCabe!

Comme elle disait ces mots, Jordan arriva à bout de souffle et s'empressa de confirmer sa version des faits:

— Angela a raison, c'est Clint qui a commencé. Il lui a pris sa poupée et il la tenait sous l'eau. Il disait qu'il voulait la noyer!

— Si on ne peut plus s'amuser... bougonna Clint en fourrant les mains dans les poches de sa salopette. De toute façon, on ne devrait jamais jouer avec les filles, elles ne comprennent rien à rien.

Dooley éclata de rire.

— Allons, faites la paix, tous les deux. Et toi, Angela, tâche d'être un peu moins brute avec ce petit démon. Il n'a pas l'habitude de fréquenter des filles qui rendent coup pour coup.

— S'il veut que je sois gentille avec lui, il n'a qu'à être gentil avec moi!

Sur ces entrefaites, Addie sortit de la maison.

— Que se passe-t-il, ici? cria-t-elle en dévisageant sévèrement Angela. C'est encore toi, petite peste? Je te préviens que si tu as osé toucher à un cheveu de mon Jordan, il va t'en cuire!

La fillette se blottit craintivement dans les bras de son oncle, trop effrayée pour répondre. Dooley aurait voulu prendre sa défense, mais il savait que son intervention ne ferait qu'envenimer les choses.

— Eh bien, mon bichon, poursuivit Addie en se tournant vers Jordan, est-ce qu'elle t'a frappé ou est-ce Clinton qui a encore fait des siennes ? Si c'est lui, il va recevoir une belle correction !

— Ce n'est rien de tout ça, madame McCabe, intervint Angela qui estimait Clint déjà suffisamment puni. Nous étions simplement en train de jouer quand Clinton est tombé sur une branche et s'est fait mal à l'œil.

— Bien fait, ça lui apprendra à regarder où il met les pieds ! décréta sèchement Addie. Remontez dans la voiture, tous les deux. Quant à toi, petite demoiselle, fais donc un peu moins de bruit. Ta mère vient d'avoir son bébé, elle a besoin de repos.

— C'est vrai ? Le bébé est là ? s'écria Angela, tout excitée. Est-ce que j'ai une petite sœur, comme je voulais ?

— Non, c'est un garçon — et pas très gaillard, j'en ai peur. Je ne serais pas surprise que le Seigneur le rappelle bientôt à Lui.

Sur quoi, Addie monta dans le buggy et ordonna au cocher de fouetter les chevaux.

Les larmes aux yeux, la fillette regarda la voiture s'éloigner.

— On dirait que ça ne lui fait ni chaud ni froid, dit-elle d'une voix tremblante. Oh, oncle Dooley, je crois bien que je la déteste autant que Clint !

— Ce n'est pas bien de détester les gens, Angela. Mme McCabe n'est pas aussi méchante qu'elle voudrait le faire croire, tu sais.

— Pourquoi voudrait-elle faire croire qu'elle est méchante ? demanda Angela, sincèrement surprise.

Dooley hésita un moment avant de répondre :

— Les gens qui ont été blessés ou déçus par la vie réagissent parfois comme ça. Il ne faut pas trop faire attention aux méchancetés qu'ils disent, ils les pensent rarement au fond de leur cœur — et c'est dans leur cœur qu'il faut essayer de lire.

L'enfant fronça les sourcils, peu convaincue par cette explication.

— Allons, mademoiselle O'Neil ! lança Dooley en la soulevant dans ses bras. Laissons là Mme McCabe et allons plutôt voir votre petit frère !

2

Cela faisait deux jours qu'Edana avait accouché et elle ne pouvait se cacher la vérité plus longtemps : son bébé n'allait pas bien. Pas bien du tout.

A deux jours, Angela tétait avec entrain, criait dès qu'elle avait faim, gigotait comme une diablesse quand on la changeait... Son petit frère ne faisait rien de tout cela. Il restait étendu dans son berceau, immobile, silencieux, pâle comme la mort.

Edana ouvrit son corsage et pressa la bouche du bébé contre son sein gonflé de lait, mais il détourna mollement la tête.

— Je n'y comprends rien ! explosa Carlin. Regardez-le : il est grand, costaud, il pèse près de huit livres... il devrait téter sans problème ! Même le docteur le dit !

La jeune femme ne répondit rien. Elle savait que son mari était désespéré — autrement il n'aurait jamais envoyé chercher un docteur : il ne croyait pas aux docteurs, il les tenait tous pour des charlatans. Mais en l'occurrence, que pouvait faire un docteur ? On aurait dit que cet enfant — *cet enfant du péché*, se répétait-elle, accablée de culpabilité — ne voulait pas vivre, pas même essayer.

— C'est toi, n'est-ce pas ? s'écria soudain Carlin

en pointant vers elle un index accusateur. C'est ton lait qui ne vaut rien !

Edana serra le bébé contre elle.

— Non, ça n'a rien à voir. Il ne veut pas téter, c'est tout. Clara a essayé de lui donner un biberon d'eau sucrée, il n'en veut pas non plus. Et puis, rappelle-toi, je n'ai eu aucun problème avec Angela...

Elle se tut, au bord des larmes. A quoi bon discuter ? Elle savait pourquoi le bébé n'allait pas bien — elle ne le savait que trop — mais elle ne pouvait le dire à personne. Si l'on venait à apprendre que son fils était un bâtard, elle ne pourrait même pas le faire enterrer en terre consacrée quand il mourrait — car il allait mourir, il n'y avait aucun doute...

Incapable de contenir plus longtemps sa détresse, Edana éclata en sanglots.

— C'est ça, pleure, c'est tout ce que tu sais faire ! explosa Carlin, lui aussi à bout de nerfs. J'ai payé une petite fortune pour toi, et peux-tu me dire pour quoi ? Pour rien ! J'aurais aussi bien pu acheter une jument boiteuse ! Seigneur, si seulement je pouvais te renvoyer à ton père, récupérer mon argent et refaire ma vie tant qu'il en est encore temps... J'aurais mieux fait d'écouter Addie et d'épouser sa cousine Olive, cela aurait mieux valu pour tout le monde.

« Oui, cela aurait mieux valu pour tout le monde », acquiesça silencieusement Edana, songeant à la torture qu'elle endurait depuis son mariage. Elle serait restée en Irlande, elle n'aurait jamais rencontré Dooley et aucun enfant ne serait né de leur amour maudit, un enfant condamné par leur péché.

— Mais je te préviens, poursuivit Carlin, hors de lui. Si mon fils meurt, je te laisserai un an, pas plus, pour m'en donner un autre. Et si ce deuxième fils ne vient pas, je te renverrai tout droit en Irlande !

— N'oublie pas que je t'ai donné une fille. Une

belle fille pleine de santé, pour qui tu devrais remercier le Ciel de…

— Ce ne sont pas des filles qui m'aideront à la ferme ! hurla Carlin, et il sortit en claquant la porte.

Sitôt sorti de la maison, Carlin se dirigea vers la grange où il avait caché son cruchon de whisky. Il avait passé toute la matinée auprès d'Edana tandis que les voisines défilaient chez eux, apportant des gâteaux ou des plats mijotés. Il estimait avoir droit à un petit moment de tranquillité…

Dooley, qui l'observait depuis le chemin, attendit qu'il eût disparu dans la grange pour descendre vers la maison. Depuis deux jours, il guettait le moment où il pourrait enfin parler à Edana en tête-à-tête. Malgré les dénégations de la jeune femme, le doute continuait à le ronger : et si cet enfant était de lui ? Il devait en avoir le cœur net. S'il parvenait à lui parler seul à seule, Edana lui dirait la vérité, il en était certain. Et si Carlin revenait plus tôt que prévu et le trouvait avec sa femme, il prétendrait être venu voir son neveu.

Angela, qui jouait tranquillement près de la rivière, ne le vit pas entrer dans la maison. D'ailleurs, l'aurait-elle vu qu'elle ne l'y aurait sans doute pas suivi car, depuis qu'elle s'était battue avec Clint deux jours plus tôt, elle se tenait aussi loin que possible de ses parents. Clint arborait un magnifique œil au beurre noir et, après la semonce de Mme McCabe, elle s'attendait à une sévère correction. Jusqu'ici, ses parents ne lui avaient rien dit, mais dès qu'ils seraient moins inquiets pour le bébé…

Enfin, avec un peu de chance, oncle Dooley viendrait la chercher cet après-midi, comme il le faisait parfois. Angela adorait aller chez lui. Souvent, il la hissait devant lui sur son cheval et ils partaient en promenade. Il lui montrait des endroits merveilleux :

des clairières cachées, des grottes secrètes qui, dans son pays, auraient certainement abrité des farfadets — oncle Dooley affirmait qu'il n'y avait pas de farfadets en Amérique, seulement en Irlande. Ou alors il l'emmenait à la pêche, près des torrents qui traversaient ses terres, où l'on pouvait attraper des truites à la main. C'était le paradis... Si elle avait pu, Angela aurait passé tout son temps chez lui.

Elle ne l'avait jamais dit à sa mère pour ne pas lui faire de peine, mais elle préférait de beaucoup oncle Dooley à son père. Son père ne lui adressait pratiquement jamais la parole, et quand il lui parlait, c'était presque toujours pour la gronder. Il ne lui faisait jamais de câlins, de bisous ou même de chatouilles, il ne la prenait jamais par la main ou sur ses épaules quand ils descendaient en ville. Pour tout dire, lorsqu'il la touchait, c'était invariablement pour lui donner une gifle ou une fessée.

Oncle Dooley, au contraire, était très gentil. Il l'appelait sa merveille, sa petite demoiselle et, quand elle avait fait une bêtise, son lutin coquin — mais jamais il ne la grondait sérieusement.

Assise au bord de la rivière, Angela se mit en devoir de peigner sa poupée. Ses cheveux d'étoupe ne ressemblaient plus à rien depuis que Clint l'avait plongée dans l'eau. La fillette était furieuse quand elle y repensait, d'autant plus furieuse que Clint avait fait ça par dépit, parce qu'elle l'avait battu aux ricochets : son caillou à elle avait rebondi six fois avant d'atterrir sur l'autre rive, alors que le sien avait fait un lamentable flop au milieu de la rivière ! Naturellement, elle s'était moquée de lui et Jordan aussi, et c'est là qu'il s'était fâché et lui avait pris sa poupée « pour la noyer ». Jordan avait bien essayé de l'en empêcher mais il n'était pas de force. Heureusement qu'Angela, elle, avait du répondant. Seigneur, quel coup de poing elle lui avait donné ! Pas étonnant qu'il ait eu un œil au beurre noir. En tout cas, il l'avait bien mérité. Quelle brute! Elle était contente que Jordan ne lui ressemble pas.

Angela aimait beaucoup Jordan. C'était d'ailleurs son grand secret, qu'elle ne confierait jamais à personne, pas même à oncle Dooley: lorsqu'elle jouait avec sa poupée, elle se disait toujours que c'était leur enfant, à Jordan et à elle.

Qui sait, peut-être que plus tard, quand ils seraient grands, ils se marieraient pour de vrai? Ce serait comme dans les histoires de dragons et de chevaliers que racontait oncle Dooley: Jordan trouverait une épée magique et il tuerait le méchant Clinton McCabe en la lui plantant dans le cœur. Et ils auraient plein de vrais bébés, et Clint ne pourrait plus jamais, jamais, les noyer dans la rivière!

Dooley poussa discrètement la porte. La maison embaumait les gâteaux et les bons petits plats apportés par les voisines, mais ceux-ci étaient restés intacts sur la table. Apparemment, personne n'avait eu le cœur d'y toucher. Edana était inquiète pour le bébé, Dooley le comprenait sans peine, mais elle avait besoin de manger. Il fallait qu'elle reprenne des forces, ne serait-ce que pour s'occuper de son fils, justement.

Il prit une assiette dans le bahut, l'emplit de civet de lièvre, beurra deux galettes de seigle toutes fraîches.

Edana sursauta en l'entendant entrer. Elle était étendue sur le lit, terriblement pâle, les traits tirés, le regard vide. Elle semblait n'être plus que l'ombre d'elle-même. Du bébé blotti contre elle, Dooley ne distinguait dans la pénombre qu'une forme inerte enveloppée dans un plaid.

Le cœur serré, il s'agenouilla près du lit et effleura tendrement la joue de la jeune femme.

— Oh, ma chérie, comme tu es pâle... Es-tu

malade? Veux-tu que je demande au docteur de revenir?

— Non, il n'y peut rien, répondit-elle d'une voix faible. Et toi non plus, Dooley. Va-t'en, s'il te plaît. Je ne veux pas que Carlin te trouve ici.

— Et pourquoi? répliqua-t-il avec un sourire forcé. J'ai bien le droit de voir mon neveu, non? Et d'apporter un peu de réconfort à ma belle-sœur?

— Va-t'en, je t'en supplie. Je...

Sa voix se brisa. Elle aurait voulu pleurer mais elle avait déjà versé toutes ses larmes.

— Je ne partirai pas, déclara Dooley en lui prenant la main. Pas avant que tu m'aies dit la vérité. J'ai le droit de savoir si je suis le père de cet enfant.

Edana détourna les yeux, incapable de soutenir son regard.

— Non, je te l'ai déjà dit.

— Et moi, je crois que tu as menti, et que tu mens encore parce que tu te sens coupable. Mais tu as tort: qu'y pouvons-nous si nous nous aimons et si cet amour est plus fort que tout? Ce que nous avons fait, nous ne pouvons le défaire. Cela restera toujours entre nous, quoi qu'il arrive.

C'était vrai, la jeune femme devait l'admettre. Il lui suffisait de repenser à ce funeste jour de l'automne passé pour sentir son cœur battre plus fort...

C'était en septembre, au moment des récoltes, alors que les forêts se couvraient d'or et de pourpre. Carlin était parti à Nashville vendre une charrette de tabac, et Dooley était venu le remplacer pour alimenter les feux dans le hangar de fumage. Edana lui avait apporté son dîner et... et c'était arrivé. Sans qu'ils l'aient cherché, ni l'un ni l'autre. Ce n'est que des semaines plus tard, quand elle avait compris qu'elle portait leur enfant, qu'Edana avait réalisé le terrible péché qu'ils avaient commis.

La jeune femme ferma les yeux pour chasser ce souvenir.

— Non, il ne faut pas dire des choses pareilles. Nous devons oublier. Faire comme si rien ne s'était passé. Je suis mariée — et à ton frère, qui plus est... Va-t'en. Prie le Seigneur pour qu'Il nous pardonne, et oublie-moi.

— T'oublier, Edana ? Mon Dieu, non ! Je n'oublierai jamais l'ange qui a capturé mon cœur !

Dooley se mordit la lèvre, puis regarda nerveusement par-dessus son épaule. Par la porte entrouverte, il distinguait la fenêtre de la cuisine et la grange au-delà.

Carlin était toujours à l'intérieur, mais il ne tarderait sans doute pas à revenir. Il fallait qu'il sache. Maintenant. Cette torture n'avait que trop duré.

— Dis-moi la vérité, Edana, dis-moi que cet enfant est mon fils.

Il y eut un long silence, puis la jeune femme répondit dans un murmure :

— C'est le fils de Dieu, maintenant. Il n'appartient plus qu'à Lui.

— Que... que veux-tu dire ? balbutia Dooley.

Un frisson glacé courut le long de son échine. Edana posa un baiser sur le front déjà froid de l'enfant et répéta d'une voix blanche :

— Le bébé appartient à Dieu, maintenant...

Vêtue d'une simple robe de calicot noire, Edana se tenait devant la tombe ouverte, fixant d'un regard vide le petit cercueil de chêne. Les gens défilaient devant elle, étreignant un instant ses mains glacées ou murmurant des paroles convenues qu'elle entendait à peine :

— Vous êtes encore jeune, vous aurez d'autres enfants...

— Le Seigneur a donné, le Seigneur a repris...

— C'est mieux ainsi, lui souffla Clara, la sage-femme, la seule peut-être à compatir vraiment. Cet enfant n'avait pas de santé, il n'aurait été qu'un fardeau pour vous.

Addie McCabe s'avança à son tour, droite comme un I dans un somptueux ensemble de deuil gris-perle acheté quelques mois plus tôt à Nashville, et qu'elle étrennait pour l'occasion. Les femmes se retournaient sur son passage avec un mélange d'admiration et d'envie. Addie s'en félicitait : Pinetops n'était peut-être qu'une petite bourgade de campagne peuplée de fermiers mal dégrossis, mais elle était fière d'être la première dame de la ville et de le prouver par son élégance.

— Dieu soit avec toi, Edana, murmura-t-elle d'un ton pénétré en effleurant de sa main gantée la joue pâle de la jeune femme. Souviens-toi qu'Il agit toujours pour notre bien, même si Son infinie sagesse dépasse notre entendement.

Sur quoi, elle s'éloigna au bras de son riche mari, prenant soin de passer juste devant Dooley avant de remonter en voiture. C'était une sorte de défi, une façon de lui dire : « Tu m'as peut-être abandonnée mais vois où je suis arrivée. Ce n'est pas toi qui aurais pu m'offrir une robe de ce prix ! »

Dooley, cependant, ne lui prêtait aucune attention. Pas plus qu'au révérend Brooker qui entamait l'oraison funèbre. Celui-ci était ravi d'avoir doté la petite ville d'un véritable cimetière. Ceux de ses fidèles que le Seigneur rappelait à Lui pouvaient désormais reposer en terre consacrée au lieu d'être enterrés au coin d'un champ ou d'une arrière-cour. N'était-ce pas formidable ?

Accablé, Dooley l'écoutait d'une oreille distraite, guettant le moment propice pour parler à Edana.

La jeune femme, cependant, était moins abattue par la douleur qu'on n'aurait pu le croire. Elle avait accepté le jugement de Dieu, Son châtiment. A présent, elle ne demandait plus qu'une chose : qu'Il lui donne la force d'aller de l'avant et de racheter sa faute. Le restant de ses jours sur terre serait une sorte de purgatoire et, quand son heure viendrait, elle pourrait rejoindre son fils l'âme en paix. Peu lui importaient les discours et les condoléances : tout ce qu'elle voulait, c'était rentrer chez elle, reprendre le cours de sa vie, oublier le passé... et servir son mari comme une bonne épouse.

Elle repensa à ce que Carlin lui avait dit la veille : il comprenait sa peine, mais il entendait qu'elle fasse son possible pour lui donner au plus tôt un autre fils. C'était pour cela qu'il l'avait épousée et il ne tolérerait pas qu'elle se dérobe au devoir conjugal sous prétexte de porter le deuil de leur deuxième enfant. Edana s'était contentée de hocher la tête en silence. Même si tout son être se rebellait contre cette idée, elle obéirait. Désormais, elle ne s'écarterait plus du droit chemin...

La jeune femme regarda autour d'elle et s'aperçut qu'elle était enfin seule. Perdue dans ses pensées, elle n'avait pas vu les gens quitter un à un la petite colline au sommet de laquelle se trouvait le cimetière. Carlin l'attendait en bas près de leur carriole, bavardant avec un fermier de ses amis. Edana jeta un dernier regard au cercueil de son fils et se mit en marche pour rejoindre son mari, mais elle s'arrêta aussitôt. Dooley venait de surgir devant elle.

— Laisse-moi, je t'en prie ! murmura-t-elle, affolée.

— Je le voudrais bien mais je n'en ai pas la force. Je t'aime, et je t'aimerai toujours. Et toi aussi, tu m'aimes, Edana. Tu ne peux pas le nier, pas plus que tu ne peux nier que c'est notre enfant qui repose dans cette tombe. Il faut trouver un moyen de nous voir, à tout prix. Je t'en supplie.

Il n'eut pas le temps d'en dire plus car le révérend Brooker approchait. Désespérée, Edana le suivit des yeux tandis qu'il s'éloignait vers la lisière de la forêt, où Angela errait comme une âme en peine.

Alors la jeune femme comprit qu'elle n'avait pas

le choix : elle devait partir. Maintenant, et le plus loin possible...

Si elle restait, la tentation serait trop grande et elle succomberait à nouveau, comme l'automne dernier. Son amour pour Dooley était trop fort. Carlin, si peu soupçonneux soit-il, finirait par se douter de quelque chose. C'était un brave homme, qui ne pensait guère qu'à ses champs et à ses récoltes, mais s'il découvrait qu'elle l'avait trompé, qui plus est avec son frère, sa colère serait terrible.

Il fallait regarder les choses en face : en restant ici, non seulement elle risquait la damnation éternelle, mais sa vie même... et celle de Dooley.

Oui, elle devait partir, rentrer en Irlande. Elle prendrait l'argent que Carlin tenait caché sous les marches de la véranda et elle s'enfuirait avec Angela. Son père serait furieux, mais sa mère — Dieu la bénisse — l'accueillerait à bras ouverts.

C'était la seule solution : fuir. Et le plus tôt serait le mieux.

— Que fais-tu là, Angela ? demanda Dooley en s'agenouillant près de la fillette. Tes parents t'attendent pour rentrer, tu sais.

— Je cherche quelque chose, oncle Dooley.

— Ah oui ? Et quoi, mon petit lutin ?

Angela leva vers lui ses grands yeux innocents.

— Tu te rappelles ce que tu m'as raconté sur les farfadets, là-bas en Irlande ? Tu disais que quand ils mouraient, s'ils n'avaient pas été trop méchants sur terre, le Bon Dieu les prenait dans Son paradis et faisait pousser une jonquille sur leur tombe, pour bien montrer qu'ils étaient maintenant près de Lui.

Dooley hocha la tête tout en se demandant où elle voulait en venir.

— Eh bien, je suis sûre que mon petit frère est monté tout droit au ciel, poursuivit Angela, alors je cherche une jonquille pour la mettre sur sa tombe. Je ne veux pas attendre que Dieu en fasse pousser une, tu comprends, je veux que tout le monde sache qu'il est déjà près de Lui ! Seulement, j'ai cherché partout et...

Sa lèvre se mit à trembler et elle éclata brusquement en sanglots.

— Là, là, ne pleure pas, ma petite fée, murmura Dooley en la serrant dans ses bras. Les jonquilles sortent au printemps, pas en juin. Mais tiens, regarde un peu ce que je vois là...

Il montrait une touffe de marguerites qui avaient poussé au pied d'un grand chêne, juste à la lisière de la forêt.

— Tu vois ces fleurs ? On en trouve presque toute l'année. Comme l'amour, elles ne connaissent pas de saison ; et comme lui, rien ne peut leur faire courber la tête... Alors, tu sais ce que je crois ?

Angela secoua la tête, les yeux encore brouillés de larmes.

— Je crois que nous devrions en cueillir quelques-unes et les porter sur la tombe de ton petit frère. Comme ça, tout le monde saura que le Bon Dieu l'a accueilli près de Lui.

Un large sourire éclaira le visage de la fillette et elle s'élança vers la touffe de marguerites. Elle était si heureuse qu'elle ne remarqua pas que c'était son oncle, à présent, qui pleurait...

3

Irlande, printemps 1866

John Houligan, le bedeau de l'église Jeanne-d'Arc, à côté de Dublin, était en train de tailler la haie du presbytère quand il vit Angela pousser le portillon du cimetière. Il tira sa montre de son gousset. La jeune fille était juste à l'heure. Depuis qu'on avait enterré sa mère, trois semaines plus tôt, elle venait ici chaque soir déposer un bouquet de jonquilles sur sa tombe. Après quoi elle retournait à la taverne de son grand-père, faire son travail de serveuse.

John Houligan soupira en secouant la tête. C'était vraiment une pitié qu'une jeune fille comme elle soit obligée de travailler dans un pareil endroit ! D'ailleurs, tous les gens de la paroisse le disaient. Excepté naturellement les bons à rien qui fréquentaient la taverne de Faolan Curry, mais c'étaient tous des ivrognes et des mécréants — les honnêtes gens passaient leurs soirées en famille ou dans des pubs décents ; pour rien au monde ils n'auraient mis les pieds dans un tel lieu de perdition.

Cela dit, les clients de Faolan devaient être heureux comme des rois de se voir apporter leurs bières par une serveuse aussi ravissante... Seigneur qu'elle était jolie, avec ses longues boucles rousses et ses grands yeux verts ! Jolie à damner un saint ! Mais ça ne l'empêchait pas d'être une jeune fille sérieuse. Le père O'Toole lui reprochait parfois son tempérament espiègle et emporté, mais il ne pouvait l'accuser d'être volage, ni de manquer de foi. Depuis qu'elle et sa mère étaient arrivées d'Amérique, il y avait bien longtemps maintenant, on ne l'avait jamais vue manquer la messe du dimanche.

Faolan Curry avait été furieux quand Edana était revenue au village. Dès le premier jour, la mère et la fille avaient dû travailler dans son bouge et l'on pouvait dire sans mentir qu'Edana — Dieu ait pitié de son âme — s'était littéralement tuée à la tâche.

Le père O'Toole disait d'ailleurs qu'il appréhendait le jour où Faolan le ferait appeler pour qu'il lui donne l'extrême-onction, parce qu'il serait fort tenté de la lui refuser ! Ce vieux coquin l'appellerait pourtant, comme tous les mécréants de son espèce qui, au moment de quitter cette terre, se tournent vers la religion qu'ils ont bafouée leur vie durant. Et Dieu sait que Faolan aurait des choses à se faire pardonner — à commencer par la façon dont il avait vendu Edana à cet Américain.

Tandis qu'il regardait Angela disposer les jonquilles sur la tombe d'Edana Curry O'Neil, Houligan se demanda avec angoisse ce qu'il adviendrait de la jeune fille maintenant que sa mère n'était plus là pour veiller sur elle. Car tout le monde s'accordait à dire que si Edana avait supporté sans un mot les brimades et les coups de son père, elle avait protégé sa fille comme une louve protège son petit.

A nouveau, Houligan secoua la tête en soupirant. Il ne pouvait pas faire grand-chose pour aider la jeune fille, mais du moins dirait-il un rosaire pour elle.

Angela prononça une dernière prière puis resta un moment debout devant la tombe de sa mère à regarder au loin l'océan battre les rochers de la grève. La brise saline plaquait ses longs cheveux contre son visage tandis que les souvenirs l'emportaient loin, très loin, vers une autre tombe, un autre cimetière, de l'autre côté de l'Atlantique. Bien des années avaient passé depuis ce jour de juin où son oncle Dooley avait séché ses larmes d'enfant et cueilli avec elle un bouquet de marguerites pour le poser sur le cercueil de son petit frère.

Angela laissa son regard errer sur les courbes douces des collines qui descendaient jusqu'à la mer. Certaines étaient couvertes de jonquilles et, en voyant leurs clochettes d'or s'incliner sous la brise, la jeune fille ne put s'empêcher de repenser à la légende que lui avait si souvent racontée son oncle : sous chacune d'elles, reposait un petit farfadet qui avait gagné sa part de paradis. « Et si tu le crois du fond du cœur, alors c'est que c'est vrai», disait-il toujours.

Angela esquissa un sourire. Nul doute que sa mère, elle aussi, avait gagné sa part de paradis. Et que là où elle était, elle savait que l'amour de sa fille, comme les humbles marguerites d'oncle Dooley, ne connaissait pas de saison.

Il était temps de partir mais sa rêverie était trop douce, elle n'arrivait pas à s'en détacher. Elle ne voulait pas penser à la soirée qui l'attendait à l'auberge. Son travail là-bas était déjà pénible du vivant de sa mère, mais du moins avait-elle alors quelqu'un pour la défendre contre les clients trop entreprenants. Maintenant, il lui fallait supporter sans mot dire leurs plaisanteries grivoises, et quand l'un d'eux s'oubliait au point de laisser ses mains s'égarer, son grand-père se gardait de le remettre à sa place : tous avaient leur raison d'être là, répétait-il — les clients pour prendre du bon temps, lui pour gagner de l'argent, et elle pour faire ce qu'on lui disait.

Lorsque sa mère lui manquait trop, Angela se consolait en songeant qu'elle, au moins, était délivrée de cet enfer. Et quand la douleur était trop vive, quand l'avenir semblait trop noir, elle se réfugiait dans le passé et les souvenirs qu'elle gardait du Tennessee.

Souvent, alors que sa mère était encore auprès d'elle, elle avait essayé d'en parler avec elle. Mais Edana semblait avoir tourné la page, elle ne voulait plus, disait-elle, penser à cette époque.

Angela comprenait qu'elle n'eût pas envie de parler de son mari — dont elle-même se souvenait comme d'un homme dur et froid — ni de l'enfant qu'elle avait perdu. Mais pourquoi ce silence au sujet d'oncle Dooley, qui avait toujours été si gentil ? Jamais la jeune fille ne pourrait oublier les jours heureux qu'elle avait passés auprès de lui.

Plusieurs fois, elle avait demandé son adresse à sa

mère. Mais Edana avait toujours refusé de la lui donner, disant que le passé appartenait au passé, qu'il fallait regarder l'avenir, et rien d'autre.

Plus tard, Angela avait appris qu'une terrible guerre faisait rage en Amérique — la guerre de Sécession. Le Nord se battait contre le Sud. Le père contre le fils. Le frère contre le frère. Pour une question d'esclaves, d'après ce qu'elle avait compris... Mais si c'était seulement ça le problème, pourquoi ceux qui en possédaient ne les libéraient-ils pas, tout simplement ? Ce n'était pas bien de priver des gens de leur liberté, et ce n'était pas bien de faire la guerre.

Inquiète pour son oncle — bien plus que pour son père d'ailleurs, et elle s'en sentait vaguement coupable —, elle s'était mise à lire tout ce qu'elle pouvait trouver sur le sujet. C'est ainsi qu'elle avait appris que la région du Tennessee où elle vivait autrefois était tombée aux mains de l'armée fédérale. Aussitôt, elle avait couru prévenir sa mère, pensant qu'elle partagerait son inquiétude, mais Edana l'avait vertement rabrouée.

— Je me moque de cette guerre, avait-elle dit. Et je me moque du Tennessee. Ma vie est déjà suffisamment dure ici pour que je m'intéresse à cela. Je te l'ai déjà dit, il faut oublier le passé.

— Mais, maman, avait timidement objecté Angela, je ne veux pas oublier oncle Dooley...

— Eh bien, sois sûre que lui t'a oubliée. Il ne s'est jamais soucié de nous, pas plus que son frère. Alors, s'il te plaît, cesse de me parler de lui et de cette stupide guerre !

Angela avait rarement vu sa mère dans une telle colère. Elle se l'était tenu pour dit et n'avait plus abordé le sujet jusqu'à la signature de l'armistice. Même alors, Edana n'avait montré aucune peine que le Sud, où elles avaient vécu, ait capitulé.

Depuis leur arrivée en Irlande, elles n'avaient pas

reçu la moindre lettre de Carlin O'Neil. Leur seule correspondance avait consisté en une copie d'acte notarié envoyée par son avocat, les informant qu'il avait demandé et obtenu le divorce.

Angela n'était encore qu'une petite fille alors, mais elle n'avait pas oublié la fureur de son grand-père, ni la façon dont il avait battu sa mère à grands coups de ceinture.

Edana avait encaissé les coups sans mot dire mais quand elle s'était relevée, encore chancelante, elle avait regardé son père droit dans les yeux et avait lancé d'une voix blanche :

— Dieu m'a punie. Vous m'avez punie. Je suis quitte, maintenant. Alors ne levez plus jamais la main sur moi, ou je vous tuerai !

Après quoi elle s'était effondrée sur le plancher de la cuisine, évanouie. Son père avait haussé les épaules et grommelé qu'il se moquait bien de ses menaces, mais le fait est qu'il ne l'avait plus jamais battue. Et la seule fois qu'il avait battu Angela par la suite, il avait pris soin de le faire en l'absence de sa mère.

Les années avaient passé. Au début, Faolan espérait que sa fille se remarierait et qu'il en serait débarrassé. Mais si Edana était encore fort belle, toutes ces épreuves l'avaient aigrie et les prétendants ne se bousculaient pas pour demander sa main.

Angela se rappelait une autre scène terrible entre sa mère et son grand-père. C'était le jour de ses quinze ans, quand Faolan avait brusquement décrété qu'il était temps de trouver un mari à la jeune fille. Il disait qu'il connaissait plus d'un riche bourgeois, à Dublin, qui viderait volontiers sa bourse pour épouser une jolie fille comme elle.

Ils étaient tous attablés dans la cuisine, ce jour-là. Moira, sa grand-mère, venait d'apporter le gâteau d'anniversaire. Edana, qui s'apprêtait à le découper, s'était brusquement levée et, agitant d'un air menaçant le couteau qu'elle tenait à la main, elle s'était mise à hurler :

— Vous ne lui ferez pas subir ce que j'ai subi, vous m'entendez ? Je vous tuerai plutôt que de vous laisser gâcher sa vie comme vous avez gâché la mienne !

Faolan était resté interloqué. Pendant quelques secondes, un silence de mort avait régné dans la pièce. Puis, au moment même où Edana retombait sur sa chaise en sanglotant, en proie à une terrible crise de nerfs, il avait repris ses esprits et s'était levé d'un bond.

— Ce ne sont pas des paroles en l'air, avait hoqueté la jeune femme tandis qu'il dégrafait sa ceinture. Vous pouvez me battre tant que vous voulez, je vous jure que je vous tuerai si vous vendez ma fille...

Moira, terrifiée, avait couru se cacher dans le cellier. Mais cette fois, Angela était intervenue. Elle s'était jetée entre sa mère et son grand-père, implorant celui-ci de ne pas lui faire de mal. Faolan avait bien essayé de la repousser mais elle se pendait à son bras chaque fois qu'il levait son ceinturon. Pour finir, il avait quitté la pièce furieux, promettant à Edana de la fouetter jusqu'au sang si elle s'avisait de le menacer à nouveau.

Plus personne n'avait jamais évoqué l'incident, mais Angela savait, comme ses grands-parents, qu'Edana n'avait pas parlé à la légère.

Quelques prétendants se présentèrent pourtant, des jeunes gens de dix-huit ou vingt ans, pour la plupart. Mais aucun n'était riche et Faolan repoussa leurs demandes. Angela ne s'en plaignait pas, le mariage ne la tentait guère. Quand elle voyait où cela avait conduit sa mère et sa grand-mère, finir vieille fille lui paraissait un sort infiniment enviable.

Angela avait toujours connu sa mère avec une santé de fer, aussi fut-elle affolée de la trouver un matin délirant de fièvre, sur le grabat qu'elles partageaient dans leur pauvre appentis. Pressé par sa femme, son grand-père finit par appeler un docteur. Celui-ci repartit en leur laissant une fiole de sirop, mais il reconnut lui-même qu'il ne savait pas au juste ce qu'elle avait. Pendant deux jours et deux nuits, Angela resta constamment au chevet de sa mère et, le troisième matin, celle-ci mourut dans ses bras.

Cette lente agonie fut une torture pour la jeune fille : la pauvre Edana ne cessait de délirer, prononçant des paroles incohérentes où revenait sans cesse le nom de Dooley.

— Pourquoi appelle-t-elle oncle Dooley ? demanda Angela à sa grand-mère. Quand je lui ai parlé de lui, on aurait dit qu'elle le détestait et maintenant...

— N'y fais pas attention, répondit précipitamment Moira. C'est la fièvre qui la fait divaguer, elle ne sait plus ce qu'elle dit. Quand elle reprendra connaissance, ne lui pose pas de questions, ça vaudra mieux...

Mais Edana ne reprit jamais connaissance, sa fièvre ne fit qu'empirer. Quand il revint, le docteur déclara qu'il n'y comprenait rien : on aurait dit qu'elle en avait tout simplement assez de vivre... Le père O'Toole n'eut que le temps de lui donner l'extrême-onction avant qu'elle ne rende son dernier souffle.

Après la mort de sa mère, Angela s'était jetée à corps perdu dans le travail. Elle ne voulait pas ressasser sa douleur ni, surtout, penser à l'avenir. Que pouvait-il lui réserver de bon, maintenant ? Sa mère morte, elle n'avait plus personne. Son grand-père la détestait, et sa grand-mère — Dieu la prenne en pitié — n'était qu'une pauvre femme, triste et effacée, qui passait son temps à trembler devant son mari.

De tous les gens qu'elle connaissait, seul Sean Durham lui apportait quelque réconfort. C'était un jeune villageois qu'elle avait rencontré à l'église et qui était devenu son confident. Angela sentait bien qu'il éprouvait plus que de l'amitié pour elle, mais il n'osait lui faire ouvertement la cour : sa famille était pauvre, il n'avait aucune chance d'obtenir sa main du terrible Faolan. De son côté, la jeune fille avait beaucoup d'affection pour lui mais elle savait qu'elle ne l'aimerait jamais d'amour, de sorte que ce statu quo lui convenait parfaitement. Elle appréciait trop la compagnie de Sean, surtout depuis la mort de sa mère, pour risquer de le perdre en étant obligée de repousser ses avances.

Les journées étaient longues, et les nuits plus encore. Le matin, elle se levait à l'aube pour laver à grande eau le parquet de la taverne, toujours poisseux de bière et de whisky, puis elle rentrait chez ses grands-parents. Il y avait le ménage et la cuisine à faire, la vache à traire, les poulets à nourrir, le jardin à bêcher ou à désherber... Une fois ces corvées terminées, elle n'avait que le temps de courir au cimetière déposer quelques fleurs sur la tombe de sa mère avant de retourner à la taverne servir les clients.

Ces derniers étaient pour la plupart des ivrognes et des vauriens, mais il y en avait un qu'elle détestait particulièrement — un riche rentier du nom de Brice Quigley, toujours à moitié soûl, qui adorait jouer les grands seigneurs. Et bien entendu, vu l'argent qu'il laissait sur la table en partant, Angela était censée être aux petits soins pour lui. Il fallait lui donner double ration de fromage et de pâté en croûte, et remplir son verre avant même qu'il en ait bu la moitié. Et l'on pouvait être sûr que s'il déclenchait une bagarre, Faolan prendrait immédiatement son parti.

En outre, il avait la main terriblement baladeuse... Chaque fois qu'Angela venait prendre sa commande ou lui apporter un verre, elle devait déployer des trésors de ruse pour éviter ses attouchements.

Un jour qu'elle était sortie vider les crachoirs

dans le caniveau derrière la taverne, elle s'était retrouvée nez à nez avec lui. Quigley, qui était en train de reboutonner sa braguette, l'avait plaquée contre le mur et, pesant sur elle de tout son poids, avait commencé à l'embrasser à pleine bouche en lui pétrissant les seins. Angela s'était débattue comme une diablesse et ses hurlements avaient fini par ameuter Faolan, mais le vieil homme avait éclaté de rire en reconnaissant son meilleur client. Heureusement qu'Edana était arrivée sur ces entrefaites. Elle s'était jetée sur Quigley et lui aurait sans doute arraché les yeux si son père ne l'avait empoignée par le bras en la menaçant de la rouer de coups si elle ne se calmait pas. Quigley n'avait rien fait de mal, disait-il, il voulait simplement s'amuser un peu !

Edana n'en avait pas moins copieusement insulté le riche rentier, et avec une telle rage qu'il avait ensuite laissé Angela tranquille. Du moins pendant quelque temps. Car à présent que sa mère était morte, la jeune fille devait à nouveau repousser ses avances, qui devenaient de jour en jour plus pressantes. Elle ne se faisait pas d'illusions : à la moindre occasion, il finirait ce qu'il avait commencé ce soir-là, dans la ruelle derrière la taverne. Et cette fois il n'y aurait personne pour la défendre.

Angela avait entendu dire que la femme de Quigley était morte l'an passé, le laissant seul avec leurs neuf enfants. Certains étaient déjà grands et volaient de leurs propres ailes, mais plusieurs étaient encore en bas âge. A en croire la rumeur publique, la gouvernante qu'il avait engagée pour s'occuper d'eux — une fort jeune et jolie personne — passait plus de temps dans son lit qu'auprès des enfants, ce qui provoquait les foudres du père O'Toole. Mais Quigley se moquait de la morale comme de sa première chemise.

Tout était calme et paisible quand Angela quitta le cimetière pour retourner au village. Les pierres de la vieille église se teintaient de rose sous les rayons du soleil couchant, pas un souffle de vent n'agitait les frondaisons des ormes centenaires. La jeune fille soupira. Elle serait bien restée encore un peu.

Elle referma le portillon du cimetière et hésita un instant. Peut-être avait-elle le temps de rentrer par le chemin qui longeait la grève ? Il était un peu plus long mais, en se dépêchant, elle arriverait à la taverne avant la nuit tombée.

Elle se remit en marche, pressant un peu le pas, toujours perdue dans ses pensées. Elle se rappela avec quelle fièvre sa mère avait répété le nom de Dooley sur son lit de mort. Qu'est-ce que cela pouvait signifier ? Edana aimait beaucoup Dooley lorsqu'elles vivaient en Amérique, mais peu après leur arrivée en Irlande, on aurait dit qu'elle s'était mise à le détester. Alors, que s'était-il passé ? Etait-elle secrètement amoureuse de lui ? Etait-ce pour cela qu'elle avait décidé de partir ? C'était bien possible, après tout. Il arrive souvent qu'un amour déçu se transforme en haine.

Angela secoua la tête. Quelle importance, à présent ? pensa-t-elle amèrement. Ce n'était pas cela qui allait changer le cours de sa vie. Sa mère lui avait certifié qu'oncle Dooley ne s'était jamais vraiment soucié d'elles, alors à quoi bon rêver de retourner dans le Tennessee pour lui demander de l'aide ? Et d'ailleurs, avec quel argent ? Son grand-père ne lui versait aucun salaire et ne manquait pas une occasion de répéter qu'il était déjà bien bon de lui offrir le vivre et le couvert !

Réalisant que la nuit était en train de tomber, Angela pressa encore le pas. Elle aurait déjà dû être au village. Heureusement que son grand-père n'avait jamais trouvé l'argent nécessaire pour réaliser son rêve : acheter le terrain mitoyen de la taverne pour y construire une véritable auberge, avec salle de restaurant et chambres à l'étage. Heureusement, car alors Moira et elle auraient dû emménager sur place et c'en aurait été fini de leurs rares instants de tranquillité...

Soudain la jeune fille sursauta. Quelqu'un marchait derrière elle. Elle se retourna et poussa un soupir de soulagement en reconnaissant Sean Durham.

— Désolé de t'avoir fait peur, Angela, lança-t-il, un sourire aux lèvres. Je pensais te trouver au cimetière mais le bedeau m'a dit que je t'avais manquée.

— Tu es tout excusé. Allons, viens, je vais être en retard, dit Angela en lui prenant la main. Je suis heureuse que tu sois venu, en tout cas. Tu es un merveilleux ami, je ne sais pas ce que j'aurais fait sans toi ces dernières semaines.

— J'aimerais bien être plus que ton ami... risqua timidement Sean.

— Je sais, mais moi, je ne peux te donner que mon amitié. D'ailleurs, grand-père nous tuerait tous les deux s'il savait que nous nous promenons ensemble... C'est qu'il n'en faut pas plus pour faire jaser, dans le pays !

Angela se mit à rire et le jeune homme sentit son cœur battre plus fort. Seigneur, qu'elle était jolie ! Il aimait tout en elle : son visage, sa voix, cette façon qu'elle avait de toujours plaisanter. Dieu sait pourtant que sa vie n'était pas drôle, surtout depuis la mort de sa mère !

— Je te raccompagne jusqu'à la taverne, dit-il en serrant plus fort sa main. Personne ne pourra y trouver à redire, tout de même !

Angela se rembrunit et poussa un soupir.

— Tu ne connais pas mon grand-père. Il voit le mal partout. Dieu sait ce qu'il irait imaginer s'il nous savait seuls ensemble. Surtout ici...

Ils s'apprêtaient à traverser un petit bois de chênes particulièrement touffu, réputé pour abriter les amours clandestines des jeunes gens du pays qui voulaient échapper aux regards indiscrets.

— Non, décida Angela. Nous ferions mieux de nous séparer ici.

Sean secoua la tête.

— Je ne vais pas te laisser traverser le bois toute seule, surtout qu'il fait presque nuit. Si tu as peur que ton grand-père ne nous voie ensemble, je ferai demi-tour aussitôt après.

La jeune fille acquiesça, sachant que de toute manière il ne changerait pas d'avis, mais elle avait le cœur serré d'appréhension.

— Angela... reprit-il tandis que le couvert des arbres les enveloppait. Pourquoi ne parles-tu pas à ton grand-père ? J'en ai assez de devoir toujours me cacher pour te voir, tu sais...

Le chemin était devenu plus étroit. Ils marchaient maintenant l'un derrière l'autre, Sean en tête, lui tenant toujours la main. Elle attendit qu'ils aient presque atteint la lisière du bois pour répondre à sa question, de façon à pouvoir couper court à une discussion qui s'annonçait délicate.

— Je ne veux pas te donner de faux espoirs, Sean, dit-elle enfin quand elle aperçut les premières lumières du village entre les branches noires. J'apprécie ton amitié, je te l'ai dit souvent, mais pour l'instant et peut-être pour toujours, je ne peux t'offrir que la mienne en retour.

Sean réprima un mouvement d'humeur. Bien sûr, il comprenait que la jeune fille n'ait guère envie de penser à l'amour si peu de temps après la mort de sa mère. S'il n'avait tenu qu'à lui, il aurait attendu encore pour se déclarer. Mais le temps pressait, et plus qu'elle ne le croyait.

— Peut-être as-tu tort de me repousser si vite, Angela O'Neil, répliqua-t-il avec dépit. Pas plus tard qu'hier, j'ai entendu dire au village que ton grand-père était en train d'arranger ton mariage avec

Brice Quigley ! Je ne crois pas que tu apprécies cette brute mais, après tout, peut-être que sa fortune vaut plus que mon amour à tes yeux...

Angela lâcha brusquement sa main. Il se retourna pour voir son visage. Le regard de la jeune fille étincelait de colère.

— Je ne voulais pas te blesser, reprit-il d'une voix plus douce. Seulement te mettre en garde. Je ne suis peut-être pas le mari dont tu rêves, mais entre deux maux...

— Je ne veux pas me marier ! coupa sèchement Angela. Et quand même je le voudrais, je ne choisirais certainement pas un homme qui me croit capable de me vendre pour de l'argent ! Si tu imagines que je...

Submergé par le besoin de lui prouver son affection, Sean l'attira contre lui et bâillonna ses lèvres d'un baiser désespéré.

Angela resta un instant paralysée de surprise avant de réagir. Quand elle retrouva enfin ses esprits et se dégagea, il était trop tard : Faolan Curry l'avait déjà empoignée par les épaules et la secouait comme un prunier.

— Petite traînée ! J'aurais dû me douter que tu ne valais pas plus cher que ta mère ! Heureusement que Paddy Noonan t'a vue entrer dans le bois avec ce vaurien et qu'il a couru me prévenir, sans quoi, à l'heure qu'il est, il serait en train de te culbuter sous un chêne !

Il l'envoya rouler à terre d'une poussée puis se retourna vers Sean. Le jeune homme ouvrit la bouche pour s'expliquer mais il n'eut pas le temps de prononcer un mot que Faolan lui brisait le nez d'un coup de poing.

— File, maintenant ! siffla-t-il. Et si jamais tu racontes ce qui s'est passé dans ce bois, je te promets que tu ne vivras pas assez vieux pour le regretter.

Sean ne se le fit pas dire deux fois. Il se releva en

titubant et courut vers le village aussi vite que ses jambes pouvaient le porter.

— Nous ne faisions rien de mal, grand-père, balbutia Angela. Sean a seulement voulu m'embrasser et...

Faolan lui envoya une telle gifle qu'elle recula de trois pas.

— Tu es peut-être du même bois que ta mère, mais tu ne me rouleras pas dans la farine comme elle ! tonna-t-il. Rentre à la taverne, les clients t'attendent. Et pas un mot de tout ça, ou je te tords le cou ! Ça m'a déjà coûté assez cher d'obtenir de Paddy qu'il tienne sa langue, je ne veux pas que cela revienne aux oreilles de M. Quigley.

Pressant une main tremblante contre sa joue en feu, Angela recula encore d'un pas pour se mettre hors de sa portée.

— Je me moque de M. Quigley, dit-elle d'une voix vibrante de colère. Je me moque de ce que lui et vos chers clients peuvent penser de moi. Vous n'aviez pas le droit de traiter Sean comme ça. Nous ne faisions rien de mal. Et je vous préviens : si vous me frappez encore, je m'enfuirai. Je ne sais pas où j'irai, je ne sais pas de quoi je vivrai, mais je vous jure que vous n'aurez plus jamais l'occasion de porter la main sur moi.

— Un autre s'en chargera, n'aie crainte, ricana Faolan.

— Que... que voulez-vous dire ?

— Brice Quigley m'a demandé ta main.

Angela sentit son sang se figer dans ses veines.

— Je ne l'épouserai pas ! s'écria-t-elle. Jamais !

— Oh si, tu l'épouseras ! Et tu seras une épouse douce et docile, ou je te ferai regretter d'être née !... Non seulement je vais être débarrassé de toi, mais avec ce qu'il me donnera, je pourrai ouvrir l'auberge de mes rêves. Alors ne t'avise pas de me mettre des bâtons dans les roues, compris ?

4

— Ça ne me plaît pas, grogna Brice Quigley en reposant bruyamment sa chope sur la table.

Assis dans un coin sombre de la taverne, Faolan et lui regardaient Angela servir les clients accoudés au bar.

— Non, ça ne me plaît pas, répéta-t-il en s'essuyant la bouche d'un revers de manche. Ça ne me plaît pas de voir celle qui sera ma femme demain servir dans une taverne !

Faolan haussa les épaules. Maintenant que l'argent était en sécurité chez lui, soigneusement caché derrière une brique de la cheminée, il se moquait bien de ce qui pouvait plaire ou déplaire à Quigley.

— Je vous ai déjà expliqué que la fille qui doit la remplacer ne peut commencer que lundi, répliqua-t-il nonchalamment. C'est le samedi soir que j'ai le plus de monde. Que voulez-vous que je fasse ? Que je ferme boutique sous prétexte que vous épousez ma serveuse demain ?

— Votre serveuse ! Angela est aussi votre petite-fille, il me semble, et c'est la veille de ses noces ! Vous ne pensez donc qu'à l'argent, Curry ?

— Exactement, répondit le vieil homme avec un sourire matois. Je ne suis pas rentier, moi, il faut que je pense à mes vieux jours.

— Oh, je ne me fais aucun souci pour vous. Rien qu'avec ce que je viens de vous donner, vous avez de quoi vivre confortablement jusqu'à cent ans ! Diantre, c'est près de quatre fois ce que Terry O'Leary me demandait pour la petite Nelda.

Cette fois, Faolan éclata carrément de rire.

— Pas étonnant, il baisse son prix chaque année ! Au train où vont les choses, quand son laideron fêtera ses vingt ans, il le donnera pour rien. Peut-être même qu'il paiera pour qu'on l'en débarrasse ! La beauté a son prix, Quigley, et Angela vaut celui que vous m'en avez donné, croyez-moi.

Quigley hocha gravement la tête. Il lui suffisait de la regarder pour sentir le désir picoter ses reins.

— Sans doute, reconnut-il. En tout cas, vous feriez bien de dépenser sagement votre argent, Curry, parce que vous allez devoir vous passer de mes visites pendant quelque temps. A partir de demain, j'aurai mieux à faire le soir que de venir vider des chopes chez vous.

Faolan ne put résister à la tentation de fanfaronner un peu :

— Oh, je m'en passerai, je m'en passerai… Quand j'aurai arrangé cet endroit à mon idée, je vous parie que je refuserai du monde. Imaginez plutôt : une salle d'auberge, un bar tout neuf, une bonne dizaine de chambres à l'étage pour loger les voyageurs — et les clients des filles que j'engagerai. Bonne idée, non ? Ça me trottait dans la tête depuis un bon bout de temps, mais…

— Mais vous ne pouviez pas le faire avant d'avoir vendu Angela, acheva Quigley. Et pour la vendre, il vous fallait attendre que sa mère meure. Vous allez vite en besogne, Curry. Il n'y a pas un mois que vous avez enterré votre fille et vous voilà déjà à pied d'œuvre !

Quigley n'était pas ce qu'il est convenu d'appeler une âme sensible, mais sa voix vibrait de dégoût. Il avait beau connaître Faolan depuis des années, il n'avait jamais pu s'habituer à sa totale absence de scrupules.

— Quoi qu'il en soit, reprit-il, j'espère pour vous que j'en aurai pour mon argent. Parce que sinon j'ai bien l'intention de le récupérer, et alors, adieu vos beaux projets… Bon. Allez dire à Angela que je vais la ramener chez vous. Vous vous arrangerez pour finir le service tout seul, n'est-ce pas? Je veux qu'elle se repose pour demain.

Faolan s'exécuta sans mot dire. Il n'en avait rien laissé paraître mais la mise en garde de Quigley l'avait sérieusement inquiété. Il le connaissait assez pour savoir qu'il n'était pas homme à se laisser gruger : si Angela le décevait, nul doute qu'il viendrait réclamer son argent... Le plus simple était donc de tout dépenser avant qu'il n'ait le temps de se retourner. Dès lundi, Faolan irait trouver maçons, peintres et charpentiers pour payer les travaux d'avance. Ainsi, si après sa lune de miel Quigley venait se plaindre qu'Angela n'était pas une affaire au lit, il serait Gros-Jean comme devant ! Et s'il essayait de faire main basse sur l'auberge pour se dédommager, Faolan lui montrerait que lui non plus n'était pas du genre à se laisser marcher sur les pieds.

Angela grimaça de dégoût en voyant son grand-père approcher. Cela faisait maintenant près d'une semaine que le vieil homme avait passé marché avec Brice Quigley pour son mariage, et elle ne lui avait pas adressé la parole depuis ce moment.

Mais Faolan s'en moquait éperdument. Elle n'avait jamais été pour lui qu'un problème, comme sa mère d'ailleurs — la fougue de la jeunesse en plus.

Quand elle était rentrée d'Amérique, Edana était déjà une femme usée par la vie, de sorte qu'il n'avait pas eu grand mal à la mater. Une fois débarrassé de sa fille, il pourrait enfin retrouver la paix chez lui. Ce n'était pas Moira qui viendrait lui dicter ce qu'il devait faire ou ne pas faire : il l'avait dressée dès le début de leur mariage à n'ouvrir la bouche que pour dire amen à toutes ses décisions. Depuis la mort d'Edana, cependant, il la trouvait un peu trop taciturne. Elle ne mangeait pratiquement rien, se comportait bizarrement, et ne réagissait même plus quand il s'emportait contre elle. Elle passait le plus clair de son temps assise devant la fenêtre de sa cuisine, le regard perdu dans le vide. Même Angela ne pouvait lui arracher un mot. Mais Faolan avait son idée sur la question : si les choses ne s'arrangeaient pas, il l'amènerait au docteur la semaine prochaine et entamerait les démarches pour la mettre à l'asile.

— Finis de servir ces messieurs et prépare-toi à partir, dit-il à Angela. Ton promis va te ramener chez nous, il veut que tu sois fraîche et dispose pour demain !

Les hommes accoudés au bar éclatèrent de rire et la jeune fille sentit le rouge lui monter aux joues. Elle n'avait aucune envie de se laisser raccompagner par son « promis ». Après avoir rempli les verres, elle prit donc son manteau et, profitant que Quigley et son grand-père regardaient ailleurs, s'éclipsa discrètement par la porte de derrière, bien décidée à rentrer seule.

« Seigneur ! pensait-elle en s'enfonçant dans la nuit, le cœur serré par l'angoisse et le désespoir. Seigneur, si seulement je pouvais échapper à ce cauchemar ! » La seule idée de devoir passer le restant de ses jours avec un homme comme Brice Quigley lui glaçait le sang.

Mais pouvait-elle faire autrement ?... Le peu d'espoir qui lui restait de s'enfuir et changer de vie s'était éteint en même temps que sa mère. Auparavant, elle pouvait au moins rêver qu'un jour peut-être elles parviendraient à rassembler assez d'argent pour partir s'installer à Dublin ou même à Londres. Ce rêve l'aidait à supporter sa misère, il la soutenait jour après jour dans l'attente du miracle qui la sauverait. Mais le miracle ne s'était pas produit et maintenant, quand elle pensait à l'avenir, elle ne pouvait plus l'imaginer que comme un abîme insondable.

Sa grand-mère compatissait sans doute à son sort mais elle ne lui était d'aucun réconfort. Depuis la mort de sa fille, ce n'était plus qu'une sorte de fantôme qui errait dans la maison, absente, irrésolue, murée dans sa solitude...

Angela pressa le pas. Il n'était pas tard, seulement neuf heures, mais les rues pavées du village étaient déjà désertes. Seul l'écho de ses propres pas l'accompagnait dans la nuit brumeuse.

Tout à coup, au détour d'une ruelle, Brice Quigley surgit devant elle, lui barrant le passage.

— J'avais dit que je te raccompagnerais. Pourquoi ne m'as-tu pas attendu ?

— Nous ne sommes pas encore mariés, monsieur Quigley. Les gens pourraient croire...

— Je me moque de ce qu'ils peuvent croire ! Ce que je crois, moi, c'est qu'une femme doit obéir à son promis sans discuter, surtout quand il a payé aussi cher pour l'avoir !

Sur quoi, il prit Angela par le bras, l'entraîna jusqu'à sa voiture garée un peu plus loin et la fit monter de force.

— Je ne me laisserai pas faire ! protesta la jeune fille, furieuse, en rouvrant la portière pour descendre. J'ignore quel genre de marché vous avez passé avec mon grand-père, mais pour ce qui me concerne...

Un brusque cahot la rejeta contre le siège, l'empêchant de continuer. Quigley venait de lancer les chevaux au grand trot.

— Ne t'inquiète pas, dit-il en riant. J'ai l'habitude de faire les choses dans les règles. J'attendrai demain pour vérifier si tu vaux bien la petite fortune que j'ai payée pour toi !

Croisant les bras sur sa poitrine, Angela se rencogna contre la portière. Elle frissonnait de dégoût à la pensée qu'une telle brute allait devenir son mari et qu'il lui faudrait se plier à ses quatre volontés.

Le reste du chemin se passa en silence. Quigley, cependant, devait sentir l'aversion qu'il lui inspirait car, en arrivant devant le cottage des Curry, il lança :

— Je doute que tu m'aimes un jour, Angela, mais qu'importe, je n'ai pas l'intention de t'aimer non plus. Par contre, je sais donner du plaisir à une femme et je te promets qu'avant peu tu viendras chaque soir te frotter contre moi comme une chatte en chaleur.

— Taisez-vous ! siffla la jeune fille en repoussant la main qu'il posait sur son genou. Je ne veux pas entendre parler de... de toutes ces saletés !

Quigley partit d'un rire tonitruant.

— Tu as une drôle de façon de parler du devoir conjugal ! Ainsi, tu trouves cela dégoûtant ? Il te reste beaucoup à apprendre, Angela... vraiment beaucoup. Mais n'aie crainte, je serai un bon professeur. Commence déjà par retenir cette leçon : une femme doit obéissance à son mari. Ne m'interromps pas quand je parle, et surtout, ne me contredis jamais... ou tes jolies petites fesses pourraient bien goûter de ma ceinture.

Angela lui jeta un regard assassin.

— Si vous osez me battre une seule fois, Brice Quigley, je vous conseille de ne plus jamais fermer les yeux en ma présence : vous pourriez ne plus les rouvrir ! Je ne laisserai aucun homme porter la main sur moi, pas même mon mari. Cela, je le jure sur la tombe de ma mère !

— Ne jure pas trop si tu ne veux pas l'y rejoindre, ricana Quigley. Faolan m'a prévenu que ta mère t'avait trop gâtée et que tu avais besoin d'être dressée. Mais je te dresserai, ne t'inquiète pas. Je crois même que je vais commencer tout de suite...

Ce disant, il lui emprisonna les poignets d'une main tandis qu'il déchirait son corsage de l'autre. Angela voulut crier, mais il l'embrassait déjà à pleine bouche. Affolée, la jeune fille le mordit de toutes ses forces, et comme il la lâchait pour porter la main à sa lèvre ensanglantée, elle bondit hors de la voiture avant de courir vers la maison en appelant sa grand-mère à grands cris.

Alertée, Moira se précipita pour lui ouvrir et vit Quigley qui descendait de sa voiture en jurant. Pourquoi se dirigea-t-elle alors vers la cheminée pour ramasser la brique vernie qui lui servait de chauffe-lit ? Dieu seul le sait. De sa vie, la pauvre femme n'avait jamais levé le petit doigt pour se défendre ou défendre quiconque. Toujours est-il qu'elle ramassa la brique et l'enfouit dans la grande poche de son tablier.

Presque au même instant, Angela se jeta dans ses bras en pleurant.

— Oh, grand-mère, grand-mère ! hoqueta-t-elle entre deux sanglots. Protège-moi, je ne veux pas devenir la femme de cette brute !

— Oh que si, tu vas devenir ma femme ! tonna Quigley en poussant à son tour la porte de l'entrée.

Il empoigna la jeune fille par le bras, la jeta brutalement à terre et commença de défaire sa ceinture.

— Vous, sortez d'ici ! lança-t-il à l'adresse de Moira. Je vais lui donner la correction qu'elle mérite... et un petit avant-goût de sa nuit de noces !

Sur quoi, oubliant la vieille femme, il leva sa ceinture pour frapper Angela. Il n'eut pas le temps d'achever son geste : Moira venait de lui assener un grand coup de brique sur la nuque. Quigley resta un moment comme pétrifié puis s'effondra évanoui sur le plancher.

— Oh, grand-mère, balbutia Angela en se relevant. Je te serai toujours reconnaissante de ce que tu viens de faire ! Merci !

— Ce n'est rien, ma chérie, ce n'est rien, répondit Moira, stupéfaite de son propre calme. Je sais la brute que c'est, et je sais ce que sa pauvre femme a enduré par sa faute. Je n'ai pas connu un seul instant de paix depuis que j'ai appris que ton grand-père voulait te marier à ce démon. J'avais déjà perdu ta mère, je ne pouvais pas supporter l'idée de te perdre aussi. Je suppose que c'est pour ça que je me suis autant repliée sur moi-même... Mais quelque chose est arrivé ce soir. Le Seigneur m'a parlé. Il m'a dit que je n'avais pas le droit de laisser Faolan gâcher ta vie comme il avait gâché celle d'Edana...

» Mais trêve de discours, le temps presse, ajouta-t-elle. Cours dans ta chambre rassembler quelques affaires — pas trop, mieux vaut voyager léger.

Angela l'écoutait, stupéfaite. Elle l'avait toujours connue craintive et effacée, jamais elle n'avait soupçonné que son apparente timidité pouvait cacher une telle force de caractère.

— Mais... grand-mère, objecta-t-elle timidement, je n'ai nulle part où aller. Et puis je ne peux pas t'abandonner après ce qui s'est passé.

Moira la fit taire d'un geste et, prenant la lampe à pétrole, elle lui fit signe de la suivre.

— Viens, j'ai quelque chose à te montrer. J'ai toujours pensé qu'il ne fallait pas remuer le passé, mais aujourd'hui...

Angela jeta un regard inquiet à Quigley, qui ne bougeait toujours pas, puis la curiosité l'emporta et elle suivit la vieille femme le long de l'étroit couloir qui menait à la cuisine, de l'autre côté de la maison.

— Elles sont ici, dit Moira en poussant la porte du cellier. Il faut... il faut me pardonner de ne pas te les avoir montrées plus tôt, d'accord? Je... je croyais sincèrement que c'était mieux ainsi...

Sa voix tremblait. Une larme roula sur sa joue ridée, et Angela comprit que, malgré son calme apparent, elle était terrifiée.

— Ne t'inquiète pas, grand-mère. Après ce qui s'est passé, je peux tout te pardonner. Mais je t'en prie, fais vite, il faut aller chercher le docteur pour M. Quigley — nous lui dirons qu'il a trébuché sur quelque chose et qu'il est tombé. Après tout, il ne t'a pas vue le frapper.

Moira secoua résolument la tête.

— Non, tu dois partir avant qu'il ne revienne à lui. Je m'occuperai du docteur.

La vieille femme se hissa sur la pointe des pieds pour atteindre une étagère poussiéreuse, juste sous le plafond du réduit. Angela la vit écarter des bocaux de conserve, soulever une pile de vieux torchons et tirer deux enveloppes froissées. L'une d'elles, remarqua-t-elle, était toute jaunie, et même noircie par endroits.

— Je l'ai récupérée dans le poêle, expliqua Moira qui manifestement appréhendait sa réaction. Le facteur l'a donnée à ton grand-père quelques jours seulement après votre arrivée d'Amérique. Je ne sais pas lire, mais j'ai reconnu le nom d'Edana sur l'enveloppe. Faolan l'a ouverte, pourtant, et quand il l'a lue, il est devenu comme fou. Il m'a dit qu'il allait la brûler et que, si je prévenais ta mère, il me battrait jusqu'au sang. Il l'aurait fait, je crois, mais quelque chose me disait que cette lettre ne devait pas disparaître. Alors dès qu'il a eu le dos tourné, je l'ai sortie du poêle et cachée ici.

» La seconde est arrivée il y a un an seulement, mais celle-là, ajouta fièrement Moira, il ne l'a jamais vue…

Angela retourna les deux enveloppes. L'encre avait pâli mais l'adresse de l'expéditeur était encore lisible. C'était celle de Dooley.

— Mais pourquoi n'as-tu pas montré ces lettres à maman ?

— Oh, je voulais le faire, Angela. Mais, tu comprends, je ne savais pas ce qu'elles contenaient et j'avais peur de la réaction de ton grand-père s'il apprenait que je les avais gardées… Et puis aussi, je me doutais bien qu'il s'était passé quelque chose, là-bas, en Amérique, pour qu'Edana revienne ici. Elle ne m'a jamais dit quoi, mais quand la première lettre est arrivée, j'ai compris que ça devait concerner ce M. Dooley et que ce n'était rien de bon. Alors j'ai préféré ne rien dire. En fait, j'ignore pourquoi j'ai gardé ces lettres pendant tout ce temps : je n'osais pas les montrer à ta mère mais je n'osais pas les brûler non plus.

Angela ouvrit la première enveloppe, déplia le feuillet jauni qu'elle contenait et commença de lire.

Ma chère, très chère Edana,

Quand j'ai reçu ta lettre, je suis tombé à genoux pour remercier le Ciel. Oui, je t'aime, bien sûr que je t'aime ! Comment pourrais-je jamais cesser de t'aimer ?

Si seulement j'avais su que tu pensais à t'enfuir, j'aurais trouvé un moyen de te retenir, je te le jure. En partant, tu as brisé mon cœur.

Je ferai tout pour vous aider, Angela et toi. Si tu n'as pas changé d'avis, dis-moi seulement ce que tu préfères : que je vienne vous chercher, ou que je vous envoie de l'argent pour que vous puissiez me rejoindre. J'irai où tu voudras. Je vendrai ma maison, mes terres. Peu importe mon frère. Tout ce qui compte, c'est que nous soyons ensemble, tous les trois.

J'attends ta réponse. Ma vie est entre tes mains.

Dooley.

Angela n'avait pas réalisé qu'elle pleurait. Elle ne s'en rendit compte qu'en voyant sa grand-mère lui tendre un mouchoir.

— Il faut te dépêcher, marmonna la vieille femme. Il peut se réveiller d'un moment à l'autre…

— Seigneur, sais-tu ce que signifie cette lettre ? s'écria Angela d'une voix entrecoupée de sanglots. Maman et oncle Dooley étaient amoureux ! Elle a quitté mon père parce qu'elle était trop malheureuse avec lui, et quand elle est arrivée ici, elle a réalisé que sa place était auprès de Dooley. Alors elle lui a écrit pour le lui dire, et il a répondu. Dans sa lettre, il disait qu'il l'aimait aussi, qu'il était prêt à tout abandonner pour vivre avec elle. Seulement, cette lettre, elle ne l'a jamais reçue. Et pendant toutes ces années... pendant toutes ces années, elle a cru qu'il l'avait oubliée, qu'il ne l'avait jamais vraiment aimée, et elle s'est mise à le haïr. C'est pour cela qu'elle refusait de parler de lui. Et lui, désespéré, continuait d'écrire — car il y a eu d'autres lettres, n'est-ce pas ?

Moira hocha la tête d'un air coupable.

— Oui, quelques-unes... mais celles-là, ton grand-père les a brûlées. Ta mère aussi a voulu écrire — deux fois, je crois —, seulement Faolan a pris ses lettres en disant qu'il les posterait et il les a brûlées.

Maudissant intérieurement son grand-père, Angela ouvrit la seconde lettre :

Ma très chère Edana,

Douze ans ont passé, et mes sentiments pour toi restent les mêmes. Sans doute m'as-tu oublié et vis-tu avec quelqu'un d'autre, mais qu'importe puisque je n'ai jamais souhaité que ton bonheur.

Si je t'écris aujourd'hui, c'est qu'avec cette maudite guerre je risque chaque jour d'être tué. Si cela arrivait, je veux que tous mes biens, mes terres, ma maison, reviennent à Angela (conserve précieusement cette lettre, elle est contresignée par l'aumônier de notre régiment et a valeur de testament). Je sais qu'elle les chérira comme je les ai chéris moi-même. Dis-lui que mon amour pour elle est comme les marguerites : il se moque des saisons. Elle comprendra.

Je t'en prie, veille bien à lui donner cette lettre. Je veux qu'elle sache ce qu'elle représente pour moi. Quand elle est née, je t'ai dit que c'était un cadeau des anges, et vraiment, c'en était un pour moi.

Tu as brisé mon cœur, Edana, mais sache qu'il t'est toujours resté fidèle.

Dooley.

Angela replia lentement la lettre, incapable de prononcer un mot. Quelques secondes s'écoulèrent avant qu'elle réalise pleinement la signification des lignes qu'elle venait de lire. Si son oncle avait survécu à la guerre — et elle priait le Ciel pour qu'il en soit ainsi —, il l'accueillerait chez lui à bras ouverts. Et s'il était mort, sa maison et ses terres étaient désormais siennes.

— Je sais où aller maintenant, dit-elle à sa grand-mère. Je vais retourner en Amérique, chez mon oncle Dooley. J'ignore comment j'y arriverai mais je trouverai un moyen. Et tu viendras avec moi.

— Non, Angela, répliqua Moira en secouant la tête. Je suis bien trop vieille pour ce genre d'aventure. Mais pars, toi. Tu es jeune, tu as la vie devant toi... Allons, va préparer tes affaires et cours chez le père O'Toole. Tu lui diras que c'est moi qui t'envoie, tu lui demanderas l'hospitalité pour la nuit. Et demain, dès la première heure, tu iras à Dublin et tu retiendras ta place sur le premier bateau. Mais prends bien garde de te cacher jusqu'à l'embarquement, parce que Faolan et M. Quigley vont certainement essayer de te retrouver...

Angela laissa échapper un rire amer.

— Et avec quel argent est-ce que je paierai mon billet ? Je n'ai pas un sou vaillant.

— Ne t'inquiète pas pour ça... dit Moira en souriant d'un air mystérieux. Viens, j'ai une autre surprise pour toi.

Les deux femmes retournèrent dans la salle à manger, où Quigley gisait toujours sur le plancher. Angela se pencha prudemment vers lui pour s'assurer qu'il respirait encore. Oui, Dieu merci, il n'était qu'évanoui... Soulagée, elle rejoignit sa grand-mère près de la cheminée. Accroupie devant l'âtre, la vieille femme faisait jouer une brique branlante du foyer.

— Ton grand-père me croyait endormie sur ma

chaise, expliqua Moira, le regard pétillant de malice. Mais moi, je l'observais et je l'ai bien vu cacher l'argent ici. Tiens, le voilà… Tu peux le prendre sans remords, M. Quigley est suffisamment riche pour s'en passer et ton grand-père mérite bien une leçon pour toutes ses méchancetés. Qui sait, peut-être aura-t-il tellement peur qu'il s'enfuira à toutes jambes et que je pourrai finir ma vie en paix ? Ne serait-ce pas une bénédiction ?

— La vraie bénédiction, ce serait que tu acceptes de partir avec moi, répliqua Angela, émue aux larmes.

Sa grand-mère lui tendit la liasse de billets puis la serra tendrement contre elle.

— Non, pars et sois heureuse, je n'en demande pas plus. J'ai si peu fait pour toi pendant toutes ces années… Je n'ai jamais osé tenir tête à Faolan et je doute que j'en sois un jour capable, mais du moins j'aurai réussi à t'épargner le triste sort qu'a connu ta mère…

Sa voix se brisa et ses yeux s'emplirent de larmes.

— Va te préparer, maintenant, dit-elle en les essuyant hâtivement. M. Quigley peut se réveiller d'un instant à l'autre.

Angela s'exécuta, la gorge serrée, promettant de lui écrire dès que possible aux bons soins du père O'Toole. Elle courut rassembler quelques affaires et, quand enfin elle referma la porte de la maison derrière elle, il lui sembla tourner à tout jamais une page de sa vie.

5

Aussi longtemps que la côte resta visible depuis le bateau, Angela garda le regard braqué vers le grand large. Elle savait qu'elle ne reverrait sans doute jamais l'Irlande, ni Moira, ni la tombe de sa mère, mais l'avenir était un défi et, si elle voulait le relever, il fallait tirer un trait sur le passé.

Chaque fois qu'elle pensait à l'argent caché dans la doublure de son sac, elle ne pouvait s'empêcher de sourire... M. Quigley devait décidément être très riche ou très entiché d'elle, car il lui restait encore une petite fortune. Une fois à New York, elle changerait cette somme contre de l'argent américain qu'elle donnerait ensuite à son oncle.

La jeune fille avait toujours aimé lire, mais comme on ne pouvait trouver aucun journal sur le bateau, elle prit bientôt l'habitude d'écouter discrètement les conversations des hommes d'équipage et des autres passagers. C'était le seul moyen pour elle d'en apprendre un peu plus sur les métamorphoses qu'avait connues l'Amérique pendant toutes ces années.

Les informations qu'elle parvint à glaner ainsi n'avaient rien de rassurant. Le Sud était encore plongé dans le chaos de l'après-guerre. Certaines villes n'étaient plus que des champs de ruines peuplés d'anciens esclaves désœuvrés, de veuves et d'orphelins. Où que l'on aille, on ne trouvait que maisons calcinées, rues défoncées, jardins envahis d'herbes folles...

Certains Etats, comme la Caroline du Sud, qui avait eu l'infortune de se trouver sur le chemin de la terrible « marche vers la mer » du général Sherman, avaient été totalement dévastés.

Dans toutes les campagnes, des plantations entières étaient laissées à l'abandon. La plupart des barrières fermant les pâturages avaient été arrachées et débitées pour servir de bois de chauffage. Des dizaines d'usines, de ponts et de routes étaient entièrement détruits.

Angela apprit avec soulagement que certains planteurs avaient réussi à engranger des récoltes l'année passée, mais les cultures traditionnelles nécessitaient beaucoup de main-d'œuvre, de sorte qu'ils se trouvaient face à un problème quasi insoluble.

Au début, les propriétaires avaient essayé d'engager des journaliers, le plus souvent d'anciens esclaves, mais l'argent manquait pour les payer de sorte qu'ils avaient dû renoncer à ce système. A présent, on s'orientait plutôt vers l'emploi de métayers ou de travailleurs saisonniers que l'on payait en nature au moment des récoltes. Sans doute était-ce la solution qu'avait adoptée son oncle, car il ne pouvait s'occuper seul de sa vaste propriété.

Au fil des conversations, Angela apprit aussi qu'une grande partie du réseau de voies ferrées était sinon totalement détruite, du moins inutilisable, si bien qu'elle aurait sans doute beaucoup de mal à se rendre en train dans le Tennessee. Si seulement son oncle avait eu le temps de lui apprendre à monter à cheval et à se servir d'un fusil comme il avait promis de le faire... Comme les choses auraient été plus simples !

Arrivée à New York, Angela se retrouva à faire la queue avec des centaines d'autres personnes devant les bureaux de l'Immigration, au milieu d'un vacarme et d'une cohue indescriptibles. C'est là qu'elle rencontra un prêtre catholique irlandais qui offrait assistance à ses compatriotes fraîchement débarqués. Quand elle lui confia qu'elle voyageait seule et qu'elle comptait se rendre dans le Sud, il se signa en levant les yeux au ciel.

— Restez plutôt ici ! lui conseilla-t-il. New York est une grande ville, qui compte déjà une forte communauté irlandaise. Vous n'aurez aucun mal à trouver du travail... Tenez, je connais justement dans ma paroisse une famille tout à fait respectable qui cherche une gouvernante. Voulez-vous que je vous donne leur adresse ? Vous seriez nourrie, logée, correctement payée... Rien à voir avec ce que vous pourrez trouver dans le Sud.

» Vous n'imaginez pas la situation là-bas : les trois quarts des gens n'ont plus de toit et tout juste de quoi manger. Et puis, qui vous dit que votre oncle n'est pas mort, que sa maison est encore debout ? Non, croyez-moi, ce serait une folie de partir seule là-bas... Sans compter que les routes sont devenues de véritables coupe-gorge !

Mais Angela n'entendait pas renoncer si facilement, aussi se résigna-t-il à la laisser partir, après lui avoir donné sa bénédiction et quelques précieux conseils.

Le plus simple, lui dit-il, était de se rendre en train jusqu'à Baltimore, dans le Maryland, et d'emprunter ensuite les lignes de l'Orange & Alexandria Railroad pour poursuivre son voyage jusqu'en Virginie. Il ignorait jusqu'où précisément elle pourrait aller ainsi, mais si elle parvenait à trouver une correspondance avec la ligne Virginie-Tennessee, elle n'aurait aucun mal à louer une voiture pour faire le reste du chemin...

Angela suivit ses recommandations. Il n'y avait pas de wagons individuels dans le train qu'elle prit, aussi garda-t-elle son sac sur les genoux pendant tout le voyage, de crainte qu'on ne le lui vole si elle venait à s'assoupir. Elle avait pris également la précaution de dissimuler une partie de son argent dans ses sous-vêtements, afin qu'il lui reste au moins un petit pécule en cas de problème.

Quand elle arriva à Baltimore, elle apprit avec soulagement que la ligne Virginie-Tennessee fonctionnait encore. Le seul problème, lui expliqua le préposé aux renseignements, c'est qu'elle était complètement hors d'usage sur le tronçon Galde Spring-Knoxville.

— Le mieux, lui dit-il après avoir consulté la carte étalée sur son bureau, est de prendre la diligence jusqu'à Bristol puis le vapeur qui descend la rivière jusqu'à Chattanooga. Vous ne trouverez pas de train là-bas non plus mais c'est une ville assez importante, il doit y avoir une liaison par diligence avec Nashville.

Angela se hissa sur la pointe des pieds pour regarder la carte par l'ouverture du guichet. Pinetops ne semblait pas marqué dessus, mais après tout, se rappela-t-elle, ce n'était qu'un village. Une fois à Nashville, elle trouverait bien quelqu'un pour lui indiquer le chemin.

Le train était pratiquement vide au départ de Baltimore, et il le resta jusqu'au dernier arrêt passé la frontière entre le Maryland et la Virginie. Là, des dizaines et des dizaines d'hommes qui partaient travailler sur la voie plus au sud montèrent à l'assaut des wagons, certains avec femmes et enfants.

Angela ne put s'empêcher de remarquer à quel point ils paraissaient misérables : tous avaient la même expression hagarde et désespérée, tous portaient des vêtements rapiécés, usés jusqu'à la corde. L'ensemble de voyage flambant neuf qu'elle avait acheté à New York, pensant se faire belle pour ses retrouvailles avec son oncle, semblait en comparaison d'un luxe insolent. Au bout de quelques minutes, gênée par les regards réprobateurs que lui lançaient certaines femmes, elle finit par détourner la tête et s'absorba dans la contemplation du paysage. Le bercement du train fit le reste et elle ne tarda pas à s'assoupir.

Pas longtemps, cependant, car une voix aigre la tira de son sommeil :

— Eh bien, on n'arrête pas le progrès ! Voilà qu'ils nous envoient des femmes *carpetbaggers*, maintenant ! J'aurais plus de respect pour une prostituée, je vous le dis !

Angela ouvrit les yeux et s'aperçut que tout le wagon la fixait.

— Excusez-moi, balbutia-t-elle à l'adresse de la femme qui avait parlé, mais je ne comprends pas ce que vous voulez dire...

— Des *carpetbaggers*, c'est comme ça qu'on vous appelle chez nous ! répliqua l'autre avec une moue dégoûtée. Ça vous plie trois chemises dans un sac en toile à tapis, et ça part pour le Sud piller tout ce qui peut encore l'être. Et en plus, ça joue les grandes dames et les beaux messieurs !

— Non, vous ne comprenez pas... protesta Angela.

Un homme qui se tenait debout dans l'allée, faute d'avoir pu trouver une place assise, lui coupa brutalement la parole :

— Ne vous fatiguez pas ! On les connaît, les gens de votre espèce. Il suffit de vous regarder, toute pomponnée comme une princesse, pour comprendre que vous allez rejoindre votre *carpetbagger* de mari !

— Mais non, je ne suis même pas mariée, je...

Angela s'arrêta au milieu de sa phrase. A quoi bon discuter ? Elle ne réussirait qu'à envenimer les choses.

Le reste du voyage jusqu'à Glade Spring se déroula dans un silence de mort. Elle n'osait plus fermer les yeux, mais elle avait beau les garder baissés ou fixés sur le paysage qui défilait derrière la vitre, elle sentait sur elle les regards hostiles des autres passagers. Et si l'un d'eux empoignait son sac et le jetait par la fenêtre ? se demandait-elle en tremblant...

Enfin, le train arriva à Glade Spring. La jeune fille en descendit sans même attendre qu'il soit totalement arrêté et se précipita dans le premier magasin afin d'acheter une valise en cuir. Celle-ci était bien plus lourde et plus encombrante que son vieux sac de toile, mais elle ne voulait plus courir le risque d'être prise pour une *carpetbagger* !

Après un interminable voyage en diligence, elle s'embarqua sur un vapeur qui descendait le Tennessee et arriva enfin à Chattanooga... pour apprendre qu'elle n'y trouverait aucun moyen de transport pour Nashville avant au moins quinze jours. Les voies de chemin de fer n'étaient pas encore réparées et il ne restait plus en ville une seule carriole qui n'ait été achetée ou louée par des voyageurs.

— Si j'étais à votre place, lui conseilla paternellement le chef de gare, je prendrais mon mal en patience et j'irais m'installer chez Mme Leland, qui tient la pension de famille de l'autre côté de la rue...

Angela, cependant, n'avait pas l'intention de s'attarder à Chattanooga. Il faut dire que la ville n'en donnait guère envie : la moitié des maisons n'étaient plus que des ruines calcinées où campaient pêle-mêle d'anciens esclaves, des clochards et des soldats démobilisés qui avaient tout perdu pendant la guerre et ne savaient plus où aller.

Après une nuit chez Mme Leland, la jeune fille, qui n'avait pas fermé l'œil à cause des bagarres de rues, se mit en quête d'un attelage et d'une voiture. Elle finit par trouver ce qu'elle cherchait dans une écurie de louage dont le propriétaire, après moult palabres, accepta de lui vendre un mauvais chariot et deux hongres à peine débourrés. Naturellement, il en demandait un prix exorbitant, mais vu les circonstances il n'était pas question de discuter.

— Avez-vous une arme, mademoiselle ? interrogea-t-il comme elle s'apprêtait à partir.

La jeune fille secoua la tête en faisant la moue.

— Non, d'ailleurs je serais bien en peine de m'en servir...

— Si j'étais vous, j'en achèterais une quand même. Si un type vous attaque en chemin, vous pourrez toujours la braquer sur lui et essayer de bluffer.

Angela le remercia de son conseil et fit claquer les guides sur la croupe des chevaux. Elle ne voyait aucune raison de s'inquiéter puisque, de toute manière, elle ne voyagerait que de jour. A moins, bien sûr, qu'elle ne rencontre quelqu'un qui puisse lui servir de protecteur et de cocher — mais cela semblait hautement improbable.

Elle était partie aux environs de midi et, moins d'une heure plus tard, elle commençait déjà à se demander si elle n'avait pas présumé de ses forces. Les chevaux faisaient sans cesse des écarts et elle avait terriblement mal aux fesses. Ses cheveux, qu'elle avait soigneusement tressés avant de partir, s'étaient peu à peu dénoués et collaient à son visage en sueur. Déjà, elle sentait des ampoules se former sous ses gants trop fins.

Elle gardait bon moral, pourtant, car chaque tour de roue la rapprochait de son vrai foyer. Sa place était ici, dans le Sud. Toutes les années qu'elle avait passées en Irlande n'avaient été qu'une parenthèse dans sa vie — une triste parenthèse, qui allait bientôt se refermer. D'ici quelques jours, elle retrouverait Dooley et une nouvelle existence s'ouvrirait devant elle.

Dès qu'elle serait arrivée, elle demanderait à son oncle de lui apprendre à monter à cheval — et à se servir d'une arme, aussi, car il ne serait pas toujours là pour la protéger. De toute manière, elle ne voulait dépendre d'aucun homme, fût-il bon et généreux comme Dooley. Elle avait vu où cela avait conduit sa mère, et elle imaginait sans peine la vie qu'elle-même aurait menée si elle avait dû épouser Brice Quigley : une vie d'esclave, ou peu s'en fallait. Non, elle finirait peut-être vieille fille, mais elle ne laisserait personne empiéter sur sa liberté !...

Juste avant la tombée du jour, Angela aperçut une vieille cabane entourée d'arbres un peu à l'écart de la route, et elle décida d'y faire halte pour la nuit. Il lui fallut près d'une demi-heure pour défaire le harnachement des chevaux et, cette tâche terminée, elle se demanda avec angoisse si elle parviendrait à les ratteler. Enfin, il serait toujours temps d'y penser demain... Elle mena les deux hongres boire au ruisseau qui serpentait un peu plus loin, les attacha à un arbre puis traîna son sac jusqu'à la cabane.

Celle-ci était entièrement vide, et elle se félicita d'avoir emporté, outre quelques provisions, une chaude couverture de voyage. Après avoir dîné d'un bout de pain et de fromage, elle se pelotonna à même le sol et sombra aussitôt dans un sommeil sans rêve.

Il devait être près de minuit quand une voix tonitruante la réveilla :

— Vise un peu ce que je vois là, Gurley ! Eh bien, si on avait eu autant de chance à Gettysburg, sûr qu'on l'aurait gagnée, cette foutue guerre !

Terrifiée, à demi éblouie par la lampe tempête que l'homme brandissait, Angela se redressa en sursaut et vit trois ombres menaçantes s'avancer vers elle.

— On a vu plus laide, pas vrai ? reprit l'homme. Regarde ses cheveux, Pat, on dirait des fils de cuivre !

Angela recula avec un frisson d'horreur en sentant de gros doigts calleux effleurer sa joue.

— N'aie pas peur, ma jolie, on cherche juste un abri pour la nuit. Pas vrai, les gars ? Tu vas bien nous faire une petite place sous ta couverture, hein ?

— Je vous en prie, bredouilla Angela. Laissez-moi tranquille. Je rentre chez moi à Pinetops et...

— Tu vas à Pinetops ? Vraiment ? Mince alors, je ne savais pas qu'on trouvait des *Paddies* jusque dans ce trou !

La jeune fille se mordit la lèvre. Dans sa panique, elle avait oublié de dissimuler son accent, et s'il était une chose qu'elle avait apprise depuis son arrivée en Amérique, c'est que les gens du Sud détestaient les immigrants irlandais presque autant que les *carpetbaggers*.

— C'est où, Pinetops ? demanda le dénommé Pat.

— Quelque part au sud de Nashville, je crois... Fouille plutôt sa valise au lieu de me poser des colles !

Angela se leva d'un bond pour l'en empêcher mais

elle n'était pas de force contre un pareil gaillard : il l'envoya rouler à terre d'une simple bourrade.

— Eh là, mais y a une véritable fortune, là-dedans ! ricana-t-il. Tiens, prends ça, Hawkins, et aide-moi donc à la fouiller : je parie qu'elle en a autant sur elle.

Angela n'eut pas le temps de se débattre. Elle se retrouva plaquée au sol, bras et jambes fermement tenus par Pat et Gurley, tandis que le dénommé Hawkins lui arrachait méthodiquement ses vêtements.

— Tu as raison, Pat, elle a caché des biffetons jusque dans sa petite culotte. Bon sang, on est riches, les gars ! Riches comme des rois ! Je crois bien que je vais me taper une petite partie de jambes en l'air, pour fêter ça... Vous permettez que je passe le premier ? Après tout, c'est moi qui ai vu le chariot près de la cabane.

— A toi l'honneur, Hawkins, approuvèrent les autres avec un rire gras. Mais ne nous l'abîme pas trop, hein ?

Les yeux écarquillés d'horreur, Angela vit l'homme défaire la boucle de son ceinturon. Elle jeta un regard implorant à ses deux acolytes mais elle savait qu'il ne fallait pas espérer de leur part la moindre pitié.

C'est alors que quelque chose de luisant accrocha son regard — le canon du revolver que portait à la ceinture l'homme qui d'une main lui tenait les poignets et de l'autre lui fermait la bouche pour l'empêcher de crier. C'était sa seule chance... si elle la laissait passer, elle était perdue... Sans réfléchir plus avant, elle mordit sauvagement la main qui la bâillonnait. Le bandit la lâcha aussitôt en poussant un cri de douleur. Sans lui laisser le temps de se ressaisir, Angela s'empara de son arme et la braqua sur lui.

— Elle a le flingue de Gurley ! cria Hawkins. Vite, Pat, éteins la lampe et filons !

La cabane, soudain plongée dans un noir d'encre, résonna d'un bruit de cavalcade tandis que les trois hommes se précipitaient dehors. Secouée de sanglots, Angela tenait toujours le revolver braqué droit devant elle, mais elle n'osait tirer de crainte de se blesser. Et d'abord, où était la sécurité ? Et la détente ?

Se maudissant pour son ignorance, la jeune fille se releva péniblement et tituba jusqu'à la porte qu'éclairait un vague clair de lune. Le temps qu'elle parvienne à armer le revolver, ses agresseurs avaient filé — avec sa valise, tout son argent et les chevaux...

Effondrée, elle se laissa glisser à terre en sanglotant. Les vêtements qui lui restaient gisaient en tas près d'elle, tout déchirés. Elle était coincée là, sans un sou vaillant, sans doute à des kilomètres du premier village. Et si les trois bandits revenaient ?

S'efforçant de maîtriser sa peur, Angela se rhabilla vaille que vaille et se rencogna dans un coin de la cabane, sa couverture remontée jusqu'au menton, le revolver posé près d'elle à portée de main.

Elle passa le restant de la nuit ainsi sans oser fermer l'œil, mais comme l'aube pointait, la fatigue l'emporta et elle s'endormit. Combien de temps ? Elle n'aurait su le dire mais le soleil était déjà haut quand elle fut réveillée par le hennissement d'un cheval. Un cavalier approchait.

La jeune fille saisit son arme et recula vers le fond de la cabane, où la pénombre était plus dense. Par la porte entrouverte, elle vit une ombre imposante s'étirer sur les marches du seuil.

— Restez où vous êtes ou je vous envoie une balle entre les yeux ! cria-t-elle.

La fermeté de sa voix l'étonna elle-même, car elle tremblait comme une feuille. Son visiteur poussa timidement la porte.

— Ne faites pas l'imbécile, je ne vous veux aucun mal, dit-il d'un ton mal assuré.

Il passa la tête dans l'entrebâillement et, au même instant, Angela pressa la détente de son revolver. Le recul la projeta en arrière et elle se retrouva brutalement assise par terre, avec l'impression de s'être démis les deux épaules. Elle n'eut pas le temps de se relever que l'homme bondissait sur elle.

— Vous êtes folle ou quoi ? s'écria-t-il en lui arrachant l'arme des mains. Je vous ai dit que je ne vous voulais pas de mal ! Qu'est-ce qui vous prend de me tirer dessus comme ça ?

Il glissa le revolver dans sa ceinture puis, se radoucissant un peu, tendit la main pour l'aider à se relever. La jeune fille le repoussa brutalement.

— Fichez-moi la paix ! Rien ne serait arrivé si vous n'étiez pas entré... Et puis d'abord, rendez-moi mon pistolet !

L'homme éclata de rire.

— Votre pistolet, comme vous dites, est un revolver Remington de l'armée confédérée. Et c'est manifestement la première fois que vous vous en servez, sans quoi vous auriez su que son recul vaut un coup de pied de mule !... Qu'est-ce qui vous est arrivé ? Vous tremblez comme une feuille et votre robe est toute déchirée... On vous a attaquée ?

— Qu'est-ce que ça peut vous faire ?

— Disons que je suis d'un naturel curieux...

— Eh bien moi, je ne suis pas d'humeur à parler. Alors rendez-moi mon arme et laissez-moi tranquille.

— Entendu, répondit l'étranger en souriant. Mais pas avant que vous m'ayez dit qui vous êtes et ce que vous fabriquez ici.

Sur quoi, il croisa les bras sur sa poitrine et se campa devant Angela avec l'air d'un homme qui a tout son temps devant lui.

La jeune fille hésita. Son visage barbu et la douceur de ses yeux bleus lui inspiraient plutôt confiance, mais outre un vieux feutre décoloré et une chemise de coton à carreaux, il portait le même pantalon gris à bande rouge que les trois hommes qui l'avaient attaquée.

— C'étaient aussi d'anciens soldats, n'est-ce pas ? reprit l'étranger, perspicace. Ecoutez, je ne dis pas que tous les Confédérés sont des saints, mais il y a aussi de braves gens parmi eux, alors ne nous mettez pas tous dans le même panier. Je ne vous veux aucun mal, je vous l'ai dit... Je ne demande même qu'à vous aider.

Après un court silence, il continua :

— Mon nom est Ben Caudell. J'ai une maison dans la forêt, à un ou deux miles d'ici. J'étais en train de chasser quand j'ai vu votre chariot près de la cabane. Je n'ai tué que trois perdreaux, mais si vous voulez les manger avec moi, ma femme fait la fricassée comme personne.

— Votre femme ?

— Estelle, c'est comme ça qu'elle s'appelle. Je suis sûr que vous vous entendrez à merveille, surtout si vous l'aidez à s'occuper de petit Ben — c'est notre fils, il n'a pas un mois mais il a déjà un sacré caractère ! Vous pourriez rester avec nous, le temps de vous remettre un peu... Alors, qu'en dites-vous ?

— Vous me rendriez mon revolver ? demanda Angela, encore sur la défensive.

— Eh bien, vous au moins, vous avez de la suite dans les idées ! Cela dit, sans vouloir vous vexer, je préfère le garder : vous êtes un vrai danger public avec cet engin.

— Et vous, vous n'êtes qu'un voleur, comme les autres ! s'écria la jeune fille, furieuse.

— Je ne suis pas un voleur. Je vous le rendrai même avec plaisir — mais seulement quand je vous aurai appris à vous en servir.

— Vous... vous feriez ça ?

— Bien sûr. Ça risque de prendre un certain temps mais, comme je vous disais, Estelle sera ravie d'avoir quelqu'un pour l'aider à s'occuper du bébé... Alors, marché conclu ? Vous gardez notre petit Ben quelques heures par jour, et en échange, je vous offre le vivre et le couvert, et je vous apprends à tirer...

Tout en parlant, ils étaient sortis sur les marches de la cabane que baignait le chaud soleil d'été. Etait-ce sa caresse apaisante ou la voix chaleureuse de Caudell ? Toujours est-il qu'Angela sentit ses dernières réticences l'abandonner.

— Marché conclu, dit-elle. Mais il y a autre chose que j'aimerais vous demander.

— Oui ?

— Est-ce que vous pourriez m'apprendre à monter à cheval ?

— Ma petite demoiselle, répondit Caudell en faisant claquer ses talons, vous ne pouviez pas mieux tomber : tel que vous me voyez, j'étais officier instructeur dans la cavalerie de l'armée confédérée.

— C'est vrai ?

— Aussi vrai que je m'appelle Ben Caudell ! Et vous, comment vous appelez-vous ?

— Angela. Angela O'Neil.

— Eh bien, en route, mademoiselle O'Neil ! dit-il en posant paternellement la main sur son épaule. Parce que si vous êtes aussi douée pour l'équitation que pour le tir, nous allons avoir du pain sur la planche !

6

Lila Coley s'étira voluptueusement avant de se blottir à nouveau contre Clint. Celui-ci, couché en chien de fusil, lui tournait le dos. Tout doucement pour ne pas le réveiller, elle glissa une main sous son bras pour caresser la douce toison de poils bruns qui couvrait sa poitrine. Seigneur, qu'elle était bien ! Pour un peu, elle se serait mise à ronronner tel un chat au soleil... Clint McCabe était un amant hors pair. Chaque fois qu'ils passaient la nuit ensemble, c'était comme un feu d'artifice.

Lila avait connu plus d'un homme avant lui mais il était le seul auquel elle s'était attachée. Les autres n'étaient que des amants de passage, ou de simples clients dont les « petits cadeaux » lui avaient permis d'oublier les privations de la guerre. Avec Clint, c'était différent. Non seulement il était un merveilleux amant, mais il la traitait comme un être humain et non comme un objet que l'on jette après s'en être servi. Ils s'entendaient si bien, au lit comme en dehors, qu'ils avaient fini par devenir amis... Cela dit, se rappela Lila, c'était peut-être simplement leur situation de parias qui les rapprochait : elle n'était qu'une prostituée de saloon et lui passait pour un traître, parce qu'il était parti à la guerre sous l'uniforme sudiste pour en revenir avec celui du Nord. Qu'il ait changé de camp par conviction et non par intérêt comptait peu aux yeux des gens de Pinetops qui le détestaient avec une belle unanimité.

Lila, elle, se moquait bien de ces histoires. Tout ce qu'elle voyait, c'est qu'au fil des mois, elle s'était attachée à lui plus que de raison. Sans se faire d'illusions, d'ailleurs : il ne lui avait jamais caché qu'il n'était pas amoureux d'elle et, de son côté, elle savait qu'il valait mieux ne pas trop attendre de la vie si on ne voulait pas être déçu...

Toujours plongé dans un demi-sommeil, Clint roula sur le dos et repoussa sa main. Amusée, Lila se hissa à califourchon sur lui.

— Tu n'en as donc jamais assez ? gémit-il en entrouvrant les yeux.

Elle éclata de rire.

— Pas avec toi...

Clint soupira, mi-flatté, mi-agacé. Il s'en voulait de ne pas avoir le courage de la repousser. Pour bien faire, il aurait déjà dû être en train d'abattre des arbres pour défricher de nouveaux pâturages et les clôturer. Il n'avait guère de temps devant lui s'il voulait monter son élevage avant l'automne... Seulement voilà, la propriété de Dooley O'Neil n'était devenue légalement sienne que la veille, et il avait si bien arrosé l'événement avec la mauvaise bière de Sweeney que Lila n'avait eu aucun mal à le convaincre de « monter » avec elle. Et bon, une chose en entraînant une autre...

— Il faudrait vraiment que je parte, dit-il sans conviction. Il doit être au moins dix heures et je dois passer au bazar acheter des fournitures. Compte une demi-heure pour aller à la ferme, et il sera plus de midi quand je me mettrai au travail !

— Tu peux bien rester encore un peu, susurra Lila. Allons, juste un dernier câlin... Après, je te raccompagnerai jusqu'à la ferme, je t'aiderai à mettre un peu d'ordre, je nous ferai un bon repas... Hein, qu'est-ce que tu en dis ?

La proposition était alléchante, et les caresses qui l'accompagnaient plus encore. Clint s'y abandonna avec un gémissement : au diable ses barrières, elles attendraient un peu !

Le « câlin », cependant, ne dura pas longtemps. Ils n'en étaient qu'aux préliminaires lorsque quelqu'un se mit à tambouriner furieusement contre la porte de la chambre. Clint se leva d'un bond, empoignant son pantalon d'une main et son revolver de l'autre.

— Bon sang de bon Dieu, qui est-ce qui...

— Ne jure pas, Clinton McCabe ! Tu as déjà suffisamment de péchés sur la conscience. Dépêche-toi plutôt d'ouvrir cette porte avant que je n'aille chercher quelqu'un pour l'enfoncer.

— Vieille toupie, grommela Clint entre ses dents tandis qu'il reposait son revolver pour enfiler sa chemise.

— Qui est-ce ? chuchota Lila, qui s'était redressée dans le lit, les couvertures remontées jusqu'au menton.

— Devine. Tu connais beaucoup de femmes qui auraient le culot d'entrer dans un bordel pour tirer quelqu'un du lit ?

— Ta mère ?

— Ma *belle*-mère.

— Mais que fait-elle ici ? Et d'abord, comment savait-elle que...

— Je suis un habitué de la maison, ce n'est un secret pour personne. Et puis j'ai mon cheval en bas. Elle aura sans doute menacé Sweeney de frapper à toutes les chambres s'il ne lui disait pas où j'étais.

— Mais pourquoi ? Qu'est-ce qu'elle te veut ?

— Ça, aucune idée ! mentit Clint.

En fait, il le savait pertinemment. Addie avait appris ce qui s'était passé la veille au tribunal, ça l'avait mise dans une colère noire, et elle n'était pas femme à garder ses colères pour elle... Seigneur, pourquoi n'était-il pas rentré sagement chez lui hier soir au lieu de venir chez Sweeney ? Lila n'avait rien à voir dans cette histoire, ce n'était pas juste qu'elle paie elle aussi les pots cassés.

— Je te donne encore une minute, Clinton. Mais je te préviens, si tu ne m'ouvres pas, je...

Clint tira le verrou sans laisser à Addie le temps de finir sa phrase et la vieille dame, déséquilibrée, manqua tomber dans ses bras.

— Clinton McCabe, non seulement tu es un traître, mais tu ne respectes même pas ta famille ! Tu savais pertinemment que je voulais payer les impôts de Dooley, tu savais que je voulais reprendre sa propriété et exploiter les bois qui sont dessus, tu...

— Une minute, protesta le jeune homme, coupant court à sa tirade. Rien ne vous empêchait de faire ce que j'ai fait. Vous saviez comme moi que le tribunal rouvrait ses portes hier et qu'on avait retrouvé les registres du cadastre et des taxes foncières. Et vous saviez aussi que je vivais chez Dooley depuis que vous m'avez chassé de chez mon père, à mon retour de la guerre.

— Oh, ne me parle pas de ton père ! Le pauvre homme a dû se retourner dans sa tombe en te voyant revenir sous l'uniforme du Nord. Il t'aurait jeté dehors comme moi, s'il avait pu le faire !

— Ça, je n'en doute pas une seconde, répliqua Clint avec un sourire ironique. Il a toujours fait vos quatre volontés.

Addie le foudroya du regard.

— Je ne suis pas venue ici pour me disputer avec toi, dit-elle d'un ton sec. Seulement pour te donner un conseil : s'il te reste deux sous de bon sens, retourne au tribunal et explique-leur que tu as changé d'avis et que tu veux récupérer ton argent. Je t'accompagnerai. J'ai dans mon sac de quoi les dédommager — un peu plus, même, de sorte que l'opération sera tout bénéfice pour toi : je rachète la propriété de Dooley le prix que tu as payé pour l'arriéré d'impôt, et je te laisse un petit pécule pour t'installer ailleurs. C'est un marché honnête, non ?

Le jeune homme secoua la tête.

— Pas question, Addie, je tiens à ces terres. Je sais que Dooley aurait voulu qu'elles me reviennent.

— Vraiment ? Et comment le sais-tu, s'il te plaît ? Il n'a pas laissé de testament !

— Il n'en avait pas besoin. Quiconque paie l'impôt peut se porter acquéreur de la terre, c'est la loi. Ce que j'ai fait hier, je l'aurais fait depuis longtemps si je l'avais pu, mais vous savez comme moi ce qui s'est passé quand les Confédérés se sont repliés vers le sud avant leur défaite : ils ont semé une telle panique dans les tribunaux, chassant les magistrats, emportant ou détruisant les registres et les archives, qu'il est devenu impossible de collecter l'impôt ou même de savoir à qui appartenait quoi. Toutes les cours de comtés au sud de Nashville ont été mises à sac, il a fallu des mois avant qu'elles puissent à nouveau fonctionner normalement et enregistrer les actes de ventes. Et celle de Pinetops n'a pas fait exception.

Addie écarta l'argument d'un coup d'ombrelle rageur qui heurta le montant de la porte.

— Je me moque de tout ça. Pourquoi ne m'as-tu pas dit que la ferme de Dooley t'intéressait ? J'aurais pu...

— Vous auriez pu me couper l'herbe sous le pied, et je n'en avais aucune envie !

Lila, qui jusque-là s'était faite aussi discrète qu'une souris dans son trou, laissa fuser un rire qui acheva de mettre Addie hors d'elle.

— Tais-toi, espèce de petite grue ! lança la vieille femme, blême de colère. Quant à toi, Clinton McCabe, ajouta-t-elle en assenant un coup d'ombrelle sur la tête de Clint, il y a longtemps que je ne te considère plus comme mon fils, mais par égard pour la mémoire de ton pauvre père, tu pourrais au moins éviter de te conduire comme un vulgaire maquereau !

Le jeune homme commençait lui aussi à perdre patience. Il empoigna l'ombrelle, la jeta par la fenêtre ouverte et désigna la porte.

— Sortez ! gronda-t-il. Nous n'avons plus rien à nous dire.

— C'est ce que nous verrons ! Mon pauvre Jordan n'est guère en état de m'aider, mais n'espère pas que je vais me laisser faire : j'aurai les terres de Dooley, que tu le veuilles ou non.

— Bon sang, Addie, vous avez déjà racheté celles

de Carlin à votre cousine Olive. Cela ne vous suffit pas ?

— Non, figure-toi. Je n'aurai de cesse que toutes les terres des O'Neil soient à moi... j'ai mes raisons pour ça.

— Eh bien en tout cas, vous pouvez faire une croix sur la ferme de Dooley : elle m'appartient et je n'ai pas l'intention de la vendre.

Ce disant, Clint poussa sa belle-mère dehors, claqua la porte derrière elle et tira le verrou.

— Oh, Seigneur, je n'aurais manqué ça pour rien au monde ! pouffa Lila. Cette vieille toupie a un culot monstre ! Que crois-tu qu'elle va faire, maintenant ?

— Aller finir sa crise d'hystérie chez mon demi-frère, je suppose.

— Aïe aïe aïe ! Ça doit être horrible d'avoir une famille pareille...

Clint esquissa un sourire.

— Ne parlons plus de tout ça. Rappelle-moi plutôt où nous en étions quand elle est arrivée, veux-tu ?

Lila hocha la tête en riant et, bondissant hors du lit, elle se mit en devoir de le déshabiller.

Addie dévala l'escalier et traversa le bar comme une furie, bousculant au passage les clients de Sweeney qui ne s'écartaient pas assez vite à son gré. Une fois dans la rue, elle ramassa rageusement son ombrelle, remonta dans son buggy et fouetta les chevaux à tour de bras.

Quand elle entra dans la banque quelques minutes plus tard, Mathilda Warren, l'unique employée, n'osa même pas lui dire bonjour. Elle plongea le nez dans son livre de comptes et ne l'en releva que lorsque la vieille dame eut disparu dans le bureau de son fils.

— Il faut faire quelque chose au sujet de Clinton ! s'écria Addie en claquant la porte derrière elle.

Jordan se rencogna dans son fauteuil avec un soupir résigné. Il savait déjà à quoi s'attendre. Deux heures plus tôt, sa mère était venue le trouver, furieuse, au sortir du tribunal. Il avait fait l'impossible pour la dissuader d'aller voir Clinton, mais naturellement elle n'avait rien voulu entendre.

— Sais-tu où je l'ai trouvé ? continua Addie en se laissant tomber sur une chaise. Dans cette espèce de saloon, à la sortie de la ville. Il venait de passer la nuit avec la fille de Ned Coley, cette petite traînée de Lila. Quelle honte ! Non mais quelle honte !

— Et pour la ferme, qu'est-ce qu'il a dit ?

— Il jure ses grands dieux qu'il ne vendra pas.

Jordan fronça les sourcils d'un air ennuyé.

— Tu aurais dû me laisser faire, je te l'avais dit.

— Je me demande bien pourquoi d'ailleurs, poursuivit Addie comme si elle n'avait rien entendu. Il sait que les gens d'ici le détestent. Il ferait mieux de partir le plus loin possible.

— Je suppose qu'il t'en veut toujours de l'avoir chassé de chez nous, et qu'il cherche à prendre sa revanche. Mais il finira par se lasser, ne t'inquiète pas. Il n'a aucun ami ici. Un jour ou l'autre, il partira et nous pourrons racheter ses terres à un prix raisonnable. En attendant, laisse-le tranquille : plus tu insisteras, plus il s'obstinera.

Addie bondit de sa chaise et tapa du poing sur le bureau de son fils, avec une telle force que l'encrier faillit se renverser.

— Je n'ai pas l'intention d'attendre ! Je veux ces terres tout de suite, et je veux que Clint s'en aille !

— Je sais, maman, je sais, soupira Jordan, s'efforçant de rester patient. C'est aussi mon désir le plus cher. Les bois qui se trouvent sur la propriété de Dooley sont parmi les plus grands du pays. Vu la demande de grumes, de planches, de poutres et de piquets qu'il y a en ce moment, ils représentent une véritable fortune. Si seulement je m'étais douté que Clinton comptait...

— Je ne veux pas attendre, répéta Addie sans le laisser finir. Je ne *peux* pas attendre. Les cours du coton ne sont pas près de remonter et ça me coûte les yeux de la tête de payer ces maudits nègres sur la plantation. Sans compter que, libres ou pas, il faut les loger et les nourrir comme avant!

Elle exhala un soupir théâtral avant de continuer:

— Ah, on peut dire que les Yankees nous ont mis dans un beau pétrin! Et pourquoi, je te demande un peu? J'ai toujours bien traité mes esclaves, moi. Ils ne manquaient de rien, ils avaient la vie facile — je me suis même occupée d'eux pendant la guerre! Et maintenant, voilà qu'il me faut les payer alors que...

— Tu pourrais leur proposer de travailler comme métayers. C'est ce que font la plupart des planteurs.

— Jamais, tu m'entends, jamais! Je n'ai jamais loué mes terres, ce n'est pas maintenant que je vais commencer. D'ailleurs, ce n'est pas le problème: j'aurais largement de quoi les payer si je pouvais récupérer la propriété de Dooley.

— Eh bien, sois patiente, maman. C'est ta patience qui t'a permis de traverser la guerre sans finir ruinée, et aujourd'hui encore...

— Ma patience! siffla Addie sans le laisser terminer. Mon habileté, oui! Je me suis arrangée pour vendre mes récoltes avant que les Yankees n'instaurent le blocus, et j'ai pris soin de me faire payer en or et de cacher ce que j'avais gagné. Quand les Nordistes sont arrivés à Pinetops, je leur ai fait croire que j'étais ruinée et j'ai fait semblant de me rallier à l'Union. Dire qu'ils m'ont crue, les imbéciles! Ils m'ont même laissée monter cette banque! C'est pour cela que je suis riche aujourd'hui alors que les autres planteurs de la région ont du mal à joindre les deux bouts. Seulement, je vis sur mes acquis, tu le sais, et tu sais aussi que le coton ne rapportera jamais comme il a rapporté. Il me faut ces terres, Jordan, je n'ai pas le choix.

Elle se tut un instant puis ajouta pensivement :

— Cette fille, Lila, peut-être que Clinton est amoureux d'elle... Il paraît qu'ils passent le plus clair de leur temps ensemble. Qui sait, peut-être que si nous la dédommagions pour qu'elle quitte la ville, il laisserait la ferme de Dooley pour la rejoindre ?

— Ça, j'en doute...

— Et pourquoi pas ? Ce n'est qu'une catin, d'accord, mais il ne peut guère espérer trouver mieux par ici, après la façon dont il s'est conduit pendant la guerre.

— Je ne crois pas qu'il l'aime vraiment, objecta Jordan.

Addie écarta l'argument d'un geste irrité.

— A moins que tu n'aies une meilleure idée, ça ne nous coûte rien d'essayer, il me semble !

— C'est toi qui le dis ! Suppose que la fille empoche l'argent et refuse de partir : nous aurions perdu sur les deux tableaux. Non, maman, je t'assure... Laisse-moi le temps de réfléchir, je trouverai une solution...

— C'est ça, réfléchis ! s'écria Addie, à bout de patience. Seulement si tu le permets, pendant ce temps, moi je vais agir !

Sur quoi, elle ramassa son cabas, son ombrelle, et sortit en claquant la porte.

Un œil à demi fermé, Angela visait la bouteille que Caudell avait posée sur une souche, à une trentaine de mètres.

— N'oublie pas, dit l'ancien officier, l'index presse la détente mais le reste de la main ne bouge pas, sinon tu perds ta visée et tu...

Le bruit assourdissant de la détonation l'arrêta au milieu de sa phrase. Cinq autres coups de feu suivirent en rafale, faisant voler en éclats ce que le premier avait laissé de la bouteille.

— Il faut toujours que tu cherches à épater le monde, hein ? grommela Caudell. Tu ne peux pas te contenter de faire ce qu'on te dit !

— Mais je fais ce que tu me dis, Ben, rétorqua Angela en lui tapant affectueusement sur l'épaule. C'est pour ça que je tire toujours en plein dans le mille.

— Je dois reconnaître que tu as fait de sacrés progrès. Tu tires aussi bien que moi, maintenant — mieux, même, parce que je n'ai plus mes yeux de vingt ans. Sûr que tu en aurais fait voir à ces maudits Yankees, si tu avais été avec nous dans la cavalerie...

Angela ne répondit pas tout de suite. A vrai dire, elle était quasi certaine qu'elle aurait pris parti pour le Nord si elle avait été là pendant la guerre. Après ce que sa mère et elle avaient subi en Irlande, elle avait une petite idée de ce que pouvait être l'esclavage, et son aversion pour ce système odieux l'aurait sans doute emporté sur son amour pour le Sud. Cela dit, puisqu'elle avait décidé de vivre ici, elle préférait garder ses opinions pour elle.

— Tu m'as beaucoup appris, Ben. Je ne t'oublierai jamais, dit-elle enfin, préférant changer de conversation.

Caudell sentit sa gêne et n'insista pas. Bien qu'elle n'ait jamais abordé le sujet avec lui, il devinait ce qu'elle en pensait. Personnellement, cela ne le dérangeait pas : la guerre était finie, le Nord avait gagné, il était temps de tourner la page. Seulement tout le monde était loin de partager cette opinion. L'amertume et la haine rongeaient encore le vieux Sud et il redoutait que le manque de patriotisme d'Angela ne lui attire un jour des ennuis.

— Je ne t'oublierai pas non plus, répliqua-t-il. Tu me manqueras beaucoup, et à Estelle aussi...

— Tu es sûr que tu ne veux pas m'accompagner jusqu'à Pinetops ? lui demanda Angela, le cœur serré, comme il s'apprêtait à monter en selle. J'aimerais tellement te présenter mon oncle Dooley.

Caudell secoua la tête.

— Une autre fois. Il faut que je rentre. Tu n'es plus très loin, maintenant, une heure de cheval tout au plus. Pinetops doit se trouver juste derrière cette ligne de crête, là-bas. Et puis je ne me tracasse pas pour toi : si un brigand t'attaque en chemin, il risque d'être sacrément surpris ! Tu fais très jeune fille du monde, habillée comme ça, mais je connais peu de jeunes filles du monde qui sachent jouer de la gâchette comme toi !

Angela lissa le jupon de sa robe en souriant. Estelle l'avait gâtée : le col montant et les manches longues, bouffantes aux épaules, étaient un peu chauds pour la saison, mais la couleur du tissu — un bleu très pâle tirant sur le vert — mettait merveilleusement en valeur le roux flamboyant de ses cheveux.

— As-tu assez d'argent ? lui demanda encore Caudell. Nous aurions voulu te donner plus, mais...

— Ne t'inquiète pas, j'ai de quoi manger pour midi. Et si par hasard je ne peux pas m'installer chez mon oncle dès ce soir, il me restera encore de quoi payer l'hôtel. Enfin, s'il est encore debout...

— Oh, il doit l'être. D'après ce que j'ai entendu dire, les gens de Pinetops se sont rendus sans trop de résistance. Les Yankees ne doivent pas avoir fait de gros ravages dans la ville.

— Encore merci, Ben... Dooley vous remboursera l'argent et le cheval dès que possible.

— Ne t'en fais pas pour ça. Rappelle-toi simplement ce que t'a dit Estelle : si tu en as l'occasion, aide quelqu'un d'autre comme nous t'avons aidée. Si tout le monde en fait autant, notre pauvre monde tournera peut-être un peu plus rond...

Ce disant, il serra Angela dans ses bras puis se

hissa sur son cheval. La jeune fille le suivit un moment des yeux tandis qu'il s'éloignait, avant de monter à son tour en selle et de lancer sa jument au galop.

7

Jordan roula son fauteuil d'infirme jusqu'à la fenêtre de son bureau. Le tonnerre grondait sur les collines et de gros nuages noirs se massaient au-dessus de la ville. Les passants se hâtaient, anxieux de rentrer chez eux avant que la pluie ne transforme les rues en bourbier. De sa fenêtre, Jordan pouvait voir la façade de l'unique épicerie de Pinetops, qui faisait aussi office de bazar et que sa mère avait achetée une bouchée de pain pendant la guerre. Juste à côté, se dressait le petit hôtel-restaurant du vieil Harold Hubert. Jordan sourit en pensant que si ce dernier ne parvenait pas à payer ce qu'il devait à la banque ce mois-ci, sa mère et lui se trouveraient bientôt à la tête d'un troisième commerce.

Pinetops n'était qu'une petite ville, mais elle avait moins souffert de la guerre que les bourgs plus importants qui l'entouraient. Sans doute parce que les Yankees n'y avaient rencontré aucune résistance... Quand ils étaient arrivés, les jeunes gens comme lui étaient depuis longtemps partis au front et les hommes plus âgés — comme le banquier dont Jordan occupait maintenant le bureau — avaient pour la plupart fui avec femme et enfants. Les rares qui étaient restés s'étaient rendus sans discuter, adoptant un profil bas devant l'occupant.

Aucun, cependant, ne s'était montré aussi habile que sa mère. Non seulement elle avait pris soin de cacher son or dans les grottes des collines, mais elle avait dépouillé sa maison de tous les objets de valeur que celle-ci contenait. Quand les Yankees avaient surgi chez elle après avoir pillé les demeures des autres planteurs, ils l'avaient trouvée en larmes sur les marches du grand escalier : le matin même, leur avait-elle expliqué entre deux sanglots, des déserteurs de l'armée confédérée avaient fait irruption chez elle et l'avaient obligée à leur remettre tout ce qu'elle possédait.

Les soldats n'étaient pas des enfants de chœur, mais les larmes de la vieille dame les avaient attendris et ils étaient repartis sur la pointe des pieds en l'assurant de leur sympathie. Addie avait passé le reste de la guerre claquemurée chez elle, si parfaitement coupée du monde que les troupes d'occupation n'avaient jamais cherché à fourrer leur nez dans ses affaires. Personne ne s'était même demandé pourquoi la plupart de ses esclaves étaient restés auprès d'elle, au lieu de profiter de leur liberté toute neuve. L'explication était simple, pourtant, et nombre de gens du pays l'avaient trouvée sans peine : d'une part, Addie n'était pas ruinée comme elle le prétendait, si bien qu'elle pouvait continuer à les nourrir ; d'autre part elle les avait toujours correctement traités et sa maison représentait pour eux une sécurité non négligeable en ces temps troublés.

Quoi qu'il en soit, la vieille dame avait bien moins souffert de la guerre que la plupart de ses voisins. Oh, ce n'avait pas été une période facile, même pour elle : les combats avaient duré jusqu'au printemps 1865 et labours et semailles en avaient souffert, de sorte que les récoltes avaient été maigres. A la signature de l'armistice, il régnait dans toute la région une disette proche de la famine. Blancs et Noirs n'avaient plus qu'un souci en tête : survivre. Encore aujourd'hui, plus d'un an après, la situation demeurait précaire.

Jordan secoua la tête avec dégoût en voyant un

groupe d'hommes tirés à quatre épingles se diriger vers l'hôtel. Des *carpetbaggers*. Il en arrivait chaque jour. Ils débarquaient du Nord avec un petit pécule, louaient des terres ou les rachetaient en payant l'arriéré d'impôt, et engageaient d'anciens esclaves pour les cultiver. Par leur faute, le coût de la main-d'œuvre avait grimpé en flèche : les Noirs, qui au début acceptaient de travailler en échange du vivre et du couvert pour échapper à la famine, réclamaient désormais un salaire — et ils devenaient chaque jour plus exigeants.

Jordan soupira. Quel gâchis ! Quel immonde gâchis ! Et que de sacrifices inutiles pour en arriver là...

Quand la guerre avait éclaté, sa mère avait tout fait pour l'empêcher de partir — elle avait même payé quelqu'un pour s'enrôler à sa place ! Mais c'était plus fort que lui, il voulait se battre, défendre son pays contre l'envahisseur yankee. Et puis il ne supportait plus qu'on le traite de lâche sitôt qu'il avait le dos tourné.

Il était donc parti. Oh, pas longtemps ! Au bout de quelques mois, une mauvaise chute de cheval l'avait renvoyé chez lui dans un fauteuil roulant. Tous les docteurs qu'il avait consultés s'accordaient à dire qu'il ne retrouverait sans doute jamais l'usage de ses jambes...

Jordan s'arracha à ces sombres souvenirs pour observer la jeune femme qui traversait la rue en direction du bureau du shérif. Pour autant qu'il pût en juger à cette distance, elle était ravissante. Qui cela pouvait-il bien être ? Une étrangère, sans doute... Pinetops n'était pas si grand, il en connaissait tous les habitants au moins de vue.

La jeune femme disparut dans le bureau du shérif mais il savait qu'elle n'y resterait pas longtemps : à cette heure, Frank Cox, le marshal, était déjà en train de se soûler chez Sweeney.

De fait, elle reparut bientôt et se dirigea vers

le groupe des *carpetbaggers*, apparemment pour leur demander un renseignement. Ils échangèrent quelques mots, puis l'un des hommes désigna la banque et elle repartit dans cette direction après l'avoir remercié d'un hochement de tête.

Jordan roula précipitamment son fauteuil jusqu'à la porte donnant sur le bureau d'accueil.

— Mathilda ! appela-t-il. Mathilda, il y a une jeune personne qui vient ici. Envoyez-la-moi directement, voulez-vous ?

— Je n'y manquerai pas, répondit docilement l'employée.

Elle secoua la tête avec un sourire compatissant. Pauvre M. McCabe, il ne se déferait donc jamais de sa passion pour les femmes. Pourtant, dans son état...

La sonnette de la porte d'entrée tinta, interrompant ses réflexions.

— Excusez-moi, mademoiselle, dit Angela en se dirigeant vers le guichet. C'est pour un renseignement. Je pensais m'adresser au shérif, mais il est absent...

Mathilda jeta un coup d'œil en direction du bureau de son patron mais sa curiosité l'emporta.

— Si je peux vous aider...

— Eh bien voilà, je cherche la ferme de mon oncle. Voyez-vous, j'habitais ici quand j'étais petite, mais depuis toutes ces années, je crois bien avoir oublié comment on va chez lui !

— Comment s'appelle-t-il ?

Jordan, qui était retourné derrière sa table de travail étouffa un juron. Seigneur, que cette fille était donc curieuse ! Comme si elle ne pouvait pas se contenter de faire ce qu'on lui demandait !

— O'Neil, répondit Angela. Dooley O'Neil.

Mathilda la regarda avec des yeux comme des soucoupes.

— Dooley O'Neil ? Mais c'était un...

Elle n'eut pas le temps d'en dire plus. A cet instant, Jordan poussa rageusement la porte de son bureau et fit irruption dans la pièce.

— Mathilda, il me semblait vous avoir dit...

Lui aussi s'arrêta au milieu de sa phrase, soudain frappé par le nom qu'il venait d'entendre. Dooley O'Neil ? Non, c'était impossible, cette ravissante créature ne pouvait pas être...

— Angela O'Neil ?

Angela dévisagea le jeune homme en fauteuil roulant et fronça les sourcils.

— Oui, c'est bien moi. Excusez-moi mais... nous nous connaissons ?

Jordan éclata de rire et lui prit les mains avec élan.

— Si nous nous connaissons ! Dame, je suis Jordan, le fils d'Addie et Angus McCabe...

— Jordan ! s'écria Angela. Oh, c'est... c'est merveilleux ! Je n'aurais jamais cru rencontrer quelqu'un ici qui se souvienne encore de moi !

Jordan la fit entrer dans son bureau et referma la porte derrière eux.

— Assieds-toi, je t'en prie, dit-il en désignant une chaise.

— Excuse-moi de ne pas t'avoir reconnu tout de suite, mais il y a si longtemps que nous ne nous étions pas vus...

— Oui, il y a bien longtemps. Et puis, que veux-tu, je tenais encore sur mes jambes, à l'époque.

Il avait prononcé ces mots d'un ton léger mais Angela sentit son cœur se serrer.

— Je suis désolée, dit-elle. Vraiment désolée.

— Passons sur les condoléances, d'accord ? D'ailleurs je ne suis pas à plaindre, je me débrouille très bien... Parlons plutôt de toi. Où étais-tu passée, toutes ces années ? Et qu'est-ce qui te ramène ici ?

Il la buvait littéralement des yeux, incapable de croire que la petite fille qu'il avait connue et la jeune femme éblouissante qui se tenait devant lui pussent être une seule et même personne.

Angela n'était pas moins saisie. Même si ses traits avaient gardé quelque chose de naïf et d'enfantin, Jordan McCabe n'avait plus rien du gamin chétif qui avait été son compagnon de jeux. C'était désormais un homme — un fort bel homme, même, vêtu et coiffé avec recherche, séduisant jusqu'au bout de ses ongles manucurés.

— Je cherche mon oncle Dooley...

Elle s'arrêta net et demanda abruptement :

— Eh bien, qu'y a-t-il ? Pourquoi fais-tu cette tête ? Ton employée a déjà failli s'évanouir quand j'ai prononcé son nom, et voilà que toi aussi tu...

— J'ai bien peur que tu ne rencontres la même réaction partout dans la région, répondit tristement Jordan. Dooley s'est enrôlé dans les troupes de l'Union, il a combattu aux côtés des Nordistes pendant la guerre. Personne ne le lui a pardonné, ici.

Angela réprima un mouvement d'impatience.

— Je me moque de tout ça, Jordan. Tout ce que je veux savoir, c'est où je peux le trouver. Il y a si longtemps que je suis partie que je suis incapable de retrouver le chemin de sa ferme.

Jordan détourna les yeux, visiblement mal à l'aise.

— Dooley est mort, dit-il après un silence. Il a été tué vers la fin de la guerre.

Angela resta sans voix.

— C'est Clint qui a rapporté son corps à Pinetops, poursuivit Jordan. Les gens d'ici n'ont pas apprécié. Au début, ils ne voulaient même pas qu'il soit enterré au cimetière avec nos soldats.

— Clint... tu veux dire ton frère ?

— Je ne le considère plus comme mon frère. Lui aussi a trahi notre camp : il est parti à la guerre sous l'uniforme confédéré pour en revenir sous celui du Nord. Ma mère l'a chassé de chez nous. Pour elle comme pour moi, il n'est plus qu'un étranger...

Angela ne l'écoutait plus. Elle était trop préoccupée par ses propres problèmes pour se soucier des affaires de la famille McCabe. Dooley mort, elle devait hériter de sa ferme, mais elle se retrouvait seule ici sans soutien aucun. A moins que...

— Mon père, demanda-t-elle, il vit encore ?

Jordan secoua tristement la tête.

— Je suis désolé, Angela. Il est mort au début de la guerre. Sa veuve a quitté Pinetops.

— Sa veuve ? Je ne savais pas qu'il s'était remarié.

— Il a épousé une cousine de ma mère en secondes noces. Maman a racheté ses terres, et avec l'argent, ils ont ouvert un magasin. Quand il est mort et que sa femme a voulu partir, c'est encore maman qui a racheté le magasin... Que vas-tu faire, maintenant ? Tu n'as plus de maison, plus de famille ici... Veux-tu t'installer chez nous en attendant de prendre une décision ? Je suis persuadé que maman serait ravie de...

— Mais je n'ai aucune décision à prendre, protesta Angela. Je sais ce que j'ai à faire. Je rentre chez moi, voilà tout.

Jordan eut l'impression que la terre se dérobait sous ses pieds. En quelques minutes, Angela avait ravi son cœur. Il s'imaginait déjà l'installant chez lui, la comblant d'attentions... Et voilà qu'elle parlait de partir !

— Rentrer en Irlande ? Maintenant ? Mais tu n'y penses pas !

— Attends. Je n'ai pas l'intention de repartir pour l'Irlande. Quand je parlais de rentrer chez moi, je voulais dire ici, dans ma maison.

— Alors c'est entendu, tu t'installes chez nous ? s'écria Jordan avec un large sourire.

— Non ! Ce que j'essaie de te dire, c'est que j'ai une maison ici et que...

Jordan fronça les sourcils.

— Une maison ? Mais je viens de t'expliquer que ton père avait vendu sa ferme à ma mère.

— Peut-être, mais Dooley m'a laissé la sienne.

Le jeune homme se reprit à espérer. Si ce qu'elle disait était vrai, non seulement elle allait rester à Pinetops, mais Clint risquait fort d'avoir une mauvaise surprise...

— Il a écrit à ma mère au début de la guerre, poursuivit Angela, pour lui dire que s'il lui arrivait malheur, il voulait que tous ses biens me reviennent.

— Je peux voir cette lettre ? demanda Jordan, interloqué.

Angela secoua la tête en soupirant et lui raconta sa mésaventure avec les trois bandits.

— Ils m'ont volé tout ce que j'avais : mon argent, mon attelage, et la valise qui contenait la lettre et toutes mes affaires... Mais qu'importe, ajouta-t-elle d'un ton ferme, la maison et les terres de Dooley me reviennent de droit. C'était sa volonté et il n'a pas d'autre héritier. Je suis persuadée que les tribunaux m'accorderont le titre de propriété.

Jordan inclinait aussi à le croire et, de toute manière, il n'avait pas l'intention de lui parler des démarches de son demi-frère. Clint avait pensé les berner, sa mère et lui, mais il allait tomber de haut quand Angela lui annoncerait la nouvelle.

— Tu as sans doute raison, dit-il, réprimant un sourire en imaginant la scène qui s'ensuivrait. Cela dit, mon invitation tient toujours : pourquoi ne viendrais-tu pas passer quelques jours chez nous — au moins le temps de te remettre de toutes ces émotions ?

— Merci, mais je préfère m'installer tout de suite à la ferme. J'ai l'impression qu'il n'y a que là-bas que je pourrai me reposer vraiment.

Jordan hocha la tête sans mot dire. Il était profondément déçu, déçu comme peut l'être un enfant gâté habitué à ce que l'on cède à tous ses caprices.

Or, celui qu'il venait de se mettre en tête n'était pas des moindres : il avait tout bonnement décidé qu'Angela, son amour d'enfance, deviendrait sa femme !

— Très bien, comme tu voudras... dit-il après un long silence. Puis-je t'aider en quoi que ce soit ?

— Oui, en m'indiquant le chemin. J'ai eu beau chercher, je n'ai pas réussi à le retrouver.

Jordan prit un papier et un crayon sur son bureau et griffonna hâtivement un plan.

— Tiens, voilà qui devrait t'aider. Ce n'est pas bien loin, à peine une demi-heure à cheval, mais laisse-moi au moins te prêter ma voiture. Je vais faire appeler notre cocher, il sera là dans une minute. Je t'aurais volontiers accompagnée moi-même, mais malheureusement...

Il désigna son fauteuil d'un geste d'excuse et, à nouveau, la jeune fille sentit un élan de pitié lui serrer le cœur.

— Inutile de te déranger, répliqua-t-elle précipitamment. J'ai mon cheval dehors. D'ailleurs je préfère partir tout de suite : l'orage approche, je n'aimerais pas qu'il me surprenne en chemin.

— Tu es sûre ? Ce n'est guère prudent, tu sais. Il arrive que des vagabonds s'installent dans les fermes abandonnées, et certains peuvent être dangereux. Je serais bien plus tranquille si...

— Ne t'inquiète pas pour moi, j'ai appris à me défendre, assura Angela en glissant le plan dans son sac. Il faut que j'y aille, maintenant, je dois m'arrêter à l'épicerie acheter quelques provisions. Et puis Dieu sait dans quel état je vais trouver la maison de Dooley. Ce n'est peut-être plus qu'une ruine.

— Oh non, tu seras même étonnée de voir comme elle a peu changé.

Jordan réprima un sourire en songeant que ce n'était pas la seule surprise qui l'attendait là-bas. Clint n'avait pas mis les pieds en ville depuis sa dispute avec leur mère, une semaine plus tôt, mais il savait de source sûre qu'il vivait chez Dooley. Lila lui rendait fréquemment visite, restant parfois pour la nuit, et Jordan commençait à se demander si son frère n'était pas bel et bien amoureux d'elle, après tout.

— Merci de ton aide, dit Angela en lui tendant la main. Je t'inviterai à prendre le thé dès que je serai un peu installée, d'accord ? Tu pourras me raconter tout ce qui s'est passé ici depuis mon départ.

— Et toi, tu me parleras de ta vie en Irlande.

Elle hocha la tête mais cette perspective ne l'enchantait pas : elle n'avait guère de bons souvenirs de son séjour chez ses grands-parents.

— Attends ! s'exclama Jordan comme elle se levait pour prendre congé. Tu m'as dit qu'on t'avait volé ton argent. Puisque tu ne veux pas accepter mon hospitalité, laisse-moi au moins t'aider d'une autre manière... Mathilda ! Voulez-vous venir un instant, s'il vous plaît ?

— Oui, monsieur ?

— Allez donc à l'épicerie et dites à Emmett Peabody qu'il accorde un crédit permanent à Mlle O'Neil. Vous lui ouvrirez aussi un compte chez nous avec un solde initial de cent dollars. Nous remplirons les formulaires de prêt plus tard.

Mathilda ouvrit des yeux ronds. Son patron n'était pas habitué à de telles largesses. Heureusement que Mme McCabe n'était pas là, elle aurait bondi au plafond !

— Eh bien, Mathilda ? Il me semble vous avoir demandé quelque chose...

— Excusez-moi, monsieur, répondit la jeune femme en rougissant. J'y vais tout de suite.

— Je ne sais pas si je peux accepter, protesta Angela quand elle eut refermé la porte. Je risque de ne pas pouvoir te rembourser avant plusieurs mois. J'avais bien envisagé la possibilité que Dooley soit mort, de sorte que j'ai quelques projets pour la ferme, mais il me faudra du temps pour le mettre sur pied.

— Rien ne presse, rassure-toi. D'ailleurs, tu t'en apercevras en arrivant là-bas, une bonne partie de ces terres sont couvertes de pinèdes. Avec la demande de planches et de bois de charpente qu'il y a en ce moment, cela représente une petite fortune !

Angela le remercia encore et prit congé. Ben lui avait donné une bien meilleure idée pour tirer profit des bois de Dooley — et qui ne nécessiterait pas de les abattre — mais, pour l'heure, elle préférait la garder pour elle...

Quand elle sortit de la banque, Mathilda Warren était déjà revenue de l'épicerie et remplissait consciencieusement son formulaire d'ouverture de compte. Elle avait dû bavarder quelque peu en chemin car, en pénétrant dans le magasin, Angela trouva une bonne dizaine de ménagères manifestement venues voir ce qu'était devenue « la petite O'Neil ». Elle les salua courtoisement mais aucune ne répondit, et leur évidente froideur la mit vite mal à l'aise. Pourquoi tant de méfiance ? On ne pouvait tout de même pas lui tenir rigueur de la « trahison » de son oncle ! D'ailleurs son père, lui, avait combattu aux côtés des Confédérés et l'avait payé de sa vie : en toute logique, il devait passer pour un héros aux yeux des habitants de la ville.

Angela préféra ne pas s'appesantir sur la question. Elle se hâta de faire ses achats, les rangea dans les sacoches en cuir que lui avait données Ben, et se mit aussitôt en route de crainte d'être surprise par l'orage. Le plan de Jordan n'était pas difficile à suivre. A mesure qu'elle avançait, le chemin lui semblait plus familier : les séchoirs à tabac au sortir de la ville, la petite route mal empierrée qui menait à l'église, le cimetière où elle avait vu son oncle pour la dernière fois et où il était maintenant enterré — il était trop tard pour s'y arrêter aujourd'hui, mais elle se promit de revenir dès que possible fleurir sa tombe.

Comme elle traversait le torrent où ils avaient si souvent pêché ensemble, le bruit de l'eau sur les galets lui rappela le rire clair de Dooley et elle le revit, hilare, brandissant fièrement une truite qu'il venait d'attraper à mains nues. Que de bons moments ils avaient partagés ! Et comme elle était heureuse de retrouver ces endroits qui en étaient la mémoire vivante...

La gorge nouée par l'émotion, elle s'enfonça sous le couvert des grands pins qui embaumait la résine et la terre mouillée. Encore quelques centaines de mètres, et elle atteindrait la clairière au milieu de laquelle se dressait la ferme de Dooley.

Elle émergea des arbres juste comme l'orage éclatait. La maison n'avait pas changé : elle aurait pu en dessiner de mémoire la haute cheminée de pierre et le toit de bardeaux qui abritait l'unique pièce et la véranda qui la prolongeait en façade.

Un éclair déchira le ciel, bientôt suivi d'un formidable coup de tonnerre. La jument s'ébroua nerveusement.

— Là, Daisie, là... dit Angela en mettant pied à terre.

Elle flatta l'encolure de la bête et la prit par la bride pour la conduire à la grange, derrière la maison.

— Je te bouchonnerai demain, je n'ai vraiment pas le courage maintenant, dit-elle en la débarrassant de sa selle.

Elle jeta sur son épaule les deux sacoches en cuir et courut jusqu'à la maison tandis que le tonnerre se déchaînait de plus belle. Comme elle atteignait la véranda, un véritable déluge s'abattit sur la clairière, voilant la lisière de la forêt de lourdes draperies couleur ardoise.

Tout essoufflée, la jeune fille poussa la porte de la ferme, la referma derrière elle puis s'y adossa afin de reprendre haleine. Il lui fallut quelques secondes pour s'accoutumer à la pénombre, mais ce qu'elle découvrit alors fit courir un frisson le long de sa nuque. Elle s'était attendue à trouver la maison vidée de ses meubles par les pillards, pleine de poussière et de toiles d'araignées, or il n'en était rien : non seulement le lit, la table et les chaises étaient encore là, mais quelqu'un avait soigneusement fait le ménage ! Des bocaux de farine, de café et de pois cassés s'alignaient sur les étagères du coin-cuisine. Il y avait même quelques fagots et une pile de bûches près de la cheminée. Manifestement, Jordan avait eu raison de la mettre en garde contre les vagabonds qui s'installaient dans les fermes abandonnées... Mais si ceux qui avaient élu domicile ici s'avisaient de lui chercher des crosses, elle saurait les recevoir — et à coups de revolver, si nécessaire !

Fourbue, elle posa les sacoches sur la table, retira ses vêtements humides de pluie et s'étendit sur le lit, glissant son arme sous l'oreiller. Le matelas rempli de paille s'affaissa avec un bruissement doux. Seigneur, qu'elle était bien ! Pour la première fois de sa vie, elle se sentait vraiment chez elle — et libre, surtout, tellement libre...

Elle ferma les yeux avec un soupir de volupté et sombra bientôt dans un profond sommeil.

Clint dessella son cheval sous l'auvent du fenil et le poussa dans la grange d'une claque sur la croupe. Un éclair l'éblouit au moment où il refermait la porte, si bien qu'il ne vit pas, dans la pénombre, la jument baie qui s'y trouvait déjà.

La pluie l'avait surpris alors qu'il chassait dans les collines. Quand les premiers nuages avaient commencé à s'amonceler au-dessus de la vallée, il était sur la piste d'un chevreuil qu'il avait repéré la veille et qu'il pensait pouvoir retrouver sans peine.

En fait, la bête lui avait échappé et, lorsqu'il s'était décidé à rentrer, il tombait des trombes d'eau. Les torrents avaient déjà tellement grossi qu'il avait dû faire un long détour pour trouver des gués encore praticables.

Quelle heure pouvait-il être maintenant ? Onze heures ? Minuit ? Il aurait été bien en peine de le dire. En tout cas, il était épuisé et trempé. Il courut jusqu'à la maison puis se déshabilla sans même prendre la peine d'allumer la lampe. Il était trop fatigué pour manger, il ne désirait qu'une chose : dormir. Il trouva encore la force de se sécher sommairement les cheveux et, bâillant à s'en décrocher la mâchoire, il se dirigea vers le lit. Il allait se laisser tomber dessus quand un nouvel éclair illumina la pièce.

C'est alors seulement qu'il la vit.

Elle était étendue sur le ventre en travers du lit, aussi peu vêtue que lui. Il n'eut que le temps d'entrevoir ses fesses rondes et la courbe de ses reins avant que la pièce ne replonge dans l'obscurité, mais cette vision le revigora instantanément. Il aurait certes été plus sage de passer la nuit à dormir plutôt qu'à faire l'amour, mais Lila avait manifestement voulu lui faire une surprise et il ne se sentait pas le cœur de la décevoir...

Il posa ses mains de part et d'autre des épaules de la jeune femme, effleura sa nuque d'un baiser... et s'étendit doucement sur elle.

8

A l'instant précis où Clint glissait ses mains sous les seins de la jeune femme et réalisait qu'elle n'était pas Lila, Angela se réveilla en sursaut avec la sensation qu'un poids terrible la clouait au lit. Il ne lui fallut pas longtemps pour comprendre ce que c'était. Un corps — un corps manifestement masculin et aussi nu qu'un ver!

Clint voulut se redresser pour la libérer mais cela ne fit qu'aiguiser sa panique. Elle roula sur le côté en se débattant, et comme un nouvel éclair illuminait la pièce, il la vit tendre la main vers quelque chose de brillant qui dépassait de sous l'oreiller — le canon d'un revolver.

— Eh là, du calme, dit-il en se laissant retomber sur elle. Je ne vous veux pas de mal.

Angela essaya de se dégager mais il lui tenait fermement les poignets et pesait sur elle de tout son poids.

— Lâchez-moi! siffla-t-elle. Lâchez-moi immédiatement!

— Pour que vous me colliez une balle entre les deux yeux? Merci bien!

Il écarta le revolver du coude jusqu'à ce qu'il tombe par terre, et le poussa au milieu de la pièce d'un énergique coup de pied.

— Voilà, nous pouvons causer plus à l'aise, dit-il en se redressant sur les avant-bras mais sans la lâcher. Je ne sais pas qui vous êtes ni ce que vous fabriquez ici, mais je vous assure que tout ceci n'est qu'un malentendu: je vous ai prise pour quelqu'un d'autre... Maintenant, si vous me disiez votre nom?

— Il me semble que c'est plutôt à moi de poser les questions! Je suis chez moi, c'est vous qui êtes arrivé comme un voleur.

— Comme un voleur, vraiment... répéta Clint avec un étrange sourire.

Horrifiée, Angela s'aperçut qu'il ne l'écoutait plus mais regardait fixement ses seins à la lumière des éclairs, lesquels zébraient maintenant le ciel toutes les dix secondes environ.

— Allez-vous me lâcher, oui ou non? s'écria-t-elle

en se débattant de toutes ses forces. Je vous préviens que si vous me violez, je vous tuerai sans hésiter !

Clint éclata de rire.

— Vous violer, moi ? Apprenez, ma petite dame, que je n'ai pas besoin de cela pour conquérir une femme…

— Lâchez-moi !

— Pas avant que vous ne m'ayez dit ce que vous faites dans mon lit.

— Dans *votre* lit ? Ah ça, c'est le plus fort ! C'est *mon* lit, monsieur, sur lequel vous êtes vautré !

Clint la considéra avec des yeux ronds.

— Votre lit ? Mais… qu'est-ce que vous me chantez là ?

Il avait l'air si sincèrement perplexe qu'Angela cessa de se débattre pour le regarder avec plus d'attention. Il n'avait effectivement pas l'allure d'un vagabond. En d'autres circonstances, elle l'aurait même trouvé plutôt séduisant… Mais bon, séduisant ou pas, il n'était pas question de le laisser s'incruster chez elle !

— Ecoutez, reprit-elle d'une voix plus calme, voilà ce que nous allons faire : vous allez sagement vous rhabiller et filer d'ici. Je vous promets de laisser mon revolver tranquille jusqu'à ce que vous soyez parti. Et ne vous inquiétez pas pour le marshal. Si vous me jurez de ne pas revenir, j'oublie tout ce qui s'est passé, d'accord ?

Clint resta un moment sans voix. Pour avoir du culot, elle avait du culot !

— J'ai une autre proposition à vous faire, dit-il. *Je* garde le revolver, *vous* vous rhabillez et *vous* filez. Ça me paraît plus raisonnable, d'accord ?… Par contre, pour ce qui est de tout oublier, je ne vous promets rien…

Il avait prononcé ces derniers mots en caressant d'un regard appréciateur la rondeur de ses seins et de ses épaules nues.

— Allez au diable ! explosa Angela qui se mit à ruer de plus belle.

— Ne vous obstinez pas, je suis plus fort que vous.

— Vous prenez plaisir à me torturer, hein ? Espèce de... de sale vicieux !

— Ecoutez, pour l'instant, c'est plutôt moi que je torture : vous êtes ravissante, fort peu vêtue, et je ne suis pas en bois. Alors si voulez bien me dire qui vous êtes et ce que vous fabriquez ici, ça vaudra mieux pour tout le monde... parce que je ne suis pas sûr de pouvoir résister longtemps à mes mauvais penchants.

Angela rassembla ce qui lui restait de patience et répondit sur le même ton qu'elle aurait employé avec un enfant demeuré :

— Je m'appelle Angela O'Neil. Cette maison et les terres qui l'entourent appartenaient à mon oncle, Dooley O'Neil. Il est mort à la guerre et me les a léguées par testament.

— Angela ? balbutia Clint en ouvrant des yeux comme des soucoupes.

Interloqué, il relâcha légèrement sa prise sur les poignets de la jeune fille. Celle-ci bondit aussitôt du lit, ramassa le revolver et le braqua sur lui.

— Et maintenant, monsieur, à vous de vous présenter !

— McCabe. Clinton McCabe. Vous... tu te souviens de moi ? On jouait ensemble, enfants.

Angela abaissa lentement son arme.

— Je me souviens de toi, oui. Mais tu te trompes, on ne jouait pas *ensemble* : tu t'amusais à me faire tourner en bourrique, nuance.

— Et toi, pauvre petite chose sans défense, tu te vengeais à grands coups de poing. Sais-tu que c'est à toi que je dois mon premier œil au beurre noir ?

Angela ne put s'empêcher de sourire à ce souvenir.

— Tu l'avais bien mérité. Tu voulais noyer ma poupée.

— Et tu étais assez bête pour croire que je pouvais le faire ?

Cette fois, elle éclata franchement de rire, ce qui eut pour effet d'apaiser la tension et l'angoisse qu'elle avait accumulées depuis son intrusion dans la maison. Apparemment il n'avait pas menti, il l'avait bien prise pour quelqu'un d'autre. Comme elle se remémorait la scène, elle réalisa soudain qu'elle était toujours nue comme Eve et reposa son revolver pour se draper dans la couverture. Aussi gêné qu'elle, Clint fit de même avec le drap avant de suggérer :

— Maintenant que nous pouvons causer tranquillement, si tu me racontais ce que tu es devenue depuis tout ce temps ?

Angela s'exécuta de bonne grâce, ne passant sous silence que ses démêlés avec Brice Quigley, lesquels, estimait-elle, ne regardaient qu'elle et sa grand-mère. Clint l'écouta sans mot dire jusqu'à ce qu'elle en arrive à ses retrouvailles avec Jordan.

— Et il t'a envoyée ici ? demanda-t-il en fronçant les sourcils.

— Oui, il m'a même fait un plan, je n'arrivais pas à me rappeler le chemin. Il a été très gentil, tu sais : il m'a prêté de l'argent, ouvert un crédit à l'épicerie…

— Et que t'a-t-il dit à propos de la ferme ?

— Oh, rien de particulier… Sûrement pas que c'était toi qui t'en occupais, en tout cas, sinon tu penses bien que je t'aurais prévenu au lieu de débarquer ici comme une sauvage.

A mesure qu'elle parlait, Clint sentait une colère noire l'envahir. De toute évidence, Jordan avait délibérément passé sous silence le fait qu'il avait payé l'arriéré d'impôt de Dooley et qu'il était désormais propriétaire des lieux. Quant à savoir pourquoi, il avait son idée sur la question… Lila lui avait un jour rapporté les confidences d'une de ses amies du saloon, et il en ressortait que l'infirmité de Jordan n'affectait nullement ses performances au lit. Il était même, semblait-il, très porté sur la chose. Nul doute qu'en envoyant Angela ici sans la prévenir il avait espéré la voir revenir en larmes et profiter de son désarroi pour la consoler à sa façon.

Tout en se demandant comment il allait pouvoir se tirer de cette situation impossible, Clint se leva, enfila son pantalon et alla allumer la lampe.

— Je vais me retourner pendant que tu t'habilles. Il faut que nous parlions sérieusement, et je crois que j'aurai du mal à me concentrer si je te sais toute nue sous cette couverture…

Tandis qu'Angela enfilait une vieille robe de coton que lui avait donnée Estelle, il alluma du feu dans la cheminée et mit du café à chauffer. Après quoi il retourna s'asseoir en face d'elle, devant la petite table en bois blanc.

— Bon, dit-il après un silence gêné. Qu'allons-nous faire de toi, maintenant ? Je suppose que tu vas prendre une chambre en ville ?

— Oh non, je préfère m'installer tout de suite ici. Je te suis très reconnaissante de t'être occupé de la ferme jusqu'à présent, mais…

— Tu ne comprends pas. Tu ne peux pas rester, c'est impossible.

— Et pourquoi ça ? Cette maison est à moi, il me semble !

Clint remplit deux tasses de café et se passa nerveusement la main dans les cheveux. Décidément, Jordan l'avait fourré dans un joli pétrin. Angela avait peut-être beaucoup changé mais elle était toujours aussi têtue : s'il lui annonçait de but en blanc que c'était lui, Clint McCabe, le propriétaire des lieux, nul doute qu'elle remuerait ciel et terre pour faire casser la décision du tribunal. Elle n'avait pas une chance d'y arriver — que vaudrait sa parole contre celle de l'ancien soldat de l'Union qu'il était ? — mais ça, Jordan se garderait bien de le lui dire. Il l'aiderait à enchaîner procès après procès, paierait la note sans rechigner et, quand elle serait finalement déboutée, il n'aurait qu'à jouer les grands frères consolateurs pour qu'elle lui tombe toute rôtie dans le bec !

« Non, songea Clint, il ne faut rien lui dire. D'ailleurs, quand elle aura goûté au travail de la terre pendant quelques jours, elle se découragera toute seule. Je n'aurai qu'à lui proposer de "racheter" la ferme et le tour sera joué. Ça me coûtera sans doute un joli paquet mais je ne peux pas la laisser sans rien — et puis je dois bien ça à Dooley. »

Restait le problème de Jordan... Mais non, Jordan n'aurait jamais le culot de montrer son nez après le tour qu'il venait de lui jouer !

— Très bien, dit-il en vidant sa tasse d'un trait. Mais tu ne peux pas rester seule ici, tu dois bien t'en rendre compte après ce qui t'est arrivé avec ces soldats... Ton oncle et moi étions très proches, je sais qu'il aurait voulu que je t'aide, alors voilà ce que je te propose : pourquoi ne m'embaucherais-tu pas comme garçon de ferme ? Ce n'est pas le travail qui manque, tu t'en apercevras vite, et pour ce qui est du logement, je ne suis pas difficile : un petit coin dans la grange me suffira.

C'était tentant, il fallait le reconnaître... En outre, la jeune fille ne se sentait pas le cœur de le mettre purement et simplement à la porte. Après tout, s'il ne s'était pas installé à la ferme après la mort de Dooley, d'autres que lui l'auraient fait et sans doute avec moins de scrupules. Peut-être même auraient-ils coupé les pins pour les vendre...

— Je ne pourrai pas te payer, fit-elle remarquer.

Clint haussa les épaules comme si cela n'avait aucune importance.

— Je me contenterai du vivre et du couvert. De toute façon, je n'ai nulle part où aller. Et puis je pourrai abattre quelques pins — au prix où se vend le bois de charpente, tu en tireras une jolie somme.

Angela manqua s'étrangler avec son café.

— Ça, pas question! Dooley adorait ces arbres, il se retournerait dans sa tombe si on les coupait.

— Il se retournerait aussi dans sa tombe si tu décidais de vivre comme une miséreuse pour ne pas y toucher.

— Je n'ai pas l'intention de vivre comme une miséreuse. Seulement, j'ai une autre idée pour trouver de l'argent.

— Laquelle, si ce n'est pas indiscret?

— Nous en parlerons plus tard.

— Ce qui veut dire que je peux rester?

Angela hésita. La proposition était vraiment tentante, d'autant qu'elle se rendait bien compte du travail qui l'attendait, mais d'un autre côté... D'un autre côté, elle ne pouvait se défaire d'un certain sentiment de gêne.

— Je ne sais pas, dit-elle. J'ai peur que ça fasse jaser.

— Jaser? Peuh! Par les temps qui courent, les gens ont d'autres chats à fouetter. Et puis il est tout à fait normal que tu prennes quelqu'un pour t'aider.

Il marqua une pause avant d'ajouter:

— Pour ce qui s'est passé tout à l'heure, je suis désolé. Je t'avais vraiment prise pour quelqu'un d'autre, tu sais. Ce qui prouve que je ne suis pas très observateur, parce que tu es bien plus jolie que la personne que j'attendais...

Il la regardait avec un sourire en coin, presque provocateur, et pourtant la jeune fille n'arrivait pas à lui en vouloir.

— Décidément, tu n'as pas changé, Clinton McCabe, dit-elle en secouant la tête. Toujours à me taquiner. Mais si tu restes ici, n'oublie pas qu'à partir de maintenant c'est moi la patronne... Oh, et encore une chose: j'aimerais que tu fasses savoir à la « personne » en question qu'elle n'est plus la bienvenue dans cette maison.

— Et dans la grange ? demanda Clint d'un air faussement innocent.

— Dans la grange non plus. Libre à toi de continuer à la voir, mais ailleurs.

— Entendu, soupira-t-il, puis s'empressant de changer de sujet : Je sais qu'il est tard et que nous sommes tous les deux fatigués, mais j'aimerais vraiment que tu m'expliques comment tu comptes t'en tirer sans abattre ces pins.

Angela ne répondit pas tout de suite. Elle était assez fière d'avoir piqué sa curiosité et cela ne lui déplaisait pas de le tenir un peu en haleine.

— C'est très simple, dit-elle, je vais fabriquer de la térébenthine.

Il ouvrit des yeux ronds.

— Mince alors ! Tu as étudié sérieusement la question ?

— Assez pour savoir que ça me permettra de tirer un bon revenu des pinèdes — et sans avoir à les abattre. D'après ce que j'ai appris, la demande de térébenthine augmente chaque jour : on s'en sert déjà pour fabriquer de la peinture, des produits d'entretien, des médicaments, et on lui découvre sans cesse de nouveaux usages. Naturellement, les cours montent en conséquence. Avec la quantité de pins qu'il y a ici, je pourrai gagner ma vie très confortablement.

Clint la considéra avec une certaine admiration. Cette idée ne l'avait pas effleuré. Il avait pensé monter un petit élevage, peut-être planter quelques acres de tabac. Quant aux vastes pinèdes qui couvraient l'essentiel de la propriété, son intention était de les abattre pour revendre les grumes. Cela ne lui plaisait qu'à moitié, sachant combien Dooley y avait été attaché, mais il n'avait trouvé aucun autre moyen d'assurer un revenu décent en attendant que son élevage soit rentable.

— Ça pourrait marcher, dit-il d'un air pensif. En tout cas, ça ne coûte rien d'essayer.

Angela termina son café et se mit à dessiner machinalement de petits cercles sur la table avec sa tasse vide. Elle tombait de sommeil mais elle préférait rester là, à parler avec lui, que d'aller se coucher. Ce moment avait quelque chose de magique qu'elle ne voulait pas briser.

— Excuse-moi de t'avoir rebattu les oreilles de mes problèmes, dit-elle. Tu as aussi les tiens, d'après ce que j'ai compris.

— Disons que j'ai fait ce que je croyais devoir faire et que les gens d'ici ne me le pardonneront pas…

— Pourquoi ne t'es-tu pas installé dans le Nord, à la fin de la guerre ? Ç'aurait été plus simple, non ?

— Ce n'est pas parce que j'ai combattu pour l'Union que j'ai envie de vivre là-bas. Je suis né ici, c'est mon pays, je ne laisserai personne m'en chasser.

— Mais ta famille… Pardon, je me mêle de ce qui ne me regarde pas.

Clint secoua la tête en souriant.

— Il n'y a pas de mal, je suis même content de pouvoir parler de tout ça à quelqu'un. Les trois quarts des gens me traitent comme un pestiféré. Y compris ma belle-mère, qui s'est empressée de me jeter dehors à mon retour de la guerre. Cela ne m'a pas étonné, remarque : il y avait si longtemps qu'elle en rêvait…

— Je me souviens d'elle. Elle me terrifiait quand j'étais petite… Ce doit être une maîtresse femme pour avoir réussi à traverser la guerre sans perdre sa fortune.

— Une maîtresse femme, c'est le mot. Je ne connais personne qui sache manœuvrer son monde avec autant d'habileté.

Il y avait tant d'amertume dans sa voix qu'Angela sentit son cœur se serrer.

— Je suis désolée, murmura-t-elle. Ça doit être terrible de se voir rejeté par sa famille quand on revient de la guerre.

— J'en suis revenu, et entier. Beaucoup n'ont pas eu cette chance.

— Peut-être, mais tu avais tout perdu.

Clint détourna les yeux, gêné par la pitié qu'il lisait dans son regard. Il se sentait coupable. S'il y avait quelqu'un à plaindre dans cette histoire, c'était elle, pas lui. Il ne roulait peut-être pas sur l'or mais il avait au moins une maison et des terres à lui. Angela, elle, n'était riche que de ses illusions.

— Parle-moi de tout ça, insista la jeune fille. De toi, de Dooley, de la guerre…

Il se leva pour remplir à nouveau leurs tasses, retourna sa chaise et s'assit à califourchon, les bras croisés sur le dossier.

— C'est une longue histoire, tu sais…

— Tant pis, raconte.

Il raconta. Comment il s'était engagé dans l'armée sudiste. Pourquoi, quelques mois plus tard, il avait décidé de rallier les troupes de l'Union avec Dooley. Comment ce dernier était mort dans ses bras en lui avouant que, pendant toutes ces années, il n'avait jamais cessé d'aimer Edana…

— Quel gâchis ! soupira Angela. Je suis sûre que, sans mon grand-père, ils auraient fini par se retrouver.

— Sans doute, mais à quel prix ? Ton père n'aurait jamais supporté qu'ils refassent leur vie ensemble. Il serait entré dans une colère folle, peut-être qu'il les aurait tués tous les deux. Je crois que ta mère l'avait compris dès le début, et c'est pour ça qu'elle est partie.

— Mais pourquoi Dooley s'est-il confié à toi

avant de mourir ? T'a-t-il parlé de la dernière lettre qu'il lui a envoyée ?

— Non, je suis désolé... Il m'a simplement dit qu'il l'aimait, il a répété son nom plusieurs fois... et il est mort.

— Ma mère aussi est morte en l'appelant. Elle parlait constamment de lui dans son délire. Ô Seigneur, pourquoi le monde est-il si mal fait ?

Sa voix se brisa et elle détourna la tête pour essuyer ses larmes.

— Je crois que je vais aller me coucher, décida Clint, comprenant qu'elle était à bout de nerfs. Il faut que je dorme un peu si je veux travailler demain. J'essaierai de ne pas faire trop de bruit pour ne pas te réveiller. Tu as besoin de repos.

— Non, je préfère me lever tôt aussi, dit Angela en le raccompagnant jusqu'à la porte. Il me tarde de commencer ma nouvelle vie.

Ils restèrent un moment sur le seuil, silencieux, un peu gênés. La pluie avait cessé. Dans la lumière grise de l'aube, la terre assoiffée achevait de boire les dernières flaques laissées par l'orage.

— Bon. Eh bien, merci de ne pas m'avoir tiré une balle entre les yeux, plaisanta Clint en guise de bonne nuit. Je m'en serais voulu d'avoir traversé quatre ans de guerre pour mourir aussi bêtement !

Il noua négligemment sa chemise autour de ses reins et s'éloigna en direction de la grange.

Angela le suivit des yeux, incapable de détacher son regard du balancement félin de ses épaules. Oui, c'était vraiment un bel homme. Contrairement à Jordan, dont la beauté trop policée avait quelque chose de mièvre, il émanait de lui une impression de force brute, presque animale, qui la troublait profondément. Mais bon, ce n'était pas le moment de tomber amoureuse. Et d'ailleurs, Clint avait déjà quelqu'un dans sa vie...

— Cesse de rêvasser comme une idiote, se sermonna-t-elle en rentrant se coucher.

Elle se glissa dans le lit, bien décidée à oublier Clint, mais le souvenir de sa peau contre la sienne, de son corps chaud pesant sur elle l'accompagna jusque dans ses rêves.

9

Quand elle se réveilla, le lendemain, Angela mit quelques secondes à se rappeler où elle était. Puis tout lui revint en un éclair et elle laissa retomber sa tête sur l'oreiller avec un soupir de bonheur. Dieu, qu'elle se sentait bien dans cette maison ! Il lui semblait être revenue des années en arrière, au temps béni où Dooley l'invitait chez lui pour de merveilleuses parties de pêche ou de longues promenades dans les collines. Elle referma les yeux pour savourer la foule de souvenirs qui revenait et faillit se rendormir.

— Lève-toi, marmotte ! se tança-t-elle. Le travail ne va pas se faire tout seul.

Elle s'arracha à sa bienheureuse torpeur pour faire sa toilette et s'habiller. Les deux robes que lui avait données Estelle étaient sales et toutes chiffonnées, mais elle trouva dans une malle de vieux vêtements de travail qui avaient appartenu à son oncle. Ils étaient beaucoup trop grands pour elle, mais en retournant les manches ils feraient l'affaire.

Elle se brossa les cheveux, en fit une queue de cheval et, plantant un vieux chapeau de paille sur sa tête, sortit réveiller Clint. Le soleil était déjà haut dans le ciel, il ne devait pas être loin de onze heures. Bah, il ne dirait sans doute pas non à un solide petit déjeuner avant de se mettre au travail. Lui non plus ne devait pas avoir dîné la veille et s'il avait aussi faim qu'elle...

La jeune fille s'arrêta net en l'apercevant derrière la grange. Non seulement il était levé, mais il maniait la hache avec entrain — et depuis un bon moment, à en juger par la sueur qui luisait sur son front.

En s'approchant, Angela constata qu'il avait considérablement agrandi la clairière. De nombreux arbres avaient été abattus, ébranchés, et leurs souches arrachées. Cela représentait plusieurs jours, voire plusieurs semaines de travail.

— Eh bien, si c'est ce que tu appelles te lever tôt! lança Clint en riant. Allez, au boulot!

S'efforçant de ne pas regarder son torse nu et les muscles puissants qui jouaient sous sa peau hâlée à chaque coup de hache, Angela lui demanda sèchement :

— Pourquoi ne m'as-tu rien dit hier soir? Tu as commencé à vendre du bois, n'est-ce pas?

— Oh non! Pour l'instant, je me suis simplement occupé de remplir le bûcher pour l'hiver. Mais nous allons bientôt pouvoir porter des grumes à la scierie, ça nous rapportera un peu d'argent.

— Je croyais t'avoir dit que je ne voulais pas couper d'arbres sur mes terres!

Clint abattit sa hache d'un élan rageur. Le « mes terres » lui restait en travers de la gorge. Maudit Jordan! Il l'avait vraiment fourré dans une situation impossible...

— Ecoute, Angela, dit-il en s'efforçant de garder son calme, j'ai décidé d'acheter quelques têtes de bétail et de monter un petit élevage. Pour cela, il me faut dégager des pâturages et les clôturer. Quand ce sera fait, nous pourrons nous occuper de ton histoire de térébenthine.

Angela demeura un moment songeuse, pesant le pour et le contre.

— Oui, ce n'est pas une mauvaise idée, concédat-elle. Nous pourrions prendre quelques bêtes pour le lait et la viande — mais juste quelques-unes, hein ? Comme ça, tu n'auras pas besoin d'abattre plus d'arbres.

Clint réprima un soupir exaspéré. Pour monter un élevage rentable, il lui fallait trois fois plus de surface qu'il n'en avait déjà défriché. Et le temps pressait !

— Tu comprends, poursuivit Angela, plus tôt nous commencerons à récolter la résine, plus tôt nous aurons des rentrées d'argent. Mais assez parlé, que dirais-tu d'un bon petit déjeuner ? Je n'ai rien mangé depuis hier midi, je meurs de faim.

— Non, merci, je préfère avancer et faire une pause à midi. Tu peux m'aider ?

L'estomac d'Angela fit entendre un grondement de protestations mais elle hocha bravement la tête.

— D'accord, je vais manger un bout sur le pouce et je te rejoins.

Clint s'arrêta, la hache en l'air, un sourire ironique aux lèvres.

— Tu vas avoir du mal à tenir cette ferme si tu remets toujours le travail à plus tard, tu sais.

— Mais je ne remets rien à plus tard. Je veux seulement...

— Déjeuner, je sais. Eh bien vas-y, que veux-tu que je te dise ? Je suppose qu'on ne peut pas demander à une femme de travailler le ventre vide.

Il laissa retomber sa hache.

— Très bien ! grogna Angela, piquée au vif. Dis-moi ce que je dois faire.

Il s'arrêta de nouveau, cette fois pour désigner un amas de branchages enchevêtrés.

— Tu vois ces branches, il faudrait les traîner jusqu'ici et en faire un tas pour les brûler.

Angela esquissa une grimace. Cette partie de la clairière ressemblait à un champ de bataille.

— Juste une question, lança-t-elle d'un ton presque agressif. Comment se fait-il que tu te sois installé ici après la guerre ? Nous en avons parlé hier soir mais... Dooley et toi n'étiez pas parents, il me semble ?

— Non, répondit Clint, sur la défensive. Nous étions seulement amis. Mais je suis sûr qu'il aurait voulu que je reprenne sa ferme. Après tout, il n'avait aucun moyen de savoir si tu le ferais — ou même si tu recevrais sa lettre... Bon, tu veux bien te mettre au travail, maintenant ?

Angela hocha la tête et commença à traîner les lourdes branches. Ce n'était pas une partie de plaisir, le soleil cognait dur et les moustiques s'en donnaient à cœur joie. Mais elle savait que Clint l'observait et elle était bien décidée à prouver qu'elle était capable de travailler aussi dur que lui sans se plaindre.

Une heure s'écoula ainsi, sans qu'ils échangent un mot. Ce fut Clint qui finalement rompit le silence.

— Désolé de t'imposer cette corvée, dit-il comme elle s'arrêtait un instant pour essuyer la sueur qui coulait dans ses yeux. Ce n'est vraiment pas un travail de femme.

Le ton était plein de sollicitude mais il avait parié que cette remarque l'agacerait, et c'était précisément ce qu'il cherchait.

— Je ne sais pas ce que tu appelles un travail de femme, répliqua aigrement Angela, mais je préfère ça à ce que je faisais en Irlande : frotter des parquets toute la journée et passer mes soirées à servir des ivrognes derrière un bar... Très peu pour moi, merci bien !

Clint fut frappé par l'amertume qui perçait dans sa voix. Il était rare d'entendre une femme aussi jeune parler si durement. Sans doute avait-elle beaucoup souffert... Mais ce n'était pas le moment de se laisser apitoyer : plus vite elle se découragerait et accepterait l'idée de partir, mieux cela vaudrait pour eux deux. Prudemment, il lança un premier essai :

— Pourquoi n'irais-tu pas t'installer dans le Nord

— à Washington, par exemple ? J'y ai passé quelque temps à la fin de la guerre, c'est une ville très agréable. Tu pourrais ouvrir un salon de thé, ou une petite pension de famille...

Angela laissa retomber la branche qu'elle venait de soulever et se retourna vers lui, les poings sur les hanches.

— Ah oui, avec quel argent ? Et pourquoi irais-je m'installer à Washington quand j'ai tout ce qu'il me faut ici ?

Comme elle s'essuyait le front du revers de la manche, Clint vit quelque chose de rouge couler sur son poignet.

— Mais... tu as les mains en sang ! s'écria-t-il. Nom d'un chien, pourquoi n'as-tu rien dit ? J'aurais au moins pu te donner des gants.

La jeune fille baissa les yeux sur ses paumes couvertes d'ampoules et d'écorchures.

— Je voulais te montrer qu'une femme peut travailler aussi dur qu'un homme — un reste de fierté mal placée, je suppose...

— Viens, dit Clint en l'entraînant vers la maison. Il faut nettoyer avant que ça ne s'infecte.

Il la fit asseoir sur les marches de la véranda, alla tirer un seau d'eau du puits et retourna à la grange chercher les bandages et le pot d'onguent qu'il gardait en guise de pharmacie.

« N'en fais pas trop, se répétait-il à chaque pas. Si tu veux qu'elle parte, ce n'est pas le moment de la dorloter. Plus vite elle sera dégoûtée, mieux cela vaudra pour tout le monde — à commencer par elle. Ce pays n'est pas un endroit pour une femme seule et les choses ne sont pas près de s'arranger. Entre les anciens esclaves qui ne savent plus où aller, les planteurs qui ruminent leur ruine, les *carpetbaggers* et les bandits de tout poil qui arrivent chaque jour, ce sera une chance si nous n'avons pas une guerre civile. Angela est charmante, mais elle ne peut pas rester ici... »

— Alors, ça va mieux ? demanda-t-il en revenant vers elle.

La jeune fille hocha la tête. Elle avait nettoyé ses plaies et le contact de l'eau fraîche avait calmé la douleur.

— Donne-moi tes mains, que je te fasse un pansement.

Il lui essuya soigneusement les paumes avec un chiffon propre puis commença à les enduire d'onguent.

— Qu'est-ce que c'est ? s'étonna Angela.

— Décoction de feuilles de bourrache, huile, miel et jaune d'œuf. Ça pique un peu au début mais c'est excellent pour la cicatrisation. C'est un ancien esclave de mon père qui m'a donné la recette, j'en garde toujours un pot à portée de main... Voilà, un bon pansement et ce sera parfait !

Cinq minutes plus tard, Angela avait les mains emmaillotées dans trois épaisseurs de bande, fixées à hauteur du poignet par des épingles de nourrice.

— Merci, dit-elle avec un sourire reconnaissant. Ça tire un peu mais, d'ici deux ou trois jours, il n'y paraîtra plus. Et la prochaine fois, je n'oublierai pas de mettre des gants !

— La prochaine fois ? Voyons, tu ne vas tout de même pas jouer les invalides pour quelques malheureuses ampoules ! Regarde le ciel, il va de nouveau pleuvoir. Si nous ne nous dépêchons pas de dégager la clairière avant l'orage, ce sera un véritable bourbier.

La jeune fille opina de la tête en soupirant. Elle savait qu'il avait raison mais elle se sentait à bout de forces et de courage.

— Nous pourrions peut-être manger quelque chose avant ? suggéra-t-elle timidement. Je sens que je vais tomber dans les pommes si je repars travailler comme ça.

Clint haussa les épaules.

— Fais ce que tu voudras. Moi, je m'y remets...

Il se leva et s'éloigna sans se retourner. Il n'en avait pas besoin ; il savait qu'elle le suivrait...

Ils passèrent le reste de l'après-midi à trimer côte à côte dans la chaleur qui précède les orages d'été. Clint avait beau se répéter qu'il faisait la seule chose possible en la rudoyant pour la pousser à partir, il ne pouvait s'empêcher de se reprocher sa dureté. Elle n'avait pas mérité ça, vraiment... C'était une fille adorable : jolie, gaie, pleine d'allant et de courage. Si seulement ils s'étaient retrouvés en d'autres circonstances...

Tout en travaillant, ils se mirent à causer de choses et d'autres pour passer le temps. Angela parla de l'Irlande, de ses criques sauvages, de ses landes toujours vertes qui donnaient l'impression d'un éternel printemps.

— Un pays splendide. Et pourtant, je crois qu'il ne s'est pas passé un jour sans que je pense au Tennessee. Je rêvais de revenir ici, c'était une véritable obsession.

— Si tu étais rentrée pendant la guerre, tu serais repartie sans même défaire tes valises. Tu ne peux pas imaginer la boucherie que c'était... Enfin, je suppose qu'il fallait passer par là pour en finir avec l'esclavage, mais quel terrible gâchis !

De fil en aiguille, ils en vinrent à parler de Dooley et de la confession qu'il avait faite à Clint juste avant de mourir.

— Sais-tu que tu ressembles énormément à ta mère, Angela ? Les mêmes yeux, les mêmes cheveux, le même sourire... Edana aussi était très belle. Je me souviens qu'un jour mon père en a fait la remarque à Addie : elle a piqué une telle colère qu'il n'a plus jamais osé prononcer son nom devant elle !

— Ta belle-mère n'était pas commode. Nous l'appelions la sorcière, tu te souviens ? Tu n'as pas dû être fâché de la quitter, même pour aller à la guerre.

— Je ne sais pas, murmura Clint d'un air songeur. Elle avait beau me traiter comme un chien, je crois que je l'aimais bien, au fond. Enfin, disons que je la plaignais. J'ai toujours pensé que ce n'était pas sa faute si elle était comme ça.

— C'est curieux, Dooley m'a dit pratiquement la même chose un jour... Mais il y a une chose que je ne comprends pas : pourquoi es-tu resté ici quand elle t'a chassé de chez ton père ? Tu m'as dit que tu avais vécu quelque temps à Washington après la guerre et que c'était une ville très agréable, tu aurais pu t'y installer, comme tu me conseillais de le faire. Après tout, rien ne te retenait à Pinetops.

Clint passa nerveusement la main dans ses cheveux. Comment lui expliquer ce qu'il en était sans révéler du même coup qu'il était devenu propriétaire de la ferme en payant l'arriéré d'impôt et que c'était elle, Angela, qui n'avait aucune raison de rester ?

— C'est différent, répondit-il d'une voix que la gêne rendait presque agressive. Je suis un homme, et puis je suis d'ici. Je suis persuadé que si Dooley voulait te léguer sa ferme, c'est uniquement dans l'espoir que ta mère t'accompagnerait. S'il avait pu se douter que tu viendrais seule, sans un sou, après avoir manqué te faire violer, il aurait été le premier à te dire de repartir.

Ils avaient fait une pause pour aller boire au puits et se tenaient face à face sous l'auvent de la grange. Tous deux étaient épuisés, à bout de patience.

— Ah oui ? s'écria Angela, incapable de contenir plus longtemps son exaspération. Eh bien, veux-tu que je te dise ce que je crois, moi ? Je crois que tu n'as jamais eu l'intention de monter le moindre élevage : tu voulais simplement profiter d'une maison qui ne te coûtait rien et abattre ces arbres pour revendre le bois au prix fort !

— Mais non, voyons, je...

Clint s'arrêta net au milieu de sa phrase. Il venait d'apercevoir Lila qui les observait depuis la maison. Angela suivit son regard, et il ne lui fallut pas longtemps pour comprendre qu'il s'agissait de la jeune femme pour qui il l'avait prise la veille. Elle était rousse, comme elle, et pour autant qu'on pût en juger à cette distance, assez jolie malgré un maquillage et des vêtements plutôt vulgaires — longue robe décolletée en satin bouton-d'or, rouge à lèvres écarlate, grand chapeau à plume de faisan...

— Si c'est la personne que tu attendais hier, elle arrive un peu tard, lança-t-elle plus sèchement qu'elle ne l'aurait voulu.

Pour toute réponse, Clint lui tourna le dos et marcha vers Lila. Angela le vit prendre la jeune femme par le bras et l'entraîner dans la maison — sans doute pour lui expliquer la situation et convenir avec elle d'un autre lieu de rendez-vous.

Angela haussa les épaules. Qu'est-ce que ça pouvait bien lui faire ? Clint était son garçon de ferme, rien de plus. Il pouvait fricoter avec qui bon lui semblait, cela ne lui faisait ni chaud ni froid.

— Ni chaud ni froid, se répéta-t-elle tout haut comme pour s'en convaincre.

Il n'empêche qu'elle gardait les yeux rivés sur la porte de la maison et que son cœur battait tel un tambour !

Quelques minutes s'écoulèrent ainsi, puis le « garçon de ferme » ressortit, suivi de la jeune femme qui remonta dans sa voiture et fouetta les chevaux.

— Désolé, dit Clint en revenant vers Angela. Cela ne se reproduira pas.

Sur quoi il se remit au travail comme si de rien n'était. La jeune fille ne fit aucune remarque, de crainte qu'il ne s'aperçoive qu'elle était jalouse. Car il fallait bien se rendre à l'évidence: elle était jalouse — stupidement, ridiculement jalouse...

Clint, de son côté, était trop absorbé par ses problèmes pour avoir envie de parler. Il avait eu toutes les peines du monde à convaincre Lila de partir sans qu'elle exige d'explications. Elle voulait à tout prix savoir qui était Angela et ce qu'elle fabriquait là. C'était assez normal, seulement il redoutait que ne s'ensuive une explication houleuse entre les deux femmes et qu'Angela n'apprenne à cette occasion que lui, Clint, était le propriétaire légal de la ferme.

Et puis, une autre chose le tracassait: il réalisait que Lila avait pris leur amourette nettement plus au sérieux qu'il ne le pensait. A voir la scène qu'elle lui avait faite dans la maison, il était clair qu'elle était amoureuse. C'est bien simple, il ne l'avait jamais vue dans un état pareil. Il n'osait même pas imaginer ce que cela aurait donné si elle était arrivée la veille et les avait trouvés, Angela et lui, nus sur le lit!

Quoi qu'il en soit, il avait réussi à la convaincre de partir sans faire d'esclandre, moyennant la promesse de la retrouver chez Sweeney le soir même.

Angela n'avait jamais été si fatiguée. Son travail à la taverne l'avait parfois laissée sur les genoux, mais ce n'était rien comparé à cette journée de débardage en plein soleil.

Elle se laissa tomber sur une chaise, fourbue. Pour un peu, elle se serait couchée tout de suite mais elle avait presque aussi faim que sommeil. Une bonne soupe à l'oignon avec des patates, voilà ce qu'elle allait faire. Et si elle en avait le courage, elle ferait griller quelques tranches de bacon. Pour aujourd'hui, il ne fallait pas lui en demander plus.

Se rappelant qu'elle avait vu un cageot de légumes sous les marches, dehors, elle sortit de la maison. Un bruit de sabots lui fit tourner la tête. Là-bas, sur la route, Clint s'éloignait au petit trot en direction de la ville. Sans doute allait-il voir cette fille…

— Eh bien, grand bien lui fasse ! grinça Angela.

Sur quoi elle fondit en larmes sans savoir pourquoi.

Addie abattit son ombrelle sur le bureau de son fils avec tant de force que l'encrier se renversa, répandant son contenu sur le bordereau que Jordan était en train de remplir.

— Maman, je t'en prie ! s'écria-t-il en reculant précipitamment son fauteuil afin que l'encre ne coule pas sur son pantalon. Mon Dieu, pourquoi te mets-tu dans un tel état ?

— Pourquoi ! Tu me demandes pourquoi ! Tu savais que cette petite peste était de retour et tu me l'as caché ! Il a fallu que ce soit Emmett qui me l'apprenne : « Savez-vous qui j'ai vu ? La fille de cette pauvre Edana O'Neil, quelle surprise, n'est-ce pas ? » Et ça devant dix clientes qui se retenaient de pouffer ! Ah, j'avais l'air fin, je t'assure ! Tu n'aurais pas pu me prévenir hier soir, quand je suis rentrée ?

Jordan secoua la tête en soupirant. Décidément, il avait joué de malchance. Sa mère était partie à Nashville la veille de l'arrivée d'Angela et il était prévu qu'elle y passe une semaine. C'était, estimait-il, plus de temps qu'il n'en faudrait à la jeune fille pour s'accrocher avec Clint et revenir le trouver pour lui demander de l'aide. Manque de chance, Addie était rentrée à l'improviste la veille au soir, et le vague espoir qui lui restait de voir Angela frapper à son bureau ce matin avait été déçu.

— Maman… lança-t-il en levant les yeux au ciel. Ça m'est sorti de l'esprit, tu ne vas tout de même pas en faire un drame !

— Tu mens ! Le jour où une jolie fille « te sortira de l'esprit », comme tu dis, il me poussera des cornes !

Maintenant, dis-moi où je peux trouver cette petite garce. Parce que je ne me fais pas d'illusions : elle va tout faire pour récupérer le magasin et l'ancienne maison de son père — avec la bénédiction d'Edana, naturellement !

— Edana est morte, répliqua Jordan. Et ce n'est pas la ferme de son père mais celle de Dooley qu'Angela espère récupérer. Elle prétend qu'il la lui a léguée par testament — par une lettre qu'elle se serait fait voler. C'est là-bas qu'elle est allée en sortant de mon bureau.

Addie demeura un moment interdite.

— La ferme de Dooley ? Tu ne lui as pas dit que Clint l'avait reprise ?

— Non. Têtue comme elle est, elle ne m'aurait jamais cru. J'ai pensé qu'il valait mieux la laisser se rendre compte par elle-même et qu'elle reviendrait aussitôt m'annoncer qu'elle partait.

— Et bien sûr, elle n'est pas revenue.

— C'est-à-dire...

— C'est-à-dire qu'une fois de plus, je vais devoir prendre les choses en main ! explosa Addie. Oh, mais ça ne va pas traîner : j'irai la voir dès demain matin et je lui ferai comprendre qu'elle perd son temps !

10

Quand Angela alla réveiller Clint le lendemain et qu'elle ne le trouva pas dans la grange, elle pensa d'abord qu'il s'était levé avant elle et était déjà au travail. Mais elle eut beau chercher, elle ne le trouva nulle part. Il avait dû passer la nuit en ville et n'était pas encore rentré, c'était la seule explication.

Elle retourna vers la maison, furieuse, et c'est

alors qu'elle vit un buggy vert garé devant la véranda. Qui pouvait bien lui rendre visite à cette heure ? se demanda-t-elle en pressant le pas. Clint n'avait pas de voiture ; quant à sa maîtresse, elle n'aurait tout de même pas le culot de... Jordan, ce devait être Jordan ! Quelle bonne idée il avait eue de venir ! Elle allait pouvoir lui parler de son projet et étudier avec lui les coûts d'investissement. Elle aurait sans doute besoin d'un solide prêt pour se lancer, mais puisqu'il avait proposé de l'aider...

En arrivant devant la maison, Angela fronça les sourcils. Le buggy était vide et la porte d'entrée ouverte. Son visiteur ne pouvait être Jordan. Comment aurait-il monté les marches de la véranda dans son fauteuil roulant ? Elle s'approcha sans bruit, dégainant le Remington qu'elle avait pris l'habitude de glisser dans sa ceinture chaque fois qu'elle sortait seule. Elle allait poser le pied sur la première marche de l'escalier quand Addie sortit brusquement de la maison.

— Range donc cette arme, ma fille, tu vas faire mal à quelqu'un ! lança-t-elle sèchement.

Angela resta un moment interdite. La voix et le visage lui étaient familiers mais elle n'arrivait pas à leur associer un nom. Et pourtant, ce regard perçant, cette allure de coq dressé sur ses ergots...

— Addie McCabe ! s'exclama-t-elle en rengainant son arme. Vous devez être Addie McCabe...

— En personne. Et je suis venue te dire que tu n'as rien à faire ici. Je sais bien que tu n'as jamais été qu'une petite impertinente, mais tu pourrais avoir un peu de respect pour la mémoire de mon cousin.

— De votre cousin ?

— Tu ne le sais peut-être pas, mais quand ta mère est partie comme une voleuse en emportant ses économies, ton père a retrouvé son bon sens et fait ce qu'il aurait dû faire depuis le début : il a épousé ma cousine Olive. Je n'admettrai pas — tu m'entends? — je n'admettrai pas qu'une dévergondée de ton espèce déshonore son nom et celui de ma famille!

— Mais de quoi parlez-vous? Je...

— Inutile de jouer les oies blanches, coupa Addie sans la laisser finir. Je sais parfaitement que tu as emménagé ici avec mon beau-fils. Seulement, je vais te dire une chose: les gens de Pinetops sont de bons chrétiens, ils ne toléreront pas longtemps une telle situation... Et maintenant, où est Clinton? J'ai deux mots à lui dire.

Angela n'en croyait pas ses oreilles.

— Ecoutez, madame, j'ignore ce qu'on a pu vous raconter sur Clint et moi, mais je l'ai simplement embauché comme garçon de ferme. Ça m'arrangeait de prendre quelqu'un pour m'aider et il n'avait ni toit ni travail. Je vous assure qu'il n'y a rien entre nous. Il s'est installé dans la grange, moi dans la maison, et à moins d'avoir l'esprit mal tourné, personne ne...

— Tu veux dire qu'il t'aurait laissé la ferme? Comme ça? Sans même aller devant les tribunaux? Et il aurait en prime accepté de travailler pour toi? Je n'ai jamais rien entendu d'aussi extravagant!

— C'est pourtant la vérité. D'ailleurs, pourquoi serait-il allé devant les tribunaux? Il s'était installé ici parce que vous l'aviez chassé de chez son père et qu'il n'avait nulle part où aller, c'est tout. De plus, il savait que Dooley aurait voulu qu'il s'occupe de la ferme en attendant mon retour. C'est lui-même qui m'a proposé de travailler pour moi, il pourra vous le confirmer dès qu'il rentrera.

Elle laissa passer un silence avant d'ajouter fermement:

— Et pour ce qui est des cancans, je pense qu'ils cesseront bientôt d'eux-mêmes parce que, voyez-vous, je compte embaucher d'autres ouvriers dès que j'aurai un bâtiment pour les loger.

— D'autres ouvriers? Comment ça, d'autres ouvriers? Et d'abord, pour quoi faire?

Angela hésita. Elle sentait la vieille dame de plus en plus agressive et voulait à tout prix éviter que la discussion ne dégénère en conflit ouvert. Addie était la mère de Jordan, et c'était de Jordan que dépendait en grande partie l'avenir de son projet.

— Ce serait peut-être long à expliquer, répliqua-t-elle prudemment. Si vous voulez, je m'arrêterai chez vous la prochaine fois que je descendrai en ville...

— Je n'ai pas l'habitude de recevoir sous mon toit des petites intrigantes de ton genre. Et tu diras à Clinton qu'il ne fait qu'aggraver son cas aux yeux des gens d'ici en menant cette vie de dépravé.

— Mais puisque je vous dis qu'il n'y a rien entre nous!

— Me crois-tu assez sotte pour avaler une pareille couleuvre? Je connais Clinton, ce n'est pas à moi que tu feras croire qu'il t'a laissé cette ferme comme ça, simplement parce que tu es arrivée la bouche en cœur en prétendant qu'elle te revenait de droit! Sais-tu jusqu'où il est allé pour l'avoir? Il savait que je comptais la reprendre et il s'est arrangé pour me la rafler sous le nez en payant l'arriéré d'impôt de Dooley. Je parie qu'il a dormi devant le tribunal pour être sûr de passer avant moi à la première audience! C'était sa façon de se venger, il n'a jamais accepté que je le chasse de chez moi après la guerre.

Sur ces mots, Addie tourna les talons et marcha droit vers sa voiture.

— Attendez! cria Angela comme elle relevait sa robe pour monter sur le marchepied. Vous ne pouvez pas partir comme ça, expliquez-moi au moins cette histoire de tribunal...

— Parce que tu ignorais ça aussi? Cela fait seulement quelques jours qu'on a retrouvé les registres des taxes foncières et que les audiences ont pu reprendre pour les cessions de terres. Je suppose que tu sais au moins qu'on peut désormais devenir propriétaire de plantations entières en payant l'arriéré d'impôt ? Eh bien, c'est ce qu'a fait Clinton avec cette ferme — pour le plaisir de me couper l'herbe sous le pied !

Angela fut abasourdie par cette nouvelle. Voilà qui expliquait pourquoi il avait commencé à abattre des arbres et monté ce projet d'élevage, et pourtant...

— Vous voulez dire que c'est lui le propriétaire légal ? demanda-t-elle, encore incrédule.

— Exactement.

— Mais pourquoi Jordan ne me l'a-t-il pas dit ?

Addie haussa les épaules.

— Il a sans doute pensé que ce n'était pas à lui de le faire.

« Et que je refuserais de le croire, ajouta mentalement Angela. Il a préféré me laisser me rendre compte de la situation par moi-même tout en me faisant discrètement comprendre que, quoi qu'il arrive, il restait prêt à m'aider. »

— Pauvre idiote ! ricana Addie. Clinton se moque de toi comme il s'est moqué de cette petite grue de Lila Coley ! Quand il en aura assez, il te plantera là exactement comme elle. Il a dû lui apprendre la bonne nouvelle hier soir : elle a fait un tel esclandre dans l'espèce de saloon où elle travaille que le patron a été obligé d'appeler le marshal. Il paraît qu'il l'a trouvée en pleine crise d'hystérie, en train de jeter des bouteilles de whisky à la tête de Clinton !

Elle grimpa dans sa voiture tout en ajoutant :

— Crois-moi, le mieux que tu aies à faire est de partir, comme ta mère. C'est peut-être la seule chose sensée que la pauvre femme ait faite de sa vie !

Sur ces mots, elle fit claquer les guides sur la croupe des chevaux, qui partirent au petit trot.

Comme elle regardait le buggy disparaître sous le

couvert des pins, Angela sentit monter en elle une colère noire. Clint s'était moqué d'elle. Il l'avait roulée dans la farine comme une pauvre idiote qu'elle était, et tout Pinetops était déjà au courant.

Mais il ne l'emporterait pas au paradis, elle allait se battre ! Quitte à se présenter vingt fois devant les juges, elle récupérerait son bien ! D'ailleurs, elle allait le lui annoncer de ce pas. Et dès que ce serait fait, elle irait trouver Jordan afin de s'assurer de son aide — que ce soit pour les frais de justice ou, si les choses pouvaient se régler à l'amiable, pour rembourser à Clint l'arriéré d'impôt qu'il avait payé. Après quoi, elle irait trouver Addie et ferait son possible pour recoller les pots cassés.

Mais d'abord, Clint. Il avait gagné la première manche, mais on verrait bien qui rirait le dernier !

Clint avait fini de charger les jeunes pins sur la charrette et les arrimait à l'aide d'une corde. La nuit de l'orage — la fameuse nuit où il avait pris Angela pour Lila —, il avait cru entendre la foudre tomber au pied des collines. Il ne s'était pas trompé : un grand cèdre s'était fendu par la moitié, entraînant dans sa chute quelques arbres plus petits qui seraient parfaits pour fabriquer des barrières. Il n'aurait qu'à les ébrancher, les écorcer et le tour serait joué. Enfin, cela représentait encore une bonne journée de travail...

Clint rabattit son chapeau sur ses yeux et soupira. Le soleil cognait déjà dur et ce n'était pas parti pour s'arranger. Si seulement il avait dormi un peu... Mais pas moyen de dormir après la scène que lui avait faite Lila. Il était trop sur les nerfs. Il était donc resté chez Sweeney, et comme il ne voulait pas passer la nuit à boire, il s'était mis à jouer aux cartes. De partie en partie, il était sorti du saloon à six heures ce matin.

Il porta la main à son front pour en essuyer la sueur et la retira vivement avec une grimace de douleur. L'entaille n'était pas profonde mais elle faisait un mal de chien. Lila ne l'avait pas manqué lorsqu'elle avait jeté la première bouteille, et elle y était allée de bon cœur! Quel imbécile il avait été de croire qu'il lui suffirait de s'expliquer pour tout arranger! Elle était furieuse de l'avoir trouvé avec une autre femme et se moquait bien de ses explications. D'ailleurs, ce n'était pas seulement une question de jalousie — il s'en était aperçu quand le marshal était arrivé à la rescousse et l'avait calmée en la menaçant de la jeter en prison: elle avait avoué entre deux sanglots qu'elle était amoureuse de lui.

Cela l'avait mis plutôt mal à l'aise car la réciproque n'était pas vraie, et il ne voulait pas qu'elle souffre à cause de lui. Il lui avait répété ce qu'il en était pour Angela et elle avait hoché la tête en disant qu'elle comprenait, qu'elle avait été stupide de s'emporter, que de toute manière il ne lui devait rien: il n'avait jamais été question d'amour entre eux, il le lui avait clairement fait comprendre dès le début.

Sur ces entrefaites, Sweeney était venu se faire rembourser les dégâts — une bouteille perdue avait fait voler en éclats le grand miroir du bar — et avait expédié Lila à l'étage, où un client l'attendait. Clint l'avait regardée monter le cœur serré. C'était une chic fille mais il ne voulait pas qu'elle se fasse d'illusions: il ne se laisserait pas passer la corde au cou. Surtout pas maintenant! Il avait assez à penser avec Angela. Il fallait absolument qu'il trouve un moyen pour se débarrasser d'elle avant que les choses ne tournent mal. La région était une poudrière et tout indiquait que cette poudrière était sur le point de sauter. Apparemment, d'anciens officiers confédérés avaient fondé une organisation secrète destinée à maintenir à tout prix la suprématie des Blancs.

C'était un ancien capitaine de l'Union qui lui en avait parlé, et d'après lui, le gouvernement fédéral était sérieusement préoccupé par les raids qui se multipliaient dans tout le Tennessee. Ils ne semblaient plus être le fait de quelques exaltés mais bien de bandes organisées, fermement décidées à semer la terreur parmi la population noire.

Clint se rappelait un incident qui s'était produit dans le comté voisin quinze jours auparavant. Un ancien esclave qui avait réussi à racheter une petite ferme en payant l'arriéré d'impôt avait été retrouvé évanoui devant sa porte, couvert de plaies et d'ecchymoses. Quand il était revenu à lui, il avait expliqué au marshal que des fantômes de soldats confédérés avaient fait irruption chez lui en pleine nuit et l'avaient battu comme plâtre, avant de repartir en le menaçant de le tuer s'il n'abandonnait pas sa ferme. C'était le marshal en personne qui lui avait raconté l'histoire, en riant de la crédulité du vieux Noir. Clint, lui, n'avait pas ri. Il ne croyait pas non plus aux fantômes et il savait combien les Noirs étaient superstitieux, mais justement : ne pouvait-on imaginer que d'anciens soldats bien vivants se soient déguisés en spectres pour effrayer le malheureux ?

Quoi qu'il en soit, plus il y pensait, plus il se disait qu'il avait eu tort de mentir à Angela. Le meilleur moyen de la décider à partir n'était-il pas au contraire de lui dire la vérité ? Elle était assez intelligente pour mesurer le danger et renoncer d'elle-même à ses vues sur la ferme — d'autant qu'il était prêt à la dédommager... Oui, il fallait qu'ils parlent franchement, c'était la meilleure chose à faire.

Clint attacha la corde au montant de la ridelle, grimpa dans la charrette et fouetta les chevaux pour rentrer à la ferme. Quand il aurait parlé à la jeune femme, il irait trouver son demi-frère et lui dirait ce qu'il pensait de son attitude dans cette affaire — et sans prendre de gants ! Ils ne s'étaient jamais très bien entendus, surtout depuis la guerre, mais Clint n'était pas convaincu que sa prétendue « trahison » y fût pour grand-chose. Jordan avait changé. A cause de son infirmité, bien sûr, mais aussi à cause de ses responsabilités à la banque. Depuis qu'Addie lui en avait laissé la direction, il se comportait en véritable tyran. D'après ce qu'on racontait chez Sweeney — le seul endroit où les gens du pays ne le traitaient pas en pestiféré — Jordan se prenait pour un brasseur d'affaires et il n'hésitait pas à se réjouir des revers de fortune de ses meilleurs amis s'il pouvait en tirer profit.

Addie et lui devaient s'entendre à merveille. Qui se ressemble s'assemble, comme on dit, or tous deux partageaient le même amour de l'argent et du pouvoir.

En tout cas, songea Clint avec un sourire de satisfaction, ils n'auraient pas la ferme de Dooley, même pour tout l'or du monde.

Comme il arrivait à l'endroit où le chemin rejoignait la petite route qui reliait la maison à la ville, il vit Angela sur sa jument baie, qui venait à sa rencontre à bride abattue. Où diable avait-elle appris à monter comme ça ? se demanda-t-il, impressionné par sa maîtrise tandis qu'elle franchissait au grand galop les quelques dizaines de mètres qui les séparaient.

La jeune fille tira brutalement sur les rênes et s'arrêta à sa hauteur, visiblement furieuse.

— Combien, espèce d'hypocrite ? siffla-t-elle en sautant à terre.

— Comment ça, combien ? rétorqua Clint, plus pour gagner du temps qu'autre chose.

— Combien as-tu payé pour l'arriéré d'impôt ? Ne fais pas l'innocent, tu sais parfaitement de quoi je parle ! Ta belle-mère m'a rendu visite, elle était dans tous ses états. D'après elle, nous nous sommes mis en ménage et nous vivons dans le péché au nez et à la barbe de tout le pays ! J'ai essayé de lui expliquer ce qu'il en était, et naturellement elle s'est fait un plaisir de me clouer le bec en m'apprenant ce qui s'était passé au tribunal.

Elle inspira un bon coup avant de poursuivre avec flamme :

— Je ne sais pas pourquoi tu as repris la propriété de Dooley, et d'ailleurs je m'en moque ! Tout ce que je veux savoir, c'est combien tu as payé. Je te rembourserai, comme ça nous serons quittes, mais je suis décidée à garder la ferme.

— Ce n'est pas une question d'argent, soupira Clint en descendant de la charrette. Laisse-moi t'expliquer.

— M'expliquer quoi ? Que tu t'es fichu de moi depuis le début ? Que tu m'as fait trimer comme une bête dans l'espoir que je me découragerais et que je partirais de moi-même ? Ne te fatigue pas, va, c'est parfaitement clair : tu voulais garder la ferme pour toi, même en sachant qu'elle m'appartenait !

— Elle ne t'appartient pas, rétorqua Clint aussi calmement que possible. C'est moi qui en suis le propriétaire depuis que j'ai payé l'arriéré d'impôt — et ç'aurait pu être n'importe qui : Addie, Jordan ou le premier *carpetbagger* venu... Et, oui, je t'ai délibérément mené la vie dure dans l'espoir que tu renoncerais — parce que je ne me sentais pas le courage de t'apprendre la vérité. C'était stupide, mais je ne l'ai réalisé que ce matin. Je pensais tout t'avouer en rentrant.

— Tu voudrais que j'avale ça ?

— J'ai bien avalé ton histoire d'héritage et de lettre volée.

Angela le toisa longuement, furieuse qu'il mette les deux choses sur le même plan.

— Va prendre tes affaires et déguerpis ! grinça-t-elle. Je ne veux plus te voir sur mes terres.

A la façon dont elle avait insisté sur ces derniers mots, Clint comprit qu'il n'arriverait pas à lui faire entendre raison. Mais bon, cela ne coûtait rien d'essayer...

— Il faut que tu m'écoutes, Angela. La guerre est peut-être finie mais le pays n'est pas sûr pour autant, loin de là. Beaucoup d'anciens soldats confédérés refusent la défaite et tous n'ont pas déposé les armes. Et puis il y a ceux qui profitent du désordre : les pillards, les escrocs, les *carpetbaggers*... Une femme seule serait une proie rêvée pour eux... Crois-moi, il faut que tu partes. Je t'aiderai à t'installer ailleurs. Je ne suis pas riche mais je ferai mon possible pour...

— Quelle générosité, Clinton McCabe !... Et moi qui croyais que tu avais changé, fallait-il que je sois bête ! Tu es toujours aussi égoïste ! Laisse-moi te dire une chose : j'ai traversé l'Atlantique pour venir m'installer dans cette ferme, ce n'est pas toi qui m'en chasseras. Je me défendrai bec et ongles, quitte à aller devant les juges !

— Les procès coûtent cher...

— Jordan m'aidera.

Clint eut un ricanement.

— Bien sûr, que ne ferait-il pour mettre une jolie fille dans son lit ! Seulement c'est Addie qui tient les cordons de la bourse, et Addie veut ces terres, elle aussi.

La jeune fille le foudroya du regard.

— Je n'ai pas l'intention d'écouter plus longtemps tes mensonges. Va récupérer tes affaires et fiche le camp. Je m'arrangerai pour te rembourser ce que tu as payé pour la ferme.

— Je t'ai déjà dit que je ne voulais pas de ton argent. Ce que je veux, c'est t'aider à prendre un nouveau départ, ailleurs.

— Ça, pas question !

Ils s'affrontèrent un moment du regard puis Clint soupira :

— Très bien, s'il te faut toucher le danger du doigt pour te rendre compte qu'il existe, je suppose que je n'y peux rien... En tout cas, la ferme reste à mon nom — parce que j'ai bien l'intention de m'y réinstaller dès que tu en partiras.

— Je n'en partirai pas.

— C'est ce que nous verrons... En attendant, je ferai en sorte que tu t'en tires sans trop d'ennuis. Par égard pour Dooley.

— Va-t'en, je n'en demande pas plus. Et toutes mes condoléances à Lila si tu t'installes chez elle.

Clint réprima un sourire. Il était sûr de n'avoir jamais mentionné le nom de sa maîtresse devant Angela, mais apparemment Addie s'était chargée de faire les présentations.

— Je ne suis pas certain qu'elle ait envie de me voir, surtout après la scène d'hier. Seigneur, on aurait cru que je venais de noyer sa poupée !

Angela, qui s'apprêtait à remonter en selle, se retourna vers lui toutes griffes dehors.

— Ça suffit, Clint, je...

Elle n'eut pas le temps d'en dire plus. Il l'attira contre lui et la bâillonna d'un baiser. Stupéfaite, la jeune fille se sentit fondre entre ses bras tandis qu'il l'embrassait à pleine bouche. Ce n'est qu'en sentant ses mains descendre insidieusement vers sa taille, puis ses reins, qu'elle retrouva ses esprits et le repoussa d'un geste brusque.

— Lâche-moi ! Lâche-moi tout de suite !

Clint s'exécuta mais il n'avait pas l'air le moins du monde coupable.

— Alors ? Pas d'œil au beurre noir cette fois-ci ? demanda-t-il avec un sourire malicieux.

Angela ne répondit pas tout de suite. Elle tremblait de tout son corps, et tant de choses se bousculaient dans sa tête qu'elle aurait été bien en peine de prononcer trois mots sensés. L'attitude de Clint la prenait totalement au dépourvu. Si c'était bien lui le propriétaire légal de la ferme — et cela semblait être le cas —, pourquoi ne la mettait-il pas tout bonnement à la porte au lieu d'accepter de partir? Espérait-il encore qu'elle changerait d'avis? Voulait-il la mettre à l'épreuve? Non, décidément elle n'y comprenait rien. Et le pire, c'est qu'elle ne lisait pas plus clair dans son propre cœur. Elle aurait dû le gifler et voilà qu'elle rougissait comme une gamine au souvenir de son baiser!

— Non, pas d'œil au beurre noir, répliqua-t-elle en grimpant en selle pour se donner une contenance. Mais ne t'avise pas de recommencer.

— Tu es sûre que tu ne veux plus que je travaille pour toi?

— Certaine. Je trouverai quelqu'un d'autre. Tu peux dételer la charrette, je m'arrangerai pour la ramener à la ferme.

Clint secoua la tête.

— Non, j'ai l'habitude de finir ce que j'ai commencé.

Il marqua une pause et, la regardant droit dans les yeux, il ajouta:

— C'est une question de principe. Je n'aime pas laisser les choses à moitié faites.

11

Angela eut un mal fou à trouver le sommeil, ce soir-là. Elle était arrivée à Pinetops pleine d'espoir, et voilà que ses rêves s'effondraient comme un château de cartes. Jamais elle ne s'était sentie aussi seule, aussi désemparée.

Pourtant, elle ne regrettait pas d'être venue. Pour le meilleur ou pour le pire, elle allait commencer une vie nouvelle. Les choses seraient moins faciles qu'elle ne l'avait imaginé, il faudrait travailler plus dur, mais quelle importance ?

Elle repensa à sa mère... Souvent, quand elles rentraient de la messe, là-bas en Irlande, Edana s'attardait sur le chemin de la grève pour contempler la mer.

— On peut toujours rêver, disait-elle, le regard perdu dans l'immensité grise.

Elle semblait sur le point de pleurer et pourtant Angela devinait que ce n'étaient pas les larmes qui brouillaient ses yeux, mais la brume de souvenirs anciens, malheureux... C'étaient la même tristesse, la même amertume qu'elle avait lues dans le regard d'Addie, ce matin. Mêlées à de la colère, bien sûr, mais sa mère aussi passait souvent de la tristesse à la colère.

Pourquoi Addie se raidissait-elle quand elle parlait d'Edana et Dooley ? L'avait-elle aimé, elle aussi ? L'avait-il fait souffrir ? Peut-être était-ce de la revoir, elle, qui avait ravivé ses blessures... Mais c'était si loin, tout ça. Edana et Dooley étaient morts, Addie était devenue une vieille femme. N'était-il pas temps qu'elle oublie ses rancœurs et se réconcilie avec le passé ?

La jeune fille oublia un instant Addie pour repenser à Clint. Ah, ce voyou s'était bien moqué d'elle ! Et elle avait été sotte de lui faire confiance !... Enfin, ce qui était fait était fait et maintenant qu'il était parti, elle allait pouvoir tourner la page. Pour commencer, elle irait trouver Jordan et lui demanderait ce fameux prêt afin de financer son projet. Et puis elle lui raconterait ce qui s'était passé avec Clint. Qui sait, peut-être aurait-il une idée pour résoudre le problème d'un point de vue légal ?

Angela bâilla longuement et se retourna vers le mur, déjà à moitié endormie...

Quand elle se réveilla, un rayon de soleil filtrait

entre les volets clos et quelqu'un frappait énergiquement à la porte.

— Allez, debout, ne m'oblige pas à venir te secouer ! Tu crois que le travail va se faire tout seul ?

Clint ! Que faisait-il là ?

Encore engourdie de sommeil, elle s'extirpa du lit et alla ouvrir la porte. Il l'attendait sous la véranda, nonchalamment appuyé contre un pilier.

— La nuit porte conseil, commença-t-il. Je me suis dit que ça vaudrait mieux pour nous deux si on faisait la paix. Tu ne crois pas ?

— Pas vraiment, non.

— Allons, sois raisonnable... Au fond, que me reproches-tu ? De t'avoir menti ? Ce n'était qu'un mensonge par omission, tu ne m'as jamais demandé si la ferme était à moi.

— Elle ne l'est pas, répliqua sèchement Angela. Et tu n'as rien à y faire.

Clint la considéra en souriant.

— Il me semble que si, dit-il en lui tournant le dos pour aller s'asseoir sur les marches.

— Attends, jusqu'à preuve du contraire, c'est moi qui commande ici ! Et je t'ai demandé de partir.

— Pourquoi ? Tu as besoin d'aide et moi de travail.

Comme il ne faisait pas mine de bouger, Angela dévala les marches pour venir se camper devant lui, les poings sur les hanches. Elle était encore pieds nus et flottait dans une vieille chemise de nuit de son oncle, mais elle se moquait bien de son apparence.

— Si tu es sûr que je n'ai aucun droit sur cette ferme, pourquoi tiens-tu tellement à travailler pour moi ? siffla-t-elle, exaspérée.

Clint prit une profonde inspiration avant de répondre. Il avait réfléchi au problème une bonne partie de la nuit et n'avait trouvé qu'un moyen pour pouvoir veiller sur elle jusqu'à ce qu'elle se décide à partir : lâcher du lest — ou du moins lui faire croire qu'il en lâchait. C'est ce qu'il s'employa à faire :

— Justement. Je ne suis plus si sûr que tu n'aies aucun droit sur cette ferme, expliqua-t-il prudemment. Légalement elle m'appartient, c'est entendu, mais d'un point de vue moral… Après tout, Dooley était ton oncle, il est mort en prononçant le nom de ta mère… Lui et moi étions amis, rien de plus. Et puis, il y a cette lettre que tu t'es fait voler… Bref, je suis prêt à reconnaître mes torts ! Alors voilà ce que je te propose : le titre de propriété reste à mon nom le temps que tu fasses tes preuves, et ensuite…

— Ce n'est pas juste ! s'écria Angela sans le laisser finir.

— Peut-être, mais tu n'as pas le choix. Sans compter que comme ça, si tu empruntes de l'argent à Jordan et que tu n'arrives pas à le rendre, il ne pourra pas faire saisir la ferme sous prétexte de rentrer dans ses fonds.

— Mais je compte bien rembourser chaque sou que je lui emprunterai !

— Alors de quoi t'inquiètes-tu ? Si tu réussis, je te donne ma parole que je ferai mettre le titre de propriété à ton nom et que je disparaîtrai de ta vie. Si tu échoues, tu devras simplement l'admettre et disparaître de la mienne.

— Qui me dit que tu ne feras pas tout pour que j'échoue ? lança Angela, sur la défensive.

Clint hésita un instant, il avait peur de se trahir en répondant trop vite. Il ne fallait surtout pas qu'elle se doute qu'il était bêtement en train de tomber amoureux…

— Moi, fit-il d'un air innocent. J'ai au contraire l'intention de t'aider ! Parce que ça fait partie du marché : il faut que tu me laisses travailler pour toi… Alors, affaire conclue ?

Il lui tendit la main et, après une hésitation, Angela la serra. Elle s'en voulait de devoir le reconnaître mais, au fond, elle était soulagée qu'il soit revenu et que les choses aient pu s'arranger entre eux. Cela dit, il lui faudrait se méfier de son cœur d'artichaut. Clint était plein de charme, alors gare aux faux pas.

— Encore une chose, dit-elle d'un ton un peu pincé. J'aimerais que ce qui s'est passé hier ne se reproduise plus.

Clint sourit, enjôleur.

— Que veux-tu, tout petit déjà, je rêvais de te voler un baiser...

— Eh bien c'est fait, alors restons-en là. Nous avons décidé de travailler ensemble, rien de plus.

— Bien, patron, à vos ordres ! Si vous voulez bien aller vous habiller, nous pourrions peut-être nous y mettre tout de suite. J'aimerais finir de nettoyer cette clairière aujourd'hui.

Quelques minutes plus tard, ils avaient oublié leurs différends et s'échinaient côte à côte en bavardant avec entrain. C'est ainsi qu'Angela apprit comment Clint et son oncle s'étaient retrouvés par hasard au début de la guerre. Dooley était alors prisonnier dans la tristement célèbre forteresse de Richmond, où Clint avait été affecté comme gardien. Les deux hommes avaient passé de longues heures à discuter de part et d'autre des barreaux. C'est au cours de ces discussions que Clint avait compris les véritables enjeux de la guerre et changé peu à peu sa façon de penser. Pour finir, un soir qu'il était de garde, il avait aidé Dooley à s'enfuir et tous deux avaient rejoint les troupes nordistes...

La matinée s'écoula sans qu'ils s'en rendent compte et, quand ils s'arrêtèrent pour manger à midi, Angela entreprit d'exposer à Clint les détails de son projet.

— D'après Ben, la résine coule surtout au printemps, expliqua-t-elle. Mais nous pourrons faire une bonne récolte même maintenant, à condition qu'il fasse suffisamment chaud. Le principe est simple : il suffit de gemmer les pins, c'est-à-dire d'entailler l'écorce en diagonale et de placer un pot en dessous pour recueillir la résine. Celle-ci est ensuite chauffée et, quand les impuretés se sont déposées au fond, on obtient la térébenthine.

Elle affichait un sourire angélique.

— Nous n'aurons aucun problème de débouchés, poursuivit-elle avec enthousiasme. La demande est de plus en plus forte. Par contre, il faudra de la main-d'œuvre en quantité.

— Tu risques d'avoir du mal à en trouver, l'avertit Clint. D'autant que tu ne pourras pas offrir le même genre de salaires que la compagnie du chemin de fer.

— Je pourrai embaucher d'anciens esclaves. Ben dit que la plupart sont sans travail et prêts à tout pour en trouver. Ce qu'il me faut, c'est une avance bancaire pour démarrer et un bâtiment pour loger les ouvriers, ensuite ça ira tout seul.

— Les gens d'ici n'apprécieront pas que tu fasses travailler des Noirs alors qu'il y a tant de Blancs au chômage...

— Mais tu viens de me dire que j'aurai du mal à trouver des ouvriers blancs parce que je ne pourrai pas les payer autant que la compagnie du chemin de fer !

— Je sais, c'est une situation abracadabrante. Il n'empêche, si tu ne veux pas t'attirer des ennuis, tu auras intérêt à augmenter les salaires pour pouvoir embaucher des Blancs.

— Je paierai les salaires que je pourrai payer, rétorqua Angela, agacée. Qu'ils soient noirs ou blancs, ceux qui travailleront chez moi devront s'en contenter.

Clint préféra couper court à une discussion qui s'annonçait houleuse.

— Comme tu voudras, dit-il en se levant de table.

Bon. Nous ferions mieux de nous remettre au travail si nous voulons avoir fini ce soir.

Angela opina de la tête et le suivit dehors.

— Demain, je descendrai en ville et j'irai parler à Jordan, annonça-t-elle tandis qu'ils se dirigeaient vers la grange. J'essaierai aussi de voir ta belle-mère. Je crois qu'elle est toujours persuadée que nous vivons en ménage, et si je pouvais la faire changer d'avis...

Clint éclata de rire.

— Addie ? Personne ne l'a jamais fait changer d'avis sur quoi que ce soit ! Quand elle se fourre une idée en tête, elle la rumine comme une mule son picotin !

— Je verrai bien. En tout cas, je n'aimerais pas que les gens se fassent une fausse idée de moi.

Ils travaillèrent un moment en silence, puis Angela ajouta d'un ton faussement détaché :

— Et ton amie, elle ne va pas être fâchée que je t'embauche ? Apparemment, elle n'était pas ravie de me trouver ici.

— Lila ne dira rien, décréta Clint.

Elle n'insista pas. Manifestement, il n'avait pas envie de s'étendre sur la question.

— Tu t'es installé ici dès ton retour de la guerre ? interrogea-t-elle pour changer de sujet.

— C'était le plus simple. Je savais bien qu'Addie ne m'accueillerait pas avec du champagne et des petits-fours, et de toute façon j'étais décidé à ne pas rester chez elle. Je pensais déménager même avant la guerre, soit pour m'installer chez Dooley, soit pour camper à Honey Mountain — c'est là que j'ai dormi la nuit dernière, d'ailleurs.

— Alors tu connais la grotte secrète ?

— Oh oui, Dooley m'y a souvent emmené quand j'étais petit.

— Je me demande si ce n'était pas là que ma mère et lui se donnaient rendez-vous, dit Angela d'un air songeur. C'est un bel endroit, discret... L'entrée de la grotte est si bien cachée qu'on a l'impression que le torrent disparaît sous terre par magie. A moins de la connaître, on ne soupçonnerait jamais qu'elle donne sur une galerie qui traverse toute la montagne.

— Oui, c'est peut-être là qu'ils se retrouvaient. Tu leur en veux, de...

— De s'être aimés ? Franchement non. Mon père était aussi froid que Dooley était chaleureux.

L'après-midi tirait à sa fin et le travail aussi, quand ils entendirent une voiture sur la petite route qui menait à la ferme.

— Je parie que c'est Addie qui vient aux nouvelles, marmonna Angela en faisant la moue.

Clint secoua la tête.

— Non, je reconnais les chevaux, ce sont ceux de Jordan. Sans doute en a-t-il eu assez d'attendre derrière son bureau que tu viennes implorer son aide pour te débarrasser de moi.

Angela laissa retomber la branche qu'elle venait de soulever et se dirigea vers la maison. Elle voulait que Jordan soit dans de bonnes dispositions pour discuter de son prêt, et quelque chose lui disait que, si les deux frères se retrouvaient face à face, il y aurait de l'électricité dans l'air.

Jordan, qui l'avait aperçue, fit signe à son cocher de rouler jusqu'à sa hauteur.

— Je m'inquiétais pour toi, dit-il en se penchant à la portière tandis que les chevaux s'arrêtaient devant elle. J'ai appris que ma mère était venue ici hier. Je suis désolé, je suppose que ce n'était pas une visite très agréable.

— Disons qu'elle a jugé un peu hâtivement la situation... Que dirais-tu de rentrer en parler à la maison ? Il fait si chaud dehors.

— Avec plaisir, mais j'aimerais d'abord dire un mot à Clint. Il est ici ?

— Oui, derrière la grange. Tu aurais dû me prévenir qu'il avait repris la ferme, Jordan, ça m'a mise dans une situation délicate.

— C'est ce que je me suis dit après coup mais, sur le moment, je n'ai pas eu le courage de gâcher ta première journée ici. Et puis, pour être tout à fait franc, je pensais qu'il serait assez gentleman pour s'incliner devant la volonté de Dooley et renoncer à son titre de propriété. J'aurais dû mieux le connaître... Enfin, nous arrangerons ça — quitte à l'attaquer en justice. Pour l'instant, c'est d'autre chose que je souhaite lui parler. Voudrais-tu aller le chercher, s'il te plaît ?

A en juger par la tension que trahissait sa voix, ce devait être quelque chose d'important ! Angela courut donc appeler Clint, qui abandonna sa hache et la suivit en maugréant.

— Merci de m'avoir laissé le soin de lui annoncer la bonne nouvelle ! lança-t-il à son frère tandis que la jeune fille s'éloignait discrètement pour les laisser en tête-à-tête. C'était très délicat de ta part de l'envoyer ici sans lui dire que j'avais repris la ferme.

— Ce n'est pas de cela que je suis venu te parler, répliqua Jordan en écartant le reproche d'un geste impatient. Tu t'es vraiment conduit comme un moins que rien avec la petite Coley. Je comprends que tu aies voulu te débarrasser d'elle, mais tout de même !

— De quoi veux-tu parler ?

— Comme si tu ne le savais pas ! Des types sont passés et repassés sous ses fenêtres au galop en hurlant des menaces — il y en avait même un qui traînait un cercueil derrière son cheval — et, naturellement, la pauvre fille a jeté ses affaires dans un sac et filé sans demander son reste.

Clint empoigna son frère par le revers de sa veste.

— Tu veux dire que le Klan s'en est pris à Lila ? s'écria-t-il en le secouant comme un prunier.

Le cocher, Gabriel, s'agita nerveusement sur son siège. Il n'aimait pas se mêler des affaires des Blancs, mais Mme Addie serait furieuse si elle apprenait qu'il avait laissé M. Clinton frapper M. Jordan. Sans compter qu'il les avait tous deux tenus sur ses genoux et qu'il n'aimait pas les voir ainsi à couteaux tirés.

— Oui, c'est bien ce qu'il veut dire, dit-il en posant sa main sur celle de Clint dans un geste d'apaisement. Il ne faut pas lui en vouloir, monsieur, il n'y est pour rien.

Clint jeta un regard méprisant à son frère puis tourna les talons et s'éloigna à grands pas.

— Jordan, que se passe-t-il ? demanda Angela qui s'était approchée en entendant les éclats de voix.

— Rien de bon, j'en ai peur. Allons jusqu'à la maison, Gabriel me portera à l'intérieur. Nous pourrons parler plus à l'aise.

Comme il disait ces mots, Clint sortit de la grange sur son cheval et piqua des deux en direction de la ville. Il ne tourna même pas la tête en passant devant eux.

— Désolée, je n'ai rien d'autre à t'offrir, dit Angela en posant sur la table un petit cruchon de cidre qu'elle avait trouvé dans le placard.

Elle alla chercher deux verres, les remplit et tira une chaise pour s'asseoir en face de Jordan.

— Alors, si tu m'expliquais, maintenant.

— Tu as entendu ce que nous disions ?

— En partie seulement, quand vous vous êtes mis à crier. Qu'est-ce que c'est que ce fameux « clan » ?

— Le Ku Klux Klan ? Disons que c'est une sorte de société secrète, personne ne sait au juste qui en fait partie. Ils organisent régulièrement des raids mais toujours de nuit et le visage dissimulé sous des cagoules.

— Quel genre de raids ? insista Angela, voyant

qu'il ne semblait pas disposé à en dire plus. Et pourquoi s'en sont-ils pris à Lila Coley ?

— Ils se considèrent comme les défenseurs des anciennes valeurs : la suprématie blanche, d'abord, mais aussi un certain ordre moral. Lila est une prostituée, c'est sans doute cela qu'ils lui reprochaient — mais de là à traîner un cercueil sous ses fenêtres en la menaçant de la tuer si elle ne quittait pas la ville... Naturellement, la pauvre fille s'est enfuie la nuit même, et je la comprends : les histoires qui circulent sur le Klan sont plus horribles les unes que les autres — incendies criminels, lynchages, passages à tabac... Le pire c'est que, avec leurs cagoules, la police n'arrive jamais à les identifier.

Angela croisa frileusement les bras sur sa poitrine. Les explications de Jordan lui donnaient froid dans le dos.

— Je ne connais pas cette Lila, mais vraiment je la plains.

— Moi aussi. Et surtout, je me demande pourquoi ils l'ont choisie, elle.

— Parce que c'était une prostituée, tu viens de le dire.

Jordan secoua la tête.

— Ça n'explique pas tout. Sweeney emploie sept ou huit filles comme elle dans son saloon, et c'est la seule à avoir eu des ennuis.

— Peut-être qu'un des hommes du Klan lui en voulait personnellement ?

— Oui, c'est aussi mon avis. Je crois même savoir qui... mon frère.

— Clint ! Tu ne parles pas sérieusement ?

— Malheureusement si, répondit Jordan d'un air sombre. Réfléchis cinq minutes et tu verras que tout se tient : la visite de Lila ici, sa crise de jalousie chez Sweeney... Clinton n'est pas fou, Angela, ça a dû lui faire un sacré choc de te voir revenir, mais il a suffisamment de bon sens pour savoir que j'ai l'argent et les relations qu'il faut pour t'aider à gagner un procès contre lui si jamais on en arrivait là. Alors, il se dit que le meilleur moyen de se débarrasser de toi est de se faire passer pour ton ami, en attendant que tu te décourages toute seule. Le problème, c'est que Lila risquait de tout faire capoter en venant lui faire des scènes ici. La solution ? Rassembler ses amis du Klan et la menacer de mort pour l'éloigner... Tu vois, tout se tient parfaitement !

— Sauf que Clint a fait la guerre du côté du Nord, objecta Angela, sceptique. D'après ce que tu me dis des hommes du Klan, je les vois mal accepter un ancien soldat de l'Union dans leurs rangs.

Jordan passa nerveusement la main dans ses cheveux. Il avait pensé la convaincre sans peine, mais visiblement il allait devoir jouer plus serré que prévu.

— Peut-être les a-t-il payés pour faire la besogne ? Ou peut-être a-t-il chargé quelqu'un de le faire pour lui ?

La jeune fille secoua la tête, peu convaincue par l'argument.

— Je ne le vois pas organiser une chose pareille. D'ailleurs, tu as vu sa réaction quand tu lui as appris la nouvelle : il était bouleversé.

— Ou il faisait semblant de l'être... Clint a toujours été excellent comédien et ce ne sont pas les scrupules qui l'étouffent. Tu ne te souviens pas des tours qu'il nous jouait, quand nous étions enfants ?

— C'est bien loin, il a pu changer. Non, vraiment, je le vois mal mêlé à une affaire pareille. Les hommes du Klan devaient avoir une autre raison de s'attaquer à Lila.

— Peut-être... En tout cas, je ne serais pas fâché qu'ils s'en prennent à Clint, s'ils pouvaient le faire déguerpir comme elle... Mais assez parlé de mon frère, dis-moi plutôt quels sont tes projets. Tu pars ? Tu restes ?

— Je reste, répliqua Angela d'une voix ferme.

— Bon. Dans ce cas, tu vas avoir besoin de mon aide.

La jeune fille lui étreignit la main avec gratitude. Enfin quelqu'un qui ne cherchait pas à la décourager !

— Je ne sais pas ce que je ferais sans toi, Jordan, murmura-t-elle en souriant. Et ne t'inquiète pas, je te promets de te rembourser dès que j'aurai monté mon affaire.

Sur quoi, elle se lança dans de savants discours sur le gemmage et le marché florissant de la térébenthine. Jordan la buvait des yeux, plus fasciné par sa beauté que par ses paroles... Pas de doute, cette fille était l'amour de sa vie. Depuis l'enfance, il rêvait de l'épouser, et il n'aurait de cesse qu'il ne parvienne à son but.

— Tu m'écoutes ? demanda Angela, remarquant son air absent.

— Moi ? Mais bien sûr. Ton projet a l'air de se tenir parfaitement. Je me demande simplement s'il est très prudent de laisser Clint travailler pour toi. Ça me rappelle la vieille histoire du loup dans la bergerie, et ma mère risque d'avoir la même impression. Mais bon, comme je n'ai pas l'intention de lui parler de notre arrangement...

— Je croyais que c'était elle la propriétaire de la banque ? objecta timidement Angela.

— Oui, mais cela ne veut pas dire qu'elle a la haute main sur tout. J'ai des fonds personnels dont je peux disposer sans la consulter.

La jeune fille hocha la tête. Effectivement, c'était peut-être plus sage.

— Il ne faut pas t'inquiéter pour Clint, reprit-elle. Nous avons passé un marché très clair.

Jordan n'insista pas. Il serait toujours temps de se débarrasser de son frère plus tard. Pour l'heure, il y avait plus important.

— Tu sais, Angela, dit-il en lui prenant la main, je crois à ton affaire mais... mais j'ai d'autres raisons de vouloir t'aider. Je suppose que tu sais que j'ai toujours été amoureux de toi. Souviens-toi quand on jouait au papa et à la maman... C'était bien innocent mais je n'ai jamais oublié ces instants-là.

Gênée par le tour que prenait la conversation, Angela retira doucement sa main. Peut-être avait-elle rêvé, petite fille, de devenir un jour la femme de Jordan mais, quoiqu'elle le trouvât encore charmant et fort bel homme, elle n'éprouvait rien de tel à présent... Cela n'avait rien à voir avec le fait qu'il fût cloué sur un fauteuil roulant. Non, simplement, elle ne pouvait plus penser à lui que comme à un ami. C'est ce qu'elle essaya de lui expliquer avec le plus de tact et de ménagement possible.

Jordan l'écouta d'un air calme mais il bouillait intérieurement. Pour rien au monde il ne renoncerait à son projet. Angela n'avait peut-être que de l'amitié pour lui, mais s'il pouvait faire d'elle son obligée — mieux : sa débitrice — il réussirait à la convaincre de l'épouser.

— Tout ce que je te demande, dit-il en s'efforçant de cacher sa déconvenue sous un sourire bienveillant, c'est de me laisser te faire la cour. J'ai eu tort de vouloir brusquer les choses : tu viens d'arriver, tu es à peine installée... Qui sait, quand nous aurons refait connaissance...

— J'aimerais devenir ton amie, je ne peux rien te promettre de plus. Et j'aimerais aussi devenir l'amie de ta mère.

Jordan se rembrunit légèrement.

— Une chose après l'autre, veux-tu ? Bon. Je vais rentrer maintenant, mais dès que tu auras un moment, passe me voir à la banque pour que nous nous occupions de ce prêt. Quant à ma mère, j'essaierai de la convaincre de t'inviter à dîner d'ici une semaine ou deux.

La jeune fille doutait qu'il y parvienne mais elle se tut. Au fond, elle n'était pas fâchée de le voir partir.

Son insistance à vouloir lui faire la cour la mettait quelque peu mal à l'aise...

Elle alla jusqu'à la porte et appela Gabriel qui attendait patiemment sur les marches. Le vieux Noir porta son maître jusqu'à la voiture et l'installa avec mille soins sur le siège. Avant qu'il ne referme la portière, Jordan se pencha vers Angela et lui prit la main pour la porter à ses lèvres.

— Je saurai te faire changer d'avis, dit-il. Tu deviendras ma femme, je t'en fais le serment.

Angela grimaça un sourire convenu puis se hâta de détourner les yeux pour cacher son trouble. Ce baiser lui en rappelait un autre, autrement brûlant, qu'elle aurait préféré oublier.

De l'autre côté d'Honey Mountain, au milieu d'une prairie ayant autrefois appartenu à Carlin O'Neil, se dressaient les ruines d'une cabane en bois qu'une tempête de neige avait détruite l'hiver passé. Le petit bosquet de pins auquel elle était adossée avait lui aussi souffert de la bourrasque. Plusieurs arbres avaient été déracinés et les autres tendaient pitoyablement vers le ciel les moignons de leurs branches cassées. C'était là que les hommes du Ku Klux Klan tenaient leurs réunions et initiaient leurs nouvelles recrues. Cette nuit, pourtant, ils n'étaient pas rassemblés pour dresser des plans de campagne. Ils rapportaient les cagoules et les longues tuniques blanches qu'ils avaient revêtues le soir même pour leur dernier raid, et qui resteraient cachées sous le plancher de la cabane jusqu'au prochain.

L'un d'eux, qui se tenait un peu en retrait, portait une soutane rouge sang et avait conservé sa haute cagoule pointue percée de deux trous pour les yeux. C'était le chef, le Grand Cyclope.

— Sacrée nuit, hein ? lança son second, le Faucon Noir, en s'approchant. Quand ce vieux nègre pourra à nouveau marcher, sûr qu'il prendra ses jambes à son cou pour filer se terrer au fin fond du Canada ! Enfin, il n'a eu que ce qu'il méritait... Léon n'est tout de même pas tombé à Gettysburg pour voir un de ses anciens esclaves s'installer sur ses terres !

Slade Hawkins approuva Sweeney de la tête.

— Ces nègres ont un culot d'acier. Mais ils finiront par comprendre la leçon, et les *carpetbaggers* aussi. Ce n'est pas parce qu'on a perdu la guerre qu'on va les laisser faire la loi chez nous.

Sweeney eut un ricanement.

— En tout cas, je les comprends d'avoir peur de nous. On est drôlement impressionnants avec nos torches et nos habits de fantômes. Je ne m'en étais jamais rendu compte jusqu'ici, puisque j'étais de tous les raids, mais quand je vous ai vus débouler devant mon saloon, l'autre nuit, diable ! ça m'a presque donné froid dans le dos !

— Désolé d'avoir dû te laisser en retrait, mais les gens auraient pu trouver bizarre que tu ne sois pas derrière ton bar justement ce soir-là.

— Oh, je comprends, ne t'inquiète pas... Par contre, je me demande qui pouvait en vouloir à Lila au point de lui faire un coup pareil. C'était plutôt une brave fille, je n'avais jamais eu à me plaindre d'elle jusqu'à sa fameuse dispute avec McCabe. Dis-moi, ce ne serait pas lui, par hasard, qui t'aurait demandé de la chasser de la ville ?

Slade lui jeta un regard outré.

— Ne sois pas stupide, je ne prends pas mes ordres d'un traître !

— J'aimerais bien savoir de qui tu les prends, répliqua Sweeney, l'air songeur. Des fois, je penche pour Mme Addie, d'autres fois pour Jordan, il m'arrive même de penser que...

— Ne pense pas trop, Buck, coupa Slade. Ça pourrait t'attirer des ennuis. De très, très gros ennuis...

12

Addie poussa la porte de la banque, passa en trombe devant Mathilda et pénétra dans le bureau de son fils sans même prendre la peine de frapper.

— Seigneur, maman ! s'écria Jordan, exaspéré. Quand donc comprendras-tu qu'on n'entre pas ici comme dans...

— Peux-tu m'expliquer ce que tu faisais cet après-midi chez cette petite traînée ? coupa Addie d'un ton sifflant.

Jordan se rencogna dans son fauteuil en soupirant.

— Qui t'a parlé de ça ? Je sais que ce n'est pas Gabriel...

— Oh non, tu lui as trop bien fait la leçon ! C'est Annabella Pride qui t'a vu passer devant l'église et traverser le pont pour aller chez Dooley. Evidemment, cette langue de vipère n'a rien eu de plus pressé que d'aller le raconter à la mère de Felicia. Et devant la pauvre enfant, pour couronner le tout — je l'ai vue juste après, elle était dans tous ses états. Annabella a dit qu'on ne pouvait jamais savoir si un amour d'enfance était vraiment mort... J'espère pour toi que celui-là l'est, laisse-moi te le dire ! ajouta Addie en donnant énergiquement du poing sur la table.

Jordan aurait volontiers tordu le cou d'Annabella Pride, mais elle ou une autre, il était à peu près fatal que quelqu'un l'ait vu sortir de la ville — autant se résigner.

— Maman, dit-il patiemment, ce n'était qu'une simple visite de courtoisie. Il fallait bien que quelqu'un répare les pots cassés après ton passage. Pourquoi as-tu été l'accuser de s'être mise en ménage avec Clint ? Il travaille pour elle, rien de plus. Je crois qu'ils ont passé une sorte d'arrangement pour qu'il lui cède la ferme comme l'aurait voulu Dooley.

— Laisse Dooley où il est, personne ne peut dire ce qu'il aurait voulu... Quelle idiote j'ai été de croire qu'il suffirait de nous débarrasser de Lila pour être débarrassés de Clint! J'aurais pourtant dû savoir qu'il est toujours prêt à lâcher un jupon pour un autre...

— Maman!

— Quoi, maman? Tu ne vaux pas plus cher que lui. Aller faire des ronds de jambe à Angela! Aurais-tu oublié que tu es fiancé?

— Ces fiançailles n'ont rien d'officiel. Je n'y peux rien si toi et la mère de Felicia, vous vous êtes stupidement monté la tête.

— Ose prétendre que tu n'as pas fait la cour à cette petite! Tu as passé je ne sais combien de soirées chez elle, tu t'asseyais sur le même banc à l'église. Felicia est folle de toi et toute la ville attend la publication des bans!

Jordan soupira. Que Felicia fût amoureuse de lui, c'était indéniable. Quant à l'épouser, il y avait effectivement songé: elle était jolie, avenante, et sa famille, quoique à présent ruinée, avait été avant la guerre l'une des plus riches de la ville... Seulement voilà, depuis qu'Angela était revenue, il n'avait plus accordé une pensée à Felicia Peabody.

— Je veux savoir pourquoi tu es allé là-bas, martela Addie, de plus en plus furieuse.

— Je te l'ai dit: pour m'excuser de tes insinuations.

— Je t'avais demandé de le faire? Bon, alors je te prierais désormais de te mêler de tes affaires. Et ne t'avise pas de prêter de l'argent à cette petite grue: plus vite elle se trouvera prise à la gorge, plus vite nous serons débarrassés d'elle — et de Clint, avec un peu de chance. Je n'ai pas l'intention de la laisser s'emparer de la ferme de Dooley, elle me revient de droit.

— Mais de *quel* droit, bon sang ? s'écria Jordan qui commençait lui aussi à perdre patience.

Addie se mordit la lèvre. Si Edana n'était pas venue briser leur amour, Dooley l'aurait épousée et elle serait à cette heure son unique héritière. Après ce qu'elle avait enduré toutes ces années, elle estimait avoir droit au moins à cette compensation.

— Cela me regarde, répliqua-t-elle d'un ton sec. Rappelle-toi simplement que la banque est à moi et que je ne tolérerai pas que tu prêtes un sou à cette fille !

Sur quoi, elle sortit en claquant violemment la porte.

Jordan ne put s'empêcher de sourire. Sa mère était peut-être une femme de tête mais elle manquait parfois de discernement. La banque lui appartenait, certes, mais il en avait truqué les comptes depuis le départ. Encore un peu de patience et il aurait accumulé assez de fonds pour assurer son indépendance. Et alors, fini d'endurer sans rien dire les sermons d'Addie ! Fini de supporter patiemment ses sautes d'humeur et son caractère de despote ! Fini de passer partout pour un « fils à maman » ! Il pourrait enfin montrer à tous ce dont il était capable. Et gare à celui qui se mettrait en travers de son chemin !

Addie remontait la rue d'un pas vif, tenant à deux mains le jupon de sa robe afin qu'il ne balaie pas les planches du trottoir. Dame, elle avait payé une fortune pour en faire broder les festons par la meilleure couturière de Nashville ! Elle dépassa un petit groupe de femmes qui la saluèrent d'un sourire poli tout en détaillant avec envie sa somptueuse toilette.

« Hypocrites ! pensa-t-elle. Tout sucre tout miel par-devant, mais par-derrière… »

Elle passa son chemin en haussant les épaules. Qu'est-ce que ça pouvait lui faire, après tout ? Ce n'était pas d'aujourd'hui qu'elle avait compris que les gens de Pinetops ne l'aimaient pas. Ils lui faisaient des courbettes parce qu'elle était riche, mais au fond ils la détestaient.

Eh bien, qu'ils la détestent, grand bien leur fasse ! S'ils savaient comme elle s'en moquait ! La seule personne qu'elle ait jamais aimée avait brisé son cœur, alors maintenant… Une seule chose comptait à ses yeux : pouvoir vivre la tête haute. Bien sûr la guerre était finie, mais beaucoup de batailles restaient à venir, et celles-là, Addie comptait bien les gagner. Au nom d'une certaine idée du Sud.

C'était une journée splendide. Une brise légère poussait de petits nuages blancs et le soleil jouait à cache-cache avec eux dans l'azur tranquille.

Assis sur une crête rocheuse dominant la cascade qui dévalait le flanc de la montagne, Clint regardait l'écume blanche éclabousser la vasque d'eau claire que le torrent avait creusée en contrebas. Il avait toujours aimé cet endroit. Souvent, pendant la guerre, alors que l'enfer se déchaînait autour de lui, il avait fermé les yeux pour retrouver ce coin de paradis.

C'était en partie pour le revoir qu'il était revenu ici une fois l'armistice signé, car il savait bien que plus personne ne l'attendait. Son père était mort depuis longtemps et Dooley l'avait suivi dans la tombe.

Il s'était installé à la ferme et, tout naturellement, il avait racheté le titre de propriété dès la réouverture du tribunal. Comment aurait-il pu imaginer qu'Angela reviendrait d'Irlande ? Oh, il ne mettait pas en doute sa bonne foi : la fameuse lettre par laquelle Dooley lui léguait tout ce qu'il possédait avait bel et bien existé, il était prêt à en reconnaître la validité. En d'autres circonstances, il se serait incliné sans discuter et aurait quitté le pays, où de toute manière il n'avait plus aucun ami, mais les choses étant ce qu'elles étaient... Non, il ne pouvait pas partir, surtout après ce qui était arrivé à Lila. Il avait parlé aux autres filles qui travaillaient chez Sweeney et toutes avaient été formelles : c'était bien son amie et seulement son amie que les hommes du Klan voulaient chasser de la ville. C'était bien à elle que s'adressaient leurs menaces entrecoupées d'injures et de coups de feu.

Et toutes, comme lui, se posaient la même question : pourquoi Lila ?

Clint avait son idée sur le sujet, mais aucune preuve pour l'étayer. Manifestement le marshal Cox avait aussi la sienne : il lui avait demandé sans ambages où il se trouvait cette nuit-là. Clint avait vertement répondu qu'il était un des meilleurs clients de Lila et n'avait aucun intérêt à ce qu'elle quitte la ville. Pourtant, Cox n'avait pas paru convaincu. Après tout, avait-il dit, il avait été témoin de leur dispute et pouvait légitimement penser que... Pour toute réponse, Clint avait tourné les talons, le plantant là avec ses doutes.

Il se moquait bien du marshal et de ses soupçons imbéciles. Ce qui l'inquiétait, c'est que Lila soit partie sans laisser d'adresse et, surtout, sans demander son aide. Il n'était pas amoureux d'elle mais elle aurait dû savoir qu'elle pouvait compter sur lui pour la protéger.

Il se faisait aussi du souci pour Angela. Son obstination et son caractère tout feu tout flammes risquaient de lui attirer de sérieux ennuis avec le Klan. Surtout si elle persistait dans son idée d'embaucher d'anciens esclaves au lieu de donner du travail à des Blancs.

Le pire était qu'il se sentait de plus en plus attiré par elle, alors qu'il avait plus que jamais besoin de garder la tête froide. Des temps difficiles s'annonçaient, il ne fallait pas être grand clerc pour le deviner. Ce n'était pas le moment de s'engager dans une relation sérieuse. D'ailleurs, Clint n'avait jamais vraiment pensé au mariage mais il était sûr d'une chose : s'il devait un jour se passer la corde au cou, ce serait pour épouser une paysanne habituée comme lui au travail de la terre, pas une fille de la ville comme Angela.

Oh, elle ne manquait pas de bonne volonté — ses mains couvertes d'ampoules pouvaient en témoigner — mais ils n'avaient travaillé ensemble que deux jours, c'était peu pour juger. Sans parler de ce projet au sujet de la térébenthine... C'était assurément une bonne idée mais, à la façon dont elle en parlait, on sentait bien qu'il lui tardait d'en être au jour où elle pourrait distribuer le travail aux ouvriers et s'asseoir tranquillement sous la véranda pour les surveiller. Non, vraiment, il n'enviait pas l'homme qui épouserait Angela... Celui-ci aurait du mal à tenir les rênes du ménage !

Clint retint son souffle. Une splendide nymphe rousse venait d'émerger du bouquet d'arbres qui ombrageait la vasque, et s'avançait vers l'eau cristalline.

Le regard appréciateur de Clint glissa sur sa poitrine épanouie et sa taille de guêpe pour s'attarder sur ses hanches, qui ondulaient gracieusement à chaque pas. Son futur mari aurait peut-être du mal à tenir les rênes du ménage, mais il aurait d'agréables compensations, se dit-il d'un air rêveur.

Angela se pencha vers l'eau pour s'asperger le visage et la nuque, puis plongea dans la vasque et se laissa flotter, les yeux fermés sous le soleil.

Clint s'arracha alors à sa contemplation et commença de descendre la pente, en ayant soin de rester sous le couvert des arbres. De temps en temps, il s'arrêtait pour s'assurer qu'elle ne l'avait pas vu, mais non : elle continuait à savourer son bain comme si de rien n'était.

Angela fit trois brasses paresseuses pour s'écarter des remous et se remit à faire la planche. Elle était si bien que pour un peu elle se serait endormie là. Il faut dire qu'elle avait passé une nuit blanche à guetter vainement le retour de Clint et ne s'était endormie qu'à l'aube, furieuse contre elle-même. Quand elle s'était levée, vers huit heures, elle avait décidé de descendre en ville régler cette histoire de prêt avec Jordan. Mais d'abord, elle voulait prendre un bain...

Le chemin qui longeait le torrent jusqu'au pied des chutes était à demi envahi par les ronces et les herbes folles, mais elle l'avait si souvent emprunté enfant qu'elle n'avait eu aucun mal à le retrouver. Au bout d'un petit quart d'heure de marche, elle avait entendu le bruit de la cascade, et cinq minutes plus tard, elle plongeait dans l'eau bleue, envoyant au diable tous ses soucis — Clinton McCabe le premier.

Elle avait été stupide de passer la nuit à l'attendre. Elle avait mieux à faire que jouer les amoureuses transies. Monter son projet, par exemple. Et faire la paix avec Addie. Elle se demandait elle-même pourquoi elle y tenait tant, mais le fait était là : elle ne supportait pas que la vieille dame la considère comme une ennemie.

Perdue dans ses pensées, Angela ne s'aperçut pas que Clint venait d'entrer à son tour dans l'eau. Lorsqu'elle ouvrit les yeux et le vit près d'elle, sa surprise fut telle qu'elle chavira sur le côté et but la tasse.

— Espèce de voyeur! s'écria-t-elle entre deux hoquets. Qui t'a permis de...

Pour toute réponse, il l'attira contre lui et la fit

taire d'un baiser. La jeune fille sentit ses bras puissants se refermer autour de sa taille, son membre dur frôler son ventre, mais elle ne songea ni à crier ni à se débattre.

Lentement, ils se laissèrent couler dans l'eau bleue, toujours enlacés. La vasque n'était pas profonde, leurs pieds en touchèrent bientôt le fond. D'un coup de talon, ils remontèrent vers la surface, aussi légers que les bulles irisées qui bouillonnaient au pied de la cascade.

Ils restèrent un instant face à face, pantelants, chacun lisant dans le regard de l'autre le reflet de son propre désir. Puis ils replongèrent, les lèvres unies dans un baiser brûlant...

Un moment plus tard, ils reposaient côte à côte sur la rive herbeuse du torrent, n'osant ni parler ni bouger de crainte de briser la magie de l'instant. Le soleil qui jouait dans les branches lançait sur eux des confettis de lumière, et seul le bruit de l'eau et du vent dans les feuilles faisait écho à leur souffle apaisé.

Tendrement, presque timidement, Clint posa la main sur l'épaule d'Angela. La jeune fille roula sur le côté pour mieux se lover contre lui. La chaleur de sa peau, la pression de son membre contre sa nudité offerte la firent frissonner de tout son être. Ses bonnes résolutions s'envolèrent. Elle n'avait plus qu'un désir : se donner à lui, lui appartenir corps et âme.

Clint roula doucement sur elle et, emprisonnant ses cuisses entre les siennes, égrena un chapelet de baisers sur sa gorge.

— Je ne peux rien te promettre que le bonheur de l'instant, Angela, l'entendit-elle murmurer tandis qu'il se penchait sur ses seins pour en mordiller les pointes rosées.

Elle entrouvrit les yeux puis les referma aussitôt avec un gémissement de volupté. Le bonheur de l'instant... non, elle ne demandait rien de plus. Elle sentit la main de Clint descendre vers ses cuisses et, comme douées d'une volonté propre, celles-ci s'ouvrirent pour mieux s'offrir à ses caresses.

Il la prit avec une infinie douceur, comprenant sans qu'il soit besoin de mots que c'était la première fois qu'elle se donnait à un homme. Elle retint son souffle, partagée entre le désir et la peur d'avoir mal, puis, tandis qu'il imprimait à ses hanches un lent mouvement de va-et-vient, elle referma les bras autour de son torse et s'abandonna au plaisir. Jamais elle n'avait ressenti de telles sensations. Il lui semblait que des vagues de plus en plus fortes déferlaient sur elle, l'entraînant irrésistiblement vers une île paradisiaque, infiniment proche et lointaine à la fois. Quand la dernière vague la rejeta sur le sable dans un fracas d'écume, une jouissance incroyable la submergea, lui arrachant un cri.

Alors seulement, Clint s'abandonna à son tour. Plongeant et replongeant en elle à un rythme effréné, il laissa le plaisir rompre ses digues et la rejoignit dans un râle sourd...

Un long moment, il resta étendu sur elle, terrassé, stupéfait. Il avait connu bien des femmes avant elle, mais aucune avec qui il ait partagé une telle intensité.

Réalisant qu'il devait l'écraser, il se laissa rouler sur le côté et passa un bras autour de sa taille pour la serrer tendrement contre lui. La tête blottie au creux de son épaule, le souffle encore court, Angela sourit timidement pour chasser la gêne qui s'insinuait en elle.

— Si c'est comme ça que vous comptez gagner votre salaire, monsieur McCabe, j'ai peur que le travail n'avance pas beaucoup.

— Ne vous en faites pas pour ça, patron, répondit Clint sur le même ton.

Il la repoussa avec douceur, soulagé qu'elle ne

prenne les choses ni au tragique ni de façon trop romantique, car il se sentait lui-même passablement perdu.

— Allez, un dernier plongeon pour se réveiller ! dit-il en se levant d'un bond.

Angela le suivit des yeux tandis qu'il courait vers la vasque et entrait à grand bruit dans l'eau. Curieusement, elle n'éprouvait aucune honte de ce qui venait de se passer. Elle n'arrivait pas à croire que quelque chose d'aussi merveilleux pût être un péché. D'ailleurs, n'était-ce pas le destin qui dès le début les avait poussés l'un vers l'autre ? Ecartant ses derniers scrupules d'un haussement d'épaules, elle se leva à son tour et courut le rejoindre.

Ils passèrent encore un bon quart d'heure à jouer dans l'eau comme des loutres puis, tandis qu'ils se rhabillaient, Angela demanda timidement :

— Et Lila ?

— Elle est partie, répondit Clint d'un ton bref.

Il n'avait visiblement pas envie d'en parler mais elle insista :

— C'est bizarre, non ? Qui pouvait avoir intérêt à ce qu'elle quitte la ville ?

— Ça, bien malin qui peut le dire ! C'était une prostituée, peut-être que la femme d'un de ses clients a payé les hommes du Klan pour qu'ils la chassent ?

— Je ne sais pas... Tu n'as pas peur que les gens croient que c'est toi qui es derrière tout ça ? Après tout, Lila n'était pas la seule fille à travailler chez Sweeney, et vu ce qui s'est passé entre vous...

— Ça suffit, Angela. Je n'ai rien à voir dans cette histoire, quoi que puisse en penser Jordan — parce que c'est lui qui t'a fourré ces idées stupides dans la tête, n'est-ce pas ?

— Il se posait des questions, c'est tout. Si je t'en parle, c'est uniquement pour te faire comprendre que d'autres pourraient s'en poser.

— Qu'ils s'en posent si ça leur chante, c'est leur

problème, pas le mien. Lila était mon amie et ce qui lui est arrivé me touche certainement plus qu'eux. Je vais descendre à Nashville et essayer de la retrouver. Elle m'a dit un jour qu'elle avait une sœur là-bas.

— Tu... tu comptes la ramener ici? demanda Angela dont le cœur s'était mis à battre plus vite.

— Non, ce ne serait pas prudent. Les gens ne réalisent pas à quel point le Klan devient dangereux — pas seulement ici : dans tout le Sud... Mais ne t'inquiète pas, je rentrerai dès que possible.

Il s'éloigna de quelques pas sur le sentier puis se retourna vers elle. Il aurait voulu l'embrasser, la serrer dans ses bras, mais il ne réussit qu'à balbutier :

— Pour ce qui s'est passé aujourd'hui, je veux que tu saches que... Enfin, ça ne se reproduira pas... à moins que tu ne le veuilles aussi.

Angela n'était pas moins troublée mais elle parvint à esquisser un sourire.

— Ce qui s'est passé aujourd'hui ne serait pas arrivé si je ne l'avais pas voulu aussi, Clint.

Sur ces mots, elle tourna les talons et s'éloigna en direction de la ferme. Elle avait besoin d'être seule, de mettre de l'ordre dans ses idées. Une chose était sûre, en tout cas : elle ne regrettait rien. Clint ne lui avait promis que le bonheur de l'instant mais ce bonheur continuait à l'accompagner, l'emplissant d'un merveilleux bien-être. Elle se sentait forte, suffisamment forte pour rester, quoi qu'il arrive, maîtresse de son cœur. Et c'était tout ce qui importait.

Clint, qui la suivait des yeux, se faisait beaucoup moins d'illusions sur sa propre force de caractère. Angela semblait capable de passer en un battement de cils de la passion la plus brûlante au plus parfait détachement, mais de son côté... Oui, il devrait faire sérieusement attention s'il ne voulait pas qu'elle s'installe dans son cœur aussi tranquillement qu'elle s'était installée dans sa maison.

13

Sitôt arrivée à Pinetops, Angela se dirigea vers l'épicerie, qui faisait aussi office de bazar, de quincaillerie et de magasin de vêtements. Elle voulait s'acheter une robe neuve pour aller à la banque. Si elle en trouvait une à sa taille, Emmett la laisserait bien se changer dans l'arrière-boutique.

Elle poussa la porte du magasin, passa devant un petit groupe de femmes qui regardaient des coupons de cretonne que l'épicier venait de recevoir, et s'approcha d'une sorte de penderie où étaient suspendues une vingtaine de robes. Elle en choisit une bleu pâle, et l'appliqua contre sa poitrine pour mieux juger de la taille. Oui, elle ferait l'affaire...

— Je peux vous aider ?

La voix de la vendeuse n'était pas très amène mais Angela sourit comme si de rien n'était.

— Oui, avec plaisir. Je voudrais acheter cette robe — et si c'était possible, la passer tout de suite. J'ai un rendez-vous important, je me vois mal y aller dans cette tenue.

La femme promena un regard méprisant sur sa chemise d'homme et sa salopette rapiécée.

— Désolée, mais vous n'êtes pas dans un magasin de charité. Ici, on paie ce qu'on emporte. Si vous voulez bien rependre cette robe avant qu'elle ne se froisse...

Angela jeta un regard autour d'elle dans l'espoir d'apercevoir Emmett Peabody, mais il n'était pas dans le magasin. Les clientes qui examinaient les coupons de tissus, par contre, s'étaient toutes retournées vers elle et, à en juger par leurs mines pincées, elles n'étaient pas mieux disposées à son égard que la vendeuse.

— Oh, je vois que vous n'êtes pas au courant... M. McCabe, le directeur de la banque, m'a fait ouvrir un crédit. Je m'appelle Angela O'Neil.

— Je sais parfaitement qui vous êtes, répliqua la femme en se croisant les bras sur la poitrine. Toute la ville le sait. Vous êtes la petite grue qui s'est mise en ménage avec ce traître de Clinton McCabe.

De saisissement, Angela laissa tomber la robe, que l'autre s'empressa de ramasser.

— Regardez ce que vous avez fait ! Je vous préviens que si elle est tachée, vous me la rembourserez.

— Maintenant que sa catin a quitté la ville et qu'il n'a plus à la payer, Clinton pourra peut-être s'en charger ! ricana l'une des clientes.

Angela serra les poings mais elle s'efforça de rétorquer d'une voix calme :

— Je crains que vous ne vous fassiez une fausse idée de la situation. J'ai hérité de la ferme de mon oncle et Clint travaille pour moi. Il s'est absenté quelques jours, mais quand il est là il dort dans la grange. Je sais que cela peut faire jaser les imbéciles, cependant je n'ai pas le choix : j'ai besoin de son aide pour remettre la ferme en état.

Elle marqua une pause, heureuse de voir que les clientes échangeaient maintenant des regards gênés. Sans doute s'étaient-elles attendues à la voir repartir en larmes.

— Et maintenant, ajouta-t-elle en se tournant vers la vendeuse, si vous voulez bien appeler M. Peabody, je suis sûre qu'il ne verra aucun inconvénient à mettre cette robe sur mon compte.

— Votre compte ? Vous n'avez pas de compte ici, petite insolente ! Je suis bien placée pour le savoir, je suis Mme Peabody.

Cette fois, Angela comprit que ce n'était pas la peine d'insister. Elle s'apprêtait à partir quand Addie entra dans le magasin, écartant les autres clientes d'une ombrelle décidée.

— Ah ça, mais c'est notre Mlle O'Neil ! Que vient-elle faire ici, si ce n'est pas indiscret ?

— Réclamer un crédit, naturellement, répondit Dorothy Peabody, qui s'empressa de lui raconter par le menu ce qui venait de se passer.

— Un crédit, rien que ça... Eh bien, tu peux faire une croix dessus, ma petite. Ce magasin est à moi et je n'ai aucune envie de t'avoir pour cliente. Fiche le camp, maintenant, nous t'avons assez vue.

Angela secoua la tête.

— Je n'ai rien contre vous, madame Addie, je ne demande même qu'à être votre amie, dit-elle d'une voix ferme. Mais je n'ai pas l'intention de me laisser traiter comme un chien sous prétexte que vous me prenez pour ce que je ne suis pas. Je sais que j'ai un crédit ici — je m'en suis servie l'autre jour, après que votre fils a aimablement demandé à M. Peabody de me l'ouvrir. Voulez-vous que j'aille chercher Jordan à la banque pour qu'il vous le confirme ?

— Laisse Jordan où il est et cesse de prendre ces grands airs avec moi ! siffla Addie en agitant rageusement son ombrelle.

— Je ne prends pas de grands airs, je vous dis simplement ce qu'il en est. Je vous le répète, je souhaite être votre amie. Je vous connais depuis des années et...

— Moi aussi, je te connais : tu as toujours été une petite peste imbue de sa personne. Je n'ai pas l'intention de supporter plus longtemps ta présence ici.

Angela ne broncha pas.

— Je ne partirai pas avant d'avoir acheté cette robe et les provisions dont j'ai besoin. Voulez-vous me les vendre, ou faudra-t-il que j'aille chercher Jordan ?

Un tel silence s'était abattu dans le magasin qu'on aurait pu entendre une mouche voler. Addie était blême de rage. Elle imaginait la scène : Angela poussant le fauteuil de son fils jusque devant le comptoir, et cet imbécile de Jordan prenant sa défense devant la mère de Felicia et toutes les commères de la ville !

— Donnez-lui ce qu'elle demande, Dorothy, grinça-t-elle en jetant un regard assassin à la jeune femme. Elle finira bien par comprendre que nous ne voulons pas d'elle ici.

Dorothy opina de la tête tandis que la vieille dame tournait les talons et sortait d'un pas furieux.

Angela prit la robe puis se faufila dans l'arrière-boutique pour se changer. Quand elle en ressortit quelques instants plus tard, toutes les clientes étaient massées devant le comptoir où Dorothy déballait le sac de café que son fournisseur venait d'apporter. Ce genre de livraison devait être rare, car c'était à qui jouerait le mieux des coudes pour être servie en premier.

Pendant qu'Angela, soulagée de ne plus être la cible de tous les regards, attendait patiemment son tour, elle entendit l'une des ménagères demander d'un ton ironique :

— Vous n'en mettez pas de côté pour Addie ? Il n'en reste pas beaucoup.

— Non, répliqua sèchement Dorothy. Si elle en voulait, elle n'avait qu'à faire la queue comme tout le monde. Première arrivée, première servie, c'est ma devise.

Sur quoi elle prit la robe que lui tendait Angela, regarda le prix sur l'étiquette et le nota sur un cahier, avant de lui rendre le vêtement sans un mot.

— Merci, dit la jeune femme, puis, réprimant un sourire : Oh, tant que vous y êtes, pesez-moi ce qu'il vous reste de café et ajoutez-le à ma note, vous serez bien aimable !

Jordan accueillit Angela à bras ouverts, lui faisant mille compliments sur sa nouvelle robe.

— Peut-être la trouveras-tu moins jolie quand je

te demanderai de me prêter de quoi la payer ! répondit-elle en souriant tandis qu'il l'invitait à s'asseoir.

— Je t'ai dit que j'étais disposé à t'aider, ce n'est pas pour chipoter sur une robe.

— J'ai peur que ta mère ne voie les choses différemment.

— Pourquoi, tu l'as revue ?

Angela lui raconta la scène du magasin.

— Je redoutais quelque chose de ce genre, soupira-t-il. Maman est une vraie tête de mule, sans parler de Dorothy Peabody... Addie et elle se sont fourré dans la tête que j'allais épouser sa fille Felicia, alors, naturellement, elle ne voit pas d'un très bon œil ton retour et notre... amitié.

L'hésitation était délibérée et manifestement chargée de sous-entendus, ce qui mit Angela mal à l'aise. Elle ne savait que répondre, elle n'osait même pas regarder Jordan dans les yeux, de crainte qu'il ne prenne cela pour un encouragement. Surtout, elle ne voulait pas qu'il pût jamais dire qu'elle avait joué sur ses sentiments afin de lui soutirer de l'argent.

— Je suis venue pour ce prêt, reprit-elle d'un ton aussi neutre que possible. J'en ai vraiment besoin maintenant. Mais soyons clairs : il s'agit bien d'un prêt, je te rembourserai dès que mon affaire sera lancée.

— Oh, je n'en doute pas, soupira Jordan, visiblement déçu que la conversation prenne ce tour bassement pécuniaire. Tiens, inscris la somme dont tu as besoin et signe en bas de la page.

Il lui tendit un formulaire et poussa vers elle la plume et l'encrier.

— Qu'est-ce que je marque à la rubrique « garanties et cautions » ? Je n'ai pas d'autre bien que la ferme, et le titre de propriété est encore au nom de Clint.

— Au nom de Clint ? Mais tu m'avais dit qu'il

était d'accord pour reconnaître tes droits sur l'héritage de Dooley !

Angela lui expliqua l'arrangement qu'elle avait conclu avec son demi-frère, mais cela ne parut pas le rassurer.

— Je n'aime pas ça, marmonna-t-il en secouant la tête. Clint est un homme dangereux. Tout porte à croire qu'il fait partie du Klan, et même sans parler de ça, c'est un redoutable don Juan. Non, ça ne me plaît pas de te savoir seule avec lui dans cette ferme perdue...

Angela baissa les yeux sur son formulaire, griffonna hâtivement un chiffre, une signature, puis lui rendit la feuille sans un mot. Elle n'avait jamais été douée pour mentir, même par omission, et elle ne tenait pas à ce qu'il devine ce qui s'était passé entre elle et Clint.

— Tu ne veux pas plus ? demanda Jordan, sincèrement surpris.

— J'ai une idée... Je préfère ne pas en parler pour l'instant, mais si elle marche, je ne devrais pas avoir besoin de plus.

— Très bien, comme tu voudras. En tout cas, tu sais que tu peux compter sur moi... Si nous parlions de choses moins terre à terre ? Je pensais t'inviter pour une promenade en voiture, dimanche. Ça te dirait ? Gabriel pourrait nous conduire. En insistant un peu, j'arriverais même à le convaincre de nous préparer un panier de pique-nique...

— Pourquoi pas ? Mais s'il n'aime pas cuisiner, pourquoi ne demandes-tu pas plutôt à un domestique de ta mère ? Ce doit être la seule femme du comté à avoir réussi à garder son personnel de maison. Autant en profiter, non ?

— C'est vrai, la plupart de ses anciens esclaves sont restés auprès d'elle. Mais elle a du mal à les garder : les Noirs préfèrent de loin travailler dans les champs. Avant, ils n'avaient pas le choix, mais à présent... Sans compter qu'Addie n'est pas toujours commode, tu as pu t'en rendre compte! Enfin, elle finira par t'accepter, tu verras. Il le faudra bien si tu dois devenir ma femme...

Angela s'empressa de changer de sujet, orientant la conversation vers leurs souvenirs d'enfance et les changements qui avaient bouleversé le pays depuis son départ. Jordan répondit de bonne grâce à ses questions, et ils causèrent plaisamment pendant près d'une heure autour du thé et des petits gâteaux qu'il avait fait apporter par Mathilda. Lorsque Angela sortit de son bureau, elle avait non seulement son prêt mais le solide espoir qu'ils pourraient rester bons amis, même quand Jordan aurait compris qu'il ne pouvait être question de mariage entre eux.

Elle quitta la banque avec le sourire et remonta la rue à pas pressés en direction du champ de foire. Les affiches qu'elle avait vues le matin annonçaient que la vente débuterait à deux heures, il ne devait guère lui rester de temps.

Effectivement, les enchères avaient déjà commencé et une foule d'acheteurs et de curieux se pressaient autour du parc à bestiaux et de l'estrade sur laquelle officiait le commissaire-priseur. Angela se faufila parmi eux et attendit patiemment que le lot de surplus de l'armée fédérale dont il était question sur les affiches soit proposé à la vente. Tout le monde la regarda avec des yeux ronds quand elle leva la main pour faire la première offre pour une paire de mules. Un gros homme aux allures de maquignon surenchérit, elle en fit autant, puis le commissaire-priseur abattit son maillet en criant :

— Adjugé vendu à la dame en bleu!

La « dame en bleu » acheta ainsi quatre chevaux, six mules et deux chariots. Après quoi, estimant qu'elle avait dépensé assez d'argent, elle alla trouver deux grands Noirs qui suivaient la vente un peu en retrait et leur proposa vingt-cinq *cents* chacun pour l'aider à ramener ses achats à la ferme. Naturellement, ils s'empressèrent d'accepter.

Angela leur expliqua le chemin à suivre puis leur recommanda d'aller au pas, de façon qu'elle puisse les rattraper, car il lui restait une course à faire en ville. Elle-même partit avec l'un des chariots tiré par deux chevaux en direction de la maison d'Addie.

C'était une vieille demeure de planteur, massive et imposante, dont la façade s'ornait d'une double colonnade blanche. Une grille en fer forgé entourait le jardin impeccablement tenu.

Angela s'arrêta devant le portail, serra le frein de son chariot et alla sonner à la porte d'entrée qu'ombrageait une vénérable glycine. Une servante noire, vêtue d'une robe au col soigneusement amidonné, vint lui ouvrir.

— Désolée, mademoiselle, mais Mme Addie est souffrante. Elle ne reçoit personne.

— J'espère que ce n'est pas grave ? s'enquit Angela, un peu inquiète.

La servante haussa les épaules en signe d'ignorance.

— Avec Mme Addie, c'est toujours difficile à dire... Mais je crois qu'elle est vraiment malade, sans quoi elle ne refuserait pas les visites. La pauvre n'en reçoit plus beaucoup, vous savez.

— Donnez-lui toujours ceci de ma part, reprit Angela en lui tendant le sachet de café qu'elle avait acheté. Et dites-lui qu'Angela O'Neil est passée la voir. Surtout, qu'elle n'hésite pas à me faire appeler si elle a besoin de quoi que ce soit.

La servante hocha la tête, puis sentant les effluves parfumés qui s'échappaient du petit sac de papier brun :

— Mais c'est du café ! C'est Mme Addie qui va être contente, depuis le temps qu'elle en cherche ! Vous dites que vous êtes Mlle O'Neil ? Je ne vous connais pas mais il me semble l'avoir entendue parler de vous avec M. Jordan.

— Pas en bien, je suppose ! lança Angela en riant.

La servante hésita un instant, puis se mit à rire aussi.

— Pas vraiment, non... Mais, vous savez, elle dit rarement du bien des gens !

Angela rejoignit ses deux aides alors qu'ils pénétraient dans la forêt et fit le reste du chemin avec eux. Elle apprit ainsi qu'ils s'appelaient Roscoe et Billy, qu'ils étaient tous deux célibataires et que, comme la plupart des esclaves récemment libérés, ils cherchaient désespérément du travail.

— J'aurais peut-être quelque chose pour vous, leur dit-elle. Il s'agit d'amener deux des chevaux et quatre mules chez un ami à moi qui habite près de Chattanooga.

Les deux hommes la dévisagèrent avec des yeux ronds, croyant qu'elle se moquait d'eux. Mais non, elle avait l'air sérieuse !

— Alors, vous êtes d'accord ?

— Pour sûr qu'on est d'accord ! répondit Billy en hochant la tête avec enthousiasme.

Angela leur expliqua que son ami, Ben Caudell, avait ses entrées sur les marchés aux bestiaux de la région et qu'il pourrait tirer un bon prix des bêtes. Elle allait leur donner une lettre pour lui, lui demandant de les vendre, de se rembourser de ce qu'elle lui devait et de leur confier à eux, Roscoe et Billy, le restant de la somme, qu'ils rapporteraient à Pinetops.

— Je me doute bien que vous serez tentés d'empocher l'argent et de filer avec, ajouta-t-elle. Mais réfléchissez à ce qui arriverait une fois que vous l'auriez dépensé : vous vous retrouveriez exactement comme maintenant, sans un sou et sans travail. Alors que si vous revenez ici, je vous embaucherai à la ferme avec un bon salaire à la clef.

Les deux hommes protestèrent énergiquement de leur honnêteté. Ils avaient l'air pleins de bonne volonté et Angela se félicita de leur avoir proposé ce marché.

— Vous êtes amie avec Mme McCabe? questionna Billy au bout d'un moment. Je vous demande ça parce que je vous ai vue par hasard prendre le chemin qui mène chez elle en sortant du champ de foire, ajouta-t-il, craignant sans doute de s'être montré indiscret.

— Amie, c'est un bien grand mot... Disons que je la connaissais quand j'étais petite.

— C'est une drôle de femme — pas méchante, mais quel caractère! Ma sœur Molly travaille chez elle, elle en voit de toutes les couleurs.

Ils étaient arrivés à la ferme. Angela entra dans la maison, prépara une musette de provisions, un plan du chemin à suivre jusque chez Ben, et tendit le tout à Billy et Roscoe en leur recommandant de se mettre aussitôt en route de façon à s'avancer le plus possible avant la nuit.

— Je vous attends dans trois ou quatre jours avec l'argent. Ensuite, le vrai travail commencera!

Le grand prévôt Borden Crenshaw avait fait la guerre dans le même régiment que Clint et avait pour lui le plus grand respect, mais il ne comprenait vraiment pas pourquoi son ami remuait ciel et terre pour retrouver une simple prostituée.

— C'était une si bonne affaire au lit? demanda-t-il en s'esclaffant.

Mais Clint n'avait pas envie de rire, et la bonne humeur de Crenshaw retomba quelque peu quand il eut entendu le récit détaillé de ce qui s'était passé chez Sweeney.

— Lila avait une sœur à Nashville, expliqua Clint. Je suppose que c'est chez elle qu'elle est allée. Tout ce que je veux, c'est la retrouver et m'assurer qu'elle va bien. C'est pour ça que je suis venu te trouver — et aussi pour savoir ce que fait le gouvernement contre ces ordures.

— Le gouvernement fait ce qu'il peut, soupira Crenshaw. Nos troupes se sont retirées bien trop vite à la fin de la guerre. D'après ce que je sais, nous n'avons plus que vingt mille hommes répartis dans tout le Sud, on ne peut pas leur demander de faire des miracles. Et puis, la population ne leur facilite pas la tâche. Les planteurs ont tout perdu dans la guerre : leur indépendance, leur argent, leurs esclaves... Ils ne sont pas près d'oublier à qui ils le doivent !

Clint secoua la tête.

— Lila n'était qu'une fille de saloon. Du moment que ses clients avaient de quoi payer leur passe, elle se moquait de la couleur de leur uniforme.

— D'autres s'en moquaient peut-être moins, suggéra Crenshaw.

— C'est ce que je pense aussi. Je suis persuadé que c'est à cause de moi qu'ils l'ont agressée. C'est pour ça que j'essaie de la retrouver.

— Tu veux un conseil, Clint ? Laisse tomber cette fille, boucle tes valises et pars t'installer dans le Nord. Tu m'as dit cent fois que tu n'avais plus que des ennemis ici, alors pourquoi rester ? La situation va empirer. Le Klan devient de plus en plus puissant, il s'implante chaque jour dans de nouveaux comtés. Si ces types sont capables de s'en prendre à des femmes, rien ne les arrêtera, même pas l'armée. Crois-moi, tu ferais mieux d'oublier cette fille et de filer tant qu'il est encore temps.

Clint le regarda avec dégoût.

— Heureusement que tous les officiers de l'Union n'ont pas tenu ce genre de raisonnement pendant la guerre ! Je ne me laisserai pas impressionner par une poignée de voyous encagoulés, fourre-toi ça dans la tête. Et maintenant, si tu veux bien me faire une liste des bordels de la ville, je ne tiens pas à moisir plus longtemps dans ce bureau.

Crenshaw s'exécuta sans un mot. Quand Clint était dans cet état, ce n'était pas la peine de discuter, à moins d'avoir envie de ramasser un coup de poing. Mais bon, c'était justement d'hommes comme lui que le gouvernement avait besoin pour lutter contre le Klan, et son aide pourrait s'avérer précieuse.

Clint commença sa tournée des maisons de passe par le quartier des quais — un enchevêtrement de ruelles sordides qui bordaient la rivière et où même l'armée hésitait à s'aventurer.

C'est là qu'il trouva Amessa, la sœur de Lila, qui sirotait un whisky accoudée au bar d'un hôtel.

— Alors c'est toi le fameux Clint, dit-elle. Je comprends mieux maintenant... Ça faisait un bout de temps que j'essayais de décider Lila à venir s'installer ici mais elle ne voulait rien entendre.

— Je n'ai jamais cherché à la retenir.

— Beau gosse comme tu es, tu n'aurais pas eu besoin de me retenir non plus ! s'esclaffa Amessa en lui donnant une grande claque sur l'épaule. Peut-être même qu'il aurait fallu plus d'une descente du Klan pour me faire partir !

— Si tu me disais où est Lila ? demanda Clint qui n'était pas d'humeur à plaisanter.

— Elle est montée avec un client il y a une petite demi-heure. Elle ne devrait pas tarder à descendre...

Juste comme elle disait ces mots, un cri de joie retentit en haut de l'escalier, suivi d'une cavalcade effrénée.

— Clint ! Oh, Clint, comme je suis contente de te voir ! s'écria Lila en se jetant dans ses bras.

— Je m'inquiétais pour toi. Je voulais être sûr que tout allait bien.

— Ça va. Je crois même que cette histoire est ce qui pouvait m'arriver de mieux, même si ces types m'ont fichu la frousse de ma vie !

Elle jeta un coup d'œil vers le bar. Comme le patron la regardait en fronçant les sourcils, elle poussa Clint vers l'escalier.

— Viens, montons. Nous serons plus tranquilles pour parler…

— Tu te souviens combien ils étaient ? demanda Clint dès qu'elle eut refermé la porte de sa chambre.

— Je ne sais pas. Une dizaine peut-être.

— Tu en as reconnu certains ?

— Si tu t'imagines que je suis allée soulever leurs cagoules ! Quand je les ai vus devant le saloon avec leurs torches, j'ai jeté trois robes dans un sac et je me suis dépêchée de filer par la porte de derrière. Je ne sais pas jusqu'où ils seraient allés mais je n'avais aucune envie de tenter le diable !

— Est-ce que tu as besoin d'argent ?

Lila secoua la tête, et des larmes brillèrent dans ses yeux.

— Non, ça va. Pour toi, c'est toujours gratuit, tu le sais bien.

— Ce n'est pas ce que…

— Je sais, je sais, je te taquinais… Pars, maintenant, je crois que ça vaut mieux pour tout le monde.

Clint la serra dans ses bras puis se dirigea vers la porte d'un pas hésitant.

— Attends ! s'exclama Lila comme il posait la main sur la poignée. Je voulais te dire… L'autre jour, quand je suis venue à la ferme et que je t'ai trouvé avec cette fille… la façon dont tu la regardais… tu ne m'avais jamais regardée comme ça. C'est là que j'ai compris. Et c'est là que j'aurais dû partir. C'est elle que tu veux, Clint, et tu ferais bien de ne pas la laisser trop longtemps seule là-bas. Tu sais comme moi que c'est toi que le Klan cherchait à atteindre, l'autre soir. Maintenant que je suis partie, ils vont s'en prendre à elle…

Clint ouvrit la porte et s'engouffra dans l'escalier, qu'il descendit quatre à quatre.

Lila avait raison. Il avait été complètement inconscient de laisser Angela seule à la ferme. Le Klan risquait de l'attaquer à tout instant. Il ne savait pas au juste qui tirait les ficelles, d'Addie ou de Jordan, mais l'un comme l'autre ne reculeraient devant rien pour obtenir ce qu'ils voulaient.

Il sortit de l'hôtel et remonta la rue en courant.

Les paroles de Lila résonnaient dans sa tête.

C'est elle que tu veux…

C'était vrai, bien sûr — tellement vrai qu'il se demandait comment il avait pu se le cacher si longtemps. Seulement, la première chose à faire était de la mettre hors de danger, et pour cela il n'avait pas le choix : il fallait l'éloigner au plus vite de Pinetops.

14

Slade Hawkins s'efforçait de prendre son mal en patience. Ce n'était jamais que la cinquième ou sixième fois qu'Addie McCabe lui faisait un sermon de ce genre. D'habitude, elle le convoquait plutôt dans son bureau ou au salon que dans sa chambre, mais bon…

Il s'adossa au chambranle de la porte et attendit patiemment que l'orage passe. Avec un peu de chance, cela ne tarderait plus guère : la vieille dame avait l'air à bout de forces. Visiblement, Molly ne se trompait pas en disant qu'elle était malade : ce teint cireux, cette toux sèche, cette façon de boire sans cesse — c'était au moins le troisième verre d'eau qu'elle vidait depuis qu'il était arrivé… Sans compter qu'Addie n'était pas femme à garder le lit par plaisir!

— Aller traîner ce cercueil dans les rues! Mais qu'est-ce qui vous a pris, Hawkins? Si encore il s'était agi d'effrayer des nègres, j'aurais pu comprendre : ces gens-là ont une peur bleue de tout ce qui touche à la mort.

— C'est-à-dire, nous avions pensé...

— Je ne vous paie pas pour penser mais pour exécuter mes ordres! Et je commence à trouver que vos méthodes ressemblent un peu trop à celles du vrai Klan. Je vous préviens, Hawkins : si jamais j'apprends que vous et vos hommes avez quoi que ce soit à voir avec ces voyous, vous pourrez chercher du travail ailleurs. Et loin!

— Je vous assure que...

— Ce sont des bandits, ni plus ni moins. Ils tuent les gens, brûlent leur maison, sèment le désordre partout où ils passent — exactement l'inverse de ce que j'attends de vous. Je veux que les habitants de ce comté puissent vivre en paix. Cela suppose de rabattre leur caquet aux Noirs et aux étrangers qui se croient tout permis, mais il n'est pas nécessaire d'employer la violence pour cela: l'intimidation suffit.

— Bien, madame, acquiesça Hawkins d'un air faussement repentant. Et je m'excuse encore pour le cercueil, ce n'était pas de très bon goût.

— C'est le moins que l'on puisse dire! Et d'abord, où l'aviez-vous trouvé, ce cercueil?

— Dans l'atelier de Lem, l'entrepreneur des pompes funèbres. Mais on l'a tout de suite remis en place.

— J'imagine dans quel état! Enfin, je m'arrangerai pour le dédommager...

— J'ai entendu dire que Clint était parti, lança Hawkins pour changer de sujet. Apparemment, vous aviez raison de penser qu'il avait un faible pour Lila.

Peut-être qu'il essaiera de la ramener ici, mais ça m'étonnerait après la peur qu'on lui a faite.

— J'espère qu'il a quitté le pays pour de bon, soupira Addie. Ça simplifierait les choses au sujet de la petite O'Neil.

— Vous voulez que je fasse une descente chez elle avec mes gars ? On pourrait l'effrayer un peu, elle aussi...

Hawkins caressait cette idée depuis quelques jours déjà. Il n'avait jamais rencontré Angela, mais tous les clients de Sweeney s'accordaient à dire que c'était « un beau brin de fille » et qu'ils « en feraient bien leur quatre heures ». Ça valait la peine d'aller voir de près et de réfléchir au genre de « frayeur » qu'on pourrait lui faire — il y avait peut-être moyen de joindre l'agréable à l'utile.

— J'y penserai, répliqua Addie. Mais je préfère attendre d'être fixée sur ce que va faire Clinton. S'il a vraiment quitté le pays, il y a des chances qu'Angela en fasse autant sans que nous ayons besoin d'intervenir.

— On pourrait lui donner un coup de pouce ?

— Jordan n'apprécierait pas et s'il se mettait en tête de la protéger... Il était très amoureux d'elle, enfant, je ne voudrais pas souffler sur des braises mal éteintes... Mais vous avez peut-être raison : nous pourrions profiter de ce qu'elle est seule pour lui faire comprendre que sa place n'est pas ici. Nous en reparlerons quand j'irai mieux. Pour le moment, retournez à votre travail...

Sitôt sorti de la maison, Hawkins éclata de rire. « Je commence à trouver que vos méthodes ressemblent un peu trop à celles du vrai Klan... » Pauvre idiote ! C'étaient eux le vrai Klan ! Et du diable s'ils allaient se laisser dicter leur conduite par une vieille taupe qui ne voyait pas plus loin que le bout de son nez !

Cela dit, la « vieille taupe » leur était encore très

utile — et à lui, Hawkins, en particulier. Non seulement elle fournissait une bonne partie des fonds nécessaires aux activités du Klan, mais elle l'avait engagé comme contremaître sur sa plantation, ce qui constituait une parfaite couverture. Il faisait consciencieusement son travail, rentrait sagement le soir dans sa petite maison de fonction perdue au fond des bois, et ainsi, personne n'avait la moindre raison de soupçonner qu'il dirigeait le Klan local.

Et Dieu sait qu'il aimait ça ! Comme tous ceux qui l'avaient rejoint, il voyait là une sorte de revanche, une façon de sauvegarder l'ordre ancien et l'honneur du Sud. Certains Noirs s'étaient laissé tourner la tête par les discours du gouvernement, mais lui et ses gars étaient là pour leur rappeler leur vraie place : dans les champs de coton ou au fond des offices.

Et puis, Slade attendait avec impatience le jour où il recevrait l'ordre de débarrasser le comté de Clinton McCabe... Parce qu'il ne se faisait pas d'illusions : Clint reviendrait, il faudrait plus qu'une vague amourette pour le retenir loin de Pinetops. Alors, quoi qu'en dise la vieille Addie, l'intimidation ne suffirait plus, le traître devrait payer pour ce qu'il avait fait !

Slade attendait ce jour avec presque autant d'impatience que celui où il pourrait « faire son quatre heures » de la petite O'Neil.

Ce n'était pas peu dire.

Angela priait le Ciel pour que Billy et Roscoe reviennent — et surtout pour qu'ils reviennent avant Clint, car elle n'imaginait que trop bien le sermon auquel elle aurait droit s'il apprenait qu'elle avait confié quatre mules et deux chevaux à de parfaits inconnus !

D'un autre côté, elle aurait voulu qu'il soit déjà là.

Le bonheur de l'instant... c'était tout ce qu'il lui avait promis, mais Dieu, qu'il avait bien tenu sa promesse !

Même sans parler de cela, la vie était bien morne depuis son départ. Les journées s'éternisaient, les travaux de la ferme se transformaient en corvées maintenant qu'il n'était plus là pour rire et plaisanter avec elle. Dire qu'autrefois elle trouvait ses taquineries insupportables ! Elle avait bien changé...

C'était peut-être stupide, mais elle se sentait moins en sécurité depuis que Clint était parti. Cela faisait trois jours à présent, et une angoisse sourde lui serrait constamment le cœur. Jordan était venu la voir hier, mais sa visite ne l'avait pas rassurée. Loin de là...

Il était arrivé avec un énorme panier de pique-nique, l'interrompant en plein travail :

— Laisse donc ces corvées... Regarde le soleil qu'il fait, c'est un péché de trimer par un temps pareil ! Je te jure que si tu m'épouses, tu n'auras plus jamais à travailler.

— Mais je *veux* travailler ! s'était récriée Angela. Tu ne comprends pas ce que cette ferme représente pour moi. Vivre ici, c'est... c'est comme réaliser un rêve d'enfant.

— D'enfant, oui... mais tu es une femme à présent. Ce dont tu as besoin, c'est d'un mari pour veiller sur toi, d'un bébé à t'occuper, d'une famille à toi.

A un moment, il s'était penché pour l'embrasser mais elle l'avait repoussé presque brutalement.

— Il faut que tu partes. Nous ne pouvons pas rester comme ça, ce... ce n'est pas convenable.

Ils étaient assis sur un tertre herbeux, non loin de la cascade. Angela s'était retournée pour appeler Gabriel qui patientait dans la voiture, mais Jordan l'avait suppliée de ne pas le chasser encore.

— J'ai été stupide, pardonne-moi. Je te promets

que je ne te toucherai plus. Tout ce que je te demande, c'est de... Oh, Angela, comment peux-tu être aveugle à ce point? Tu ne vois donc pas que nous sommes faits l'un pour l'autre? Tu es la seule femme au monde que j'aie jamais aimée.

— Et Felicia?

— Felicia n'est rien pour moi. Nos prétendues fiançailles n'existent que dans la tête de ma mère... D'ailleurs tu te moques bien de Felicia, ce n'est pas à cause d'elle que tu me repousses. S'il n'y avait pas Clint...

Angela avait voulu se lever mais il lui avait saisi le poignet et l'avait obligée à se rasseoir près de lui.

— Clint! Clint le beau parleur! Clint le don Juan! Qu'espères-tu de lui, enfin? Que peux-tu espérer d'un homme qui passe son temps à courir les filles de saloon?

— Ça suffit, Jordan! Clint travaille pour moi, rien de plus.

— A qui veux-tu faire avaler ça? La vérité, c'est que tu es amoureuse de lui. Tu ne te prétends mon amie que pour me soutirer de l'argent — ma mère me le disait encore ce matin...

Addie n'avait rien dit de tel, et pour cause: il ne lui avait parlé ni du prêt ni de ses sentiments pour Angela. D'ailleurs, quand même il aurait voulu le faire, il aurait choisi un autre moment. La pauvre femme était clouée au lit et elle refusait d'appeler le médecin.

— Je te rembourserai dès que possible, avait répliqué Angela d'une voix blanche.

Elle avait les joues en feu mais Jordan avait mis cela sur le compte de la colère.

— Pardonne-moi, je n'aurais pas dû dire ça. Si seulement tu savais comme je t'aime, je suis sûr que... Mais tu changeras d'avis, je le sais, tu finiras par comprendre que Clint n'est qu'un bon à rien et que ta place est auprès de moi.

Angela n'avait rien répondu. Tout ce qu'elle aurait pu dire n'aurait servi qu'à relancer cette discussion idiote qui ne menait nulle part. Si seulement elle avait pu se passer de l'argent de Jordan et cesser purement et simplement de le voir ! Au début, elle avait pensé qu'il finirait par entendre raison et qu'ils deviendraient bons amis, mais elle n'y croyait même plus. Il s'accrochait à ses chimères comme une patelle à son rocher : rien ne pouvait lui faire lâcher prise.

Enfin, il s'était décidé à partir, lui promettant de ne pas revenir avant quelques jours « pour lui laisser le temps de réfléchir et d'écouter la voix du bon sens ».

— Tu n'imagines pas ce que peut être la vie d'une femme seule, sans amis, dans un coin comme ici. Même à supposer que Clint revienne — et rien n'est moins sûr — tu ne pourras jamais compter sur lui. Il passera son temps à courir les filles et à vider des chopes chez Sweeney. Sans compter que tu te mettras tous les gens à dos si tu continues à héberger ce traître chez toi — et quand je dis « chez toi »... le titre de propriété est toujours à son nom, n'est-ce pas ?

Angela avait cru qu'une bonne nuit de sommeil chasserait les doutes que ces paroles avaient insufflés dans son esprit, mais même la journée du lendemain n'y avait pas suffi. Assise sur les marches de la véranda, son assiette de soupe sur les genoux, elle y pensait encore.

— C'est ma maison, dit-elle tout haut pour conjurer son désarroi. Ma maison, ma terre, mon pays...

La fraîcheur du soir tombait. Les nuages s'amoncelaient sur les montagnes, annonçant un nouvel orage pour la nuit. Angela frissonna tandis que l'ombre s'épaississait à la lisière de la forêt.

— Et d'ailleurs, murmura-t-elle en essuyant furtivement une larme, je n'ai pas d'autre endroit où aller.

Un éclair déchira le ciel et, presque aussitôt, la pluie se mit à tomber. Le vent s'était levé et soufflait en bourrasques, malmenant les branches des grands pins qui gémissaient comme des âmes en peine.

Priant une nouvelle fois pour que Clint, Billy et Roscoe reviennent bientôt, elle rentra se coucher et glissa son revolver sous l'oreiller.

Dormir.

Dormir et surtout ne plus penser.

Le vent. Ce devait être le vent. Ou alors, très loin, le brame plaintif d'un cerf en amour.

— Angela... Angela, mon enfant...

Elle se redressa en sursaut, se frottant les yeux pour chasser les brumes du sommeil.

— Angela, m'entends-tu ?

Pas de doute, c'était une voix d'homme. Le cœur battant, elle saisit le revolver sous son oreiller et marcha jusqu'à la porte.

Dehors, la pluie avait cessé. L'air encore humide embaumait la résine et la terre mouillée.

Elle tendit l'oreille. Non, elle avait dû rêver. Rien ne troublait le silence de la nuit. Elle allait retourner se coucher quand la voix s'éleva de nouveau, implorante, désespérée :

— Angela... Angela, ma chérie...

La jeune femme se tourna vers le chemin qui menait à la cascade et laissa échapper un cri. Une fraction de seconde, il lui avait semblé apercevoir un cavalier sous les frondaisons du vieux saule. Presque au même moment, un nuage avait obscurci la lune mais elle aurait juré...

— Angela, il faut que tu partes.

Cette fois, elle ne rêvait pas : le cavalier était bel et bien là. Elle distinguait jusqu'aux épaulettes de son uniforme — car il portait un uniforme, sombre, aux manches en lambeaux.

L'index sur la détente, elle s'avança de quelques pas pour essayer de voir son visage, mais celui-ci était à demi caché par une branche du saule.

— Qui êtes-vous? Que me voulez-vous? lança-t-elle bravement, s'efforçant de maîtriser le tremblement nerveux de sa voix.

— Pars. Oublie cet endroit.

— Ça suffit, Clint, je ne trouve pas ça drôle.

— Clint? Tu ne me reconnais donc pas? C'est moi, ton oncle Dooley...

La lune se voila de nouveau et quand elle émergea des nuages, le cavalier avait disparu.

Angela s'avança précautionneusement vers le vieux saule. Ce devait être Clint. Qui d'autre aurait pu lui faire cette farce macabre? Le Klan? En tout cas, elle en aurait le cœur net!

Elle passa près d'une heure à fouiller sans succès les alentours de la maison. Le cavalier avait disparu. A la fin, de guerre lasse, elle retourna se coucher, prête à bondir hors de son lit à la première alerte.

Mais elle eut beau tendre l'oreille, la voix ne se fit plus entendre. Peut-être avait-elle rêvé? Non, pourtant... Et ce n'était certainement pas Clint: elle aurait reconnu sa voix. Un fantôme? Il y avait quelques années qu'elle ne croyait plus aux fantômes.

Restait le Klan...

Angela frissonna. Si c'était bien le Klan, il ne s'en tiendrait pas là.

Angela était en train de désherber le jardin, que six ans d'abandon avaient rendu aux ronces et aux orties, quand Billy et Roscoe revinrent enfin. Laissant tomber sa bêche, elle courut à leur rencontre en poussant des cris de joie. Dieu qu'elle était heureuse de les voir! Non seulement ils rapportaient l'argent de la vente mais, maintenant qu'ils étaient là, elle allait pouvoir commencer le « vrai » travail.

Roscoe lui expliqua que Ben Caudell était prêt à renouveler l'opération autant de fois qu'elle le voudrait. Ce n'étaient pas les acheteurs qui manquaient. Mules et chevaux étaient hors de prix — sauf si l'on pouvait les acheter par lots à l'armée, ce qui supposait un investissement que la plupart des fermiers ne pouvaient se permettre.

Angela compta l'argent, puis le recompta, pensant s'être trompée : il y avait près du double de ce qu'elle avait espéré !

— Messieurs, dit-elle en se tournant vers Roscoe et Billy, si cela vous chante de devenir résiniers, vous pouvez vous considérer comme engagés ! Et j'aurai besoin d'autres ouvriers. Alors, si vous avez des amis qui cherchent du travail...

Les deux hommes échangèrent des regards incrédules.

— Vous... vous plaisantez ?

— Je suis parfaitement sérieuse. Je vais même descendre tout de suite en ville chercher des outils et du matériel. Une chance que vous soyez rentrés maintenant, le bazar doit être encore ouvert.

Billy esquissa une grimace.

— On serait arrivés plus tôt, mais on a rencontré un cousin à moi sur la route. Il m'a dit que mon oncle venait de mourir. Je suis passé chez les McCabe pour prévenir Molly, et comme elle n'était pas là, j'ai fait un crochet par chez nous avant de rentrer. Vous ne m'en voulez pas trop ?

— Pas du tout... Mais vous dites que votre sœur n'était pas chez les McCabe ? C'est curieux, la dernière fois que je suis allée la voir, Mme Addie était malade et Molly restait près d'elle pour la soigner.

Billy baissa la tête d'un air gêné. D'abord, il n'avait pas l'habitude qu'on le vouvoie, et puis ce qu'avait fait Molly le mettait plutôt mal à l'aise.

— C'est-à-dire qu'elle est partie...

— Partie ? Mais pourquoi ? Vous disiez qu'elle avait l'habitude de Mme Addie et de ses sautes d'humeur.

— Oh, elle ne voulait pas la quitter !

— Alors quoi, on l'a mise à la porte ?

— Non, c'est plutôt que...

— Que quoi ? insista Angela.

Billy hésita un instant puis débita d'un trait, comme on se jette à l'eau :

— Molly dit que Mme Addie a la petite vérole.

— La petite vérole ?

— Il y a eu une épidémie à Nashville, pendant la dernière année de la guerre. Des tas de gens sont morts. Ma grand-mère était là-bas et, d'après sa description, ce qu'a Mme Addie ressemble fort à la petite vérole : elle a beaucoup de fièvre, elle parle en dormant... Molly a passé la nuit dernière avec elle, mais ce matin elle a décidé de partir, elle avait trop peur.

— Et Addie est restée toute seule ?

— Je ne sais pas. Je pense, parce que M. Jordan était à la banque et...

— Vous voulez dire que votre sœur est partie sans prévenir personne ?

— Elle m'a dit qu'elle était passée au bazar avertir Mme Dorothy.

— Bon, au moins Addie n'est pas seule et le docteur est prévenu.

— Ben, je suppose que oui mais...

Angela n'en entendit pas plus. Elle courait déjà vers la grange pour seller sa jument — au grand soulagement de Billy, qui ne savait comment lui avouer le fond de sa pensée.

Le fond de sa pensée, c'était que les gens avaient très peur de la petite vérole, qu'ils n'aimaient pas beaucoup Addie, et qu'il y avait de grandes chances que personne ne soit allé voir de quoi il retournait.

15

Quand Angela apprit que Dorothy Peabody s'était contentée d'envoyer son garçon de course prévenir le médecin, elle fut atterrée.

— Vous voulez dire qu'à l'heure qu'il est, cette pauvre femme est peut-être seule chez elle ? s'écria-t-elle.

— Ne prenez pas ce ton avec moi, Angela O'Neil. Personne n'a envie d'attraper la petite vérole, moi pas plus que les autres.

— Mais Jordan, est-ce que vous l'avez au moins prévenu que sa mère était malade ?

— Je ne vois pas en quoi ça vous regarde, mais... oui, j'ai demandé à Freddy de passer à la banque en rentrant de chez le Dr Casper. Mathilda lui a dit que M. Jordan était sorti pour affaire et qu'il rentrerait tard ce soir. Comme le docteur, d'ailleurs : il a été appelé du côté de Nashville pour un accouchement.

Angela les aurait giflées, elle et la dizaine de commères qui l'observaient d'un air suffisant.

— Addie ne peut pas rester seule, décida-t-elle. Je vais aller là-bas.

Un concert de sarcasmes salua cette annonce.

— C'est ça, envoyez-lui tous nos vœux de prompt rétablissement ! Enfin, si elle vous laisse entrer, parce que vu l'affection qu'elle vous porte...

Angela ignora la remarque et sortit en trombe du magasin. Arrivée chez les McCabe, elle poussa directement la porte du vestibule — à quoi bon frapper puisque personne ne viendrait lui ouvrir ? — et monta quatre à quatre le grand escalier.

— Madame McCabe ?

Pas de réponse.

— Madame McCabe, vous êtes là ?

Toujours aucune réponse.

Elle ouvrit une porte, une autre, la troisième fut la bonne. Addie était étendue sur son lit, inconsciente. La jeune femme toucha son front, il était brûlant. Elle courut à l'office chercher un linge propre et une bassine d'eau, et se mit en devoir de lui rafraîchir le visage. Au bout de quelques minutes, la vieille dame ouvrit les yeux et lui jeta un regard égaré.

— Molly, es-tu devenue folle ? Regarde, tu mets de l'eau partout...

Elle retomba aussitôt évanouie, mais du moins avait-elle repris un instant connaissance... Un peu rassurée, Angela continua de lui éponger le front tout en observant attentivement son visage. Celui-ci ne présentait aucune marque de petite vérole, mais il était excessivement pâle et bouffi. La jeune femme se souvint d'une voisine de ses grands-parents, en Irlande, qui était tombée subitement malade et présentait les mêmes symptômes. Le docteur appelé à son chevet avait diagnostiqué un grave problème de reins, il avait appelé cela « le mal de Bright ».

Angela souleva le couvercle du pot de chambre. Il était vide. Sans doute depuis la veille, car Molly n'avait certainement pas pris la peine de le nettoyer avant de partir. Elle glissa une main sous les reins de la vieille dame, qui se raidit avec une grimace de douleur.

Pas de doute, c'était bien le mal de Bright.

Angela sortit sur la pointe des pieds et se mit en quête de l'office, qui se trouvait dans un bâtiment distinct derrière la maison. Là, dans le petit placard qui servait de pharmacie, elle finit par trouver ce qu'elle cherchait : des graines de cognassier et de moutarde. Après les avoir réduites en poudre à l'aide d'un mortier, elle fit une décoction des premières et mélangea les secondes à un verre d'eau froide pour en faire une sorte de pâte.

Quand elle remonta dans la chambre d'Addie, celle-ci était toujours inconsciente mais elle s'était tournée sur le côté, de sorte qu'elle n'eut qu'à la pousser légèrement pour l'étendre sur le ventre. Après avoir remonté sa chemise de nuit jusqu'à la taille, Angela lui appliqua sur les reins un linge trempé dans la décoction brûlante, puis, lorsque celui-ci eut refroidi, une gaze imbibée d'huile sur laquelle elle étala l'onguent à base de graines de moutarde.

Elle renouvela cette opération une bonne dizaine de fois dans l'après-midi, sans qu'Addie reprenne connaissance. Ce n'est qu'à la tombée du jour, comme la pénombre envahissait la chambre, que la vieille dame ouvrit enfin les yeux.

— Molly ! s'écria-t-elle. As-tu perdu la tête ? Quelle est cette horreur que tu m'étales sur le dos ?

Elle se retourna, reconnut Angela et se dressa d'un bond sur son séant.

— Que fais-tu ici, vipère ?

Reculant prudemment d'un pas, Angela entreprit de lui raconter ce qui s'était passé.

— La petite vérole ! explosa Addie. Molly a eu le toupet d'aller dire que j'avais la petite vérole ! Décidément, cette fille est folle à lier... Et toi, qu'est-ce qui t'a pris de venir ici ? Je ne t'avais rien demandé, il me semble, surtout pas de m'empoisonner avec tes remèdes de sorcière !

Angela reposa le pot d'onguent sur la table de nuit et tenta de se justifier :

— En partant, Molly s'est arrêtée chez Mme Peabody pour lui dire que vous étiez seule. Mme Peabody a voulu prévenir Jordan mais il était sorti pour la journée, alors j'ai pensé... Je crois que vous avez un problème aux reins, madame McCabe. Je connaissais une femme en Irlande qui avait les mêmes symptômes, les médecins appellent ça « le mal de Bright ».

— Les médecins, les médecins... Es-tu médecin,

toi ? Je ne suis pas malade ! Du moins, je ne l'étais pas jusqu'à ce que tu t'en mêles — une chance si je n'ai pas attrapé la mort, à moitié nue avec cet emplâtre trempé sur les reins ! File d'ici, et estime-toi heureuse que je ne fasse appeler le marshal pour te jeter dehors !

Addie avait pris son ombrelle sur la table de nuit et l'agitait avec véhémence sous le nez d'Angela, mais la jeune femme ne se laissa pas démonter.

— Non, madame, répliqua-t-elle calmement. Je ne peux pas vous abandonner comme ça. Ces cataplasmes vous ont fait du bien, votre fièvre est presque tombée. Je vais descendre à l'office chercher de quoi en faire d'autres et vous préparer quelque chose à manger.

— Je ne veux pas manger ! Tu n'es qu'une intrigante, comme ta mère : tout sucre par-devant, et par-derrière... Mais tu ne m'auras pas comme ça ! Je ne me laisserai pas faire ! Je connais les gens de ton espèce, tu peux faire autant de ronds de jambe que tu veux, je n'accepterai jamais de...

Angela n'entendit pas la suite, elle était déjà sortie.

Quand elle revint quelques minutes plus tard avec une assiette d'œufs au plat et un nouveau pot d'onguent, la vieille dame dormait si paisiblement qu'elle n'eut pas le cœur de la réveiller. Elle tira une chaise près du lit et s'installa à son chevet pour attendre l'arrivée de Jordan et du Dr Casper...

Il faisait nuit noire lorsqu'elle entendit les roues d'une voiture crisser sur le gravier de l'allée. Elle dévala l'escalier pour aller ouvrir. C'était le docteur.

— Comment va-t-elle ? demanda-t-il. Je suis venu aussi vite que j'ai pu mais si c'est la petite vérole, j'ai bien peur d'arriver trop tard.

— Je ne crois pas que ce soit la petite vérole. Je ne suis pas médecin, mais j'avais une voisine en Irlande qui souffrait du mal de Bright et j'ai cru reconnaître les symptômes. Le docteur lui avait prescrit des cataplasmes de moutarde, alors je me suis permis...

— Vous avez bien fait. Il y a des années qu'Addie se plaint des reins. La dernière fois qu'elle m'a fait appeler, je lui ai trouvé le visage excessivement bouffi. J'ai pensé au mal de Bright; je lui ai demandé si elle éprouvait des difficultés à uriner mais elle m'a ri au nez et a répondu que ce genre de choses ne regardait qu'elle et son pot de chambre!

Angela réprima un sourire: c'était Addie tout craché.

Ils s'apprêtaient à entrer dans la chambre quand une seconde voiture s'engagea dans l'allée — celle de Jordan, sans doute.

— Ce doit être son fils, déclara Angela. Je vais aller le rassurer...

Elle redescendit l'escalier quatre à quatre et ouvrit la porte d'entrée juste comme Gabriel s'apprêtait à la pousser du pied. Il portait Jordan dans ses bras. Celui-ci paraissait paniqué.

— Ne t'inquiète pas, lui dit-elle. Ta mère va beaucoup mieux. Le docteur vient d'arriver, il pense que ce n'est sans doute qu'un problème de reins.

— Dieu soit loué! Tu ne peux pas savoir le souci que je me suis fait.

Angela l'accompagna à l'étage et attendit que Gabriel l'ait installé dans son fauteuil pour prendre congé — ou du moins essayer, car Jordan se récria aussitôt.

— Rentrer chez toi? A cette heure? Tu n'y penses pas! Tu vas manger avec moi. Je demanderai à Gabriel de préparer la chambre d'amis.

Angela ne protesta pas. Elle était bien trop fatiguée pour refuser son hospitalité...

Quelques minutes plus tard, le Dr Casper reparut, le sourire aux lèvres.

— Elle se porte comme un charme, plus un brin de fièvre. Vous auriez dû l'entendre pester contre cette « petite impudente et ses remèdes de sorcière » — Addie dans ses grands jours !... Cela dit, je pense comme vous, mademoiselle : c'est le mal de Bright. Il faut absolument qu'elle se soigne. Je repasserai demain pour essayer de l'en convaincre...

Quand il fut parti, Angela et Jordan s'installèrent dans le salon pour prendre un verre de sherry pendant que Gabriel préparait le dîner. Jordan se montra charmant : discret, prévenant, attentionné... Contrairement à ce qu'appréhendait la jeune femme, il ne fit aucune allusion à leur dernière rencontre et évita soigneusement de reparler de mariage. La conversation roula essentiellement sur leur enfance et les gens qu'ils avaient connus autrefois. Angela apprit ainsi que ceux qui n'étaient pas morts à la guerre étaient pour la plupart sinon ruinés du moins dans une gêne extrême.

— Ils n'en veulent pas trop à ta mère ? demanda-t-elle. Je veux dire, d'avoir réussi à sauver sa fortune alors qu'eux ont tout perdu ?

— On ne peut pas dire qu'ils la portent dans leur cœur, effectivement, mais ce n'est pas bien grave : à nous deux, nous possédons les trois quarts de la ville. Alors ce qu'ils peuvent penser...

— Il n'empêche qu'Addie doit se sentir très seule. Regarde aujourd'hui : aucun de ses amis n'est venu la voir.

— Ça n'a rien d'étonnant, elle n'a *pas* d'amis.

— Mais...

— C'est triste à dire mais c'est la vérité. Tout le monde lui donne des « madame » longs comme le bras, mais au fond... Tu l'as vu toi-même : elle pourrait crever que personne ne lèverait le petit doigt.

Il laissa passer un silence puis reprit :

— Mais parlons de choses plus gaies... Sais-tu que j'ai fait entièrement réaménager la maison, après la guerre ? Il faut dire que c'était plus commode, avec mon fauteuil... Je me suis installé dans l'ancienne chambre de mes parents, juste à côté. Ma mère et moi prenons nos repas dans ce salon, et j'ai mon bureau derrière cette porte. Cela fait une sorte d'appartement indépendant. J'ai même une chambre d'amis, ajouta-t-il en tendant la main vers la bouteille de sherry pour remplir à nouveau leurs verres. L'ancienne chambre de Clint, elle ne servait plus depuis six ans...

Il guettait manifestement la réaction d'Angela mais celle-ci parvint à rester impassible. Son cœur, pourtant, s'était mis à battre plus vite. L'absence de Clint lui pesait et, surtout, elle avait hâte de voir ce qu'il dirait quand elle lui parlerait du « fantôme ».

Gabriel apporta le dîner, composé de poulet rôti, de navets confits, de fromage et de crème renversée. La jeune femme mangea de bon appétit. Il y avait longtemps qu'elle n'avait pas dégusté un si délicieux repas et la journée avait été longue. Jordan et elle bavardèrent encore un moment puis, voyant qu'elle tombait de sommeil, il se résigna à sonner Gabriel pour que celui-ci la conduise à sa chambre.

— Tu aimes cette maison ? lui demanda-t-il à brûle-pourpoint comme elle se levait pour suivre le domestique.

— Beaucoup. Tu l'as arrangée avec goût.

— Il ne tient qu'à toi qu'elle devienne la tienne, dit Jordan en lui pressant la main. Tu le sais, n'est-ce pas ?

Angela ne répondit pas. Elle hocha la tête avec un sourire contraint et s'empressa de suivre Gabriel. Pourquoi avait-il tout gâché par ces quelques mots ? Ils avaient passé une soirée charmante et voilà qu'à présent elle redoutait le moment où ils se trouveraient à nouveau face à face.

— Alors, c'est ici que dormait Clint... murmura-t-elle tandis que le serviteur lui ouvrait la porte de la chambre d'amis et s'effaçait pour la laisser entrer.

La pièce était beaucoup moins meublée que le reste de la maison. Il n'y avait pas de bibelots sur les commodes, pas de tableau aux murs, pas de tapis pour couvrir le plancher de chêne sombre. La décoration — si l'on pouvait parler de décoration tant celle-ci était sobre — donnait une telle impression de dénuement qu'Angela crut d'abord que les Yankees avaient fait main basse sur tous les objets de valeur.

— Oh non ! la détrompa Gabriel. Les Yankees ont pillé bien des maisons mais ils n'ont rien touché ici — grâce à Mme Addie. A l'origine, c'était M. Angus qui dormait là. C'était sa chambre d'enfant, puis c'est devenu celle de M. Clint et celui-ci n'a jamais voulu en changer.

— Il y a si longtemps que vous êtes dans la maison ? demanda Angela, éberluée.

— Je ne l'ai jamais quittée, répondit fièrement Gabriel. Mes parents étaient parmi les premiers esclaves des McCabe, je suis né sur la plantation la même année que M. Angus. M. Clint était très fier de dormir dans la chambre de son père, elle n'était pas très confortable mais il ne voulait rien y changer. De toute façon, il n'y passait pas beaucoup de temps. Même petit, il préférait courir les bois et se promener à cheval. Ensuite, il s'est occupé de la plantation, il surveillait les récoltes, aidait à rentrer le coton. M. Jordan ne s'est jamais intéressé à ces choses-là, il restait ici pour lire et étudier... Mais je vous ennuie avec mes histoires. Bonne nuit, mademoiselle. N'hésitez pas à sonner si vous avez besoin de quelque chose.

— Bonne nuit, Gabriel.

Le vieux domestique parti, Angela enfila la chemise de nuit qui était posée sur le lit et se glissa sous les draps en bâillant à s'en décrocher la mâchoire. Elle tombait littéralement de fatigue. Elle se pencha pour souffler la lampe, sourit en pensant que Clint avait dû faire cent fois le même geste, dans cette même chambre, puis sombra corps et âme dans un sommeil sans rêve.

Clint attendit d'être sûr que la maison dormait pour traverser le jardin, escalader la véranda et se hisser jusqu'à la fenêtre de son ancienne chambre. Elle était ouverte, Dieu merci... Il enjamba l'appui de la fenêtre en retenant son souffle. Il lui semblait être revenu des années en arrière, quand, adolescent, il « faisait le mur » pour rejoindre quelque bonne amie en cachette.

Il s'approcha doucement du lit et plaqua la main sur la bouche d'Angela, de crainte qu'elle ne pousse un cri de surprise.

— N'aie pas peur, c'est moi, murmura-t-il comme elle se réveillait en sursaut.

Il laissa retomber sa main et ajouta malicieusement :

— Encore couchée dans mon lit ? Décidément, ça devient une habitude !

— Chacun les siennes. Je vois que tu n'as pas perdu celle de réveiller les gens en pleine nuit. Comment savais-tu que tu me trouverais ici ?

— Billy m'a dit que tu étais allée prendre des nouvelles d'Addie. Je t'ai attendue devant la grille jusqu'à dix heures, puis j'ai compris que tu passerais la nuit ici — et comme il n'y a qu'une chambre de libre dans la maison... Comment va ma belle-mère ? C'est vraiment la petite vérole ?

Angela s'empressa de le rassurer, lui rapportant par le menu les événements de la journée. Il glissa une main sous la courtepointe et lui caressa doucement la jambe.

— Tu me fais une place près de toi ? demanda-t-il presque timidement.

Angela hésita, puis sourit.

— Si tu insistes...

Un instant plus tard, leurs vêtements gisaient en tas au pied du lit et ils s'embrassaient à bouche que veux-tu. Leurs corps étaient de feu. Chacun buvait aux lèvres de l'autre comme à une source enivrante, jamais tarie. Avant de succomber sous les caresses de Clint, Angela se dit qu'au moins, maintenant, les accusations d'Addie étaient pleinement fondées: elle vivait dans le péché. Si les «honnêtes gens» n'avaient pas d'autre mot pour le bonheur qu'elle éprouvait, elle acceptait celui-là. Tout comme elle acceptait que chaque nuit passée avec Clint pût être la dernière: quel que soit l'avenir, elle voulait profiter du présent.

Comme la première fois près de la cascade, la jouissance les submergea au même instant. Mais cette fois, Angela ne pouvait s'y tromper, il y avait autre chose que le simple plaisir physique. Elle était amoureuse. Eperdument, désespérément amoureuse.

Clint, de son côté, n'était pas loin de se faire le même aveu. Il avait connu bien des femmes avant elle, mais force lui était de reconnaître qu'il n'avait jamais éprouvé cette exaltation, ce sentiment de plénitude et d'apaisement.

— Nous devrions peut-être partir? suggéra Angela tandis qu'ils reprenaient haleine. Je veux dire, quelqu'un pourrait venir...

Clint se leva, alla tirer le verrou puis revint s'étendre près d'elle.

— Je ne suis peut-être plus le bienvenu ici, mais c'est tout de même ma maison, dit-il en la serrant contre lui.

Ils continuèrent à bavarder, blottis l'un contre l'autre, alors que, derrière la fenêtre entrouverte, la lune s'élevait lentement dans le ciel. Clint expliqua comment il avait retrouvé Lila mais sans s'étendre sur leur rencontre. Etait-il resté longtemps avec elle? Avaient-ils fait l'amour? Ces questions brûlaient les lèvres d'Angela mais elle se garda de les poser, de crainte qu'il ne devine sa jalousie. Elle préféra raconter la bonne affaire qu'elle avait faite en achetant le lot de mules et de chevaux à la vente aux enchères. Elle s'attendait à de chaudes félicitations, mais Clint se contenta de hocher la tête et de demander :

— Et naturellement, tu vas profiter de cet argent pour lancer ton projet ?

— Bien sûr ! Tu ne voudrais pas que je renonce maintenant, quand même ?

Il ne répondit pas tout de suite. Il avait roulé sur le dos et regardait le plafond, les mains croisées sous la nuque.

— Je suis passé au quartier général des armées, à Nashville. On m'a confirmé ce que je craignais : le Klan devient de plus en plus puissant dans la région. Tu risques de t'attirer de gros ennuis en embauchant d'anciens esclaves alors qu'il y a tant de Blancs au chômage. Ils sont prêts à travailler pour des salaires plus bas, c'est entendu, mais ces voyous encagoulés ne vont pas aimer ça. Tu cherches le bâton pour te faire battre, Angela...

— Je ne cherche rien du tout. Je suis mon chemin, un point c'est tout. Si ça déplaît à certains, c'est leur problème !

— Ça pourrait devenir le tien... Enfin, puisque rien ne peut te ramener à la raison, je ferai mon possible pour te protéger.

Angela feignit un mouvement d'impatience. Elle était soulagée qu'il lui offre sa protection mais elle ne voulait surtout pas le laisser paraître. Il avait déjà pris trop d'ascendant sur elle.

— Je n'ai pas besoin d'ange gardien, dit-elle presque sèchement. Tiens-t'en simplement à notre marché. J'espère pouvoir te rembourser bientôt l'argent que tu as mis dans la ferme mais d'ici là, n'oublie pas, c'est moi qui commande.

Clint sourit et l'attira contre lui.

— Pas toujours, patron, pas toujours... murmura-t-il d'une voix rauque de désir.

Ils ne s'endormirent que bien plus tard, et quand Angela se réveilla le lendemain, il était parti. La maison était silencieuse. Le jour se levait à peine. La jeune femme s'habilla et s'éclipsa sans bruit. Affronter un petit déjeuner en tête-à-tête avec Jordan après la nuit qu'elle venait de passer était au-dessus de ses forces.

Jordan froissa rageusement le bout de papier et le jeta par terre.

Du travail à la ferme... Elle voulait voir si Clint était rentré, oui !

Décidément, Addie n'avait pas tort de penser que c'était une erreur de laisser ces deux-là ensemble. Il allait y mettre bon ordre, et sans tarder. Il était temps qu'Angela comprenne que sa place était auprès de lui, et non avec son vaurien de frère !

16

Au cours des semaines qui suivirent, Angela embaucha plusieurs autres anciens esclaves. Elle ne pouvait leur offrir des salaires très élevés mais ils furent néanmoins ravis : le seul fait de pouvoir travailler était une aubaine pour eux.

Elle se rendit aussi à une deuxième vente aux enchères, où elle acheta tout un lot de mules et de chevaux ainsi que plusieurs chariots et charrettes.

Près d'une centaine de pins étaient déjà gemmés et c'était un plaisir sans cesse renouvelé que de voir les petits pots de terre cuite s'emplir de résine dorée.

Elle en oubliait presque Jordan, dont les visites quasi quotidiennes lui pesaient pourtant de plus en plus.

— Je suis invitée à dîner là-bas ce soir, annonça-t-elle à Clint après l'une de ces visites. Il paraît qu'Addie veut me remercier d'être allée la voir quand elle était malade.

Clint n'était pas de bonne humeur. Il était en train de réparer la roue d'un des chariots qu'elle avait achetés et il venait de se planter une écharde sous l'ongle, après s'être à demi écrasé le pouce d'un coup de marteau.

— Addie, te remercier ? De sa vie, elle n'a jamais remercié personne pour quoi que ce soit ! Ce sera plutôt Jordan qui veut te réclamer son argent. Combien lui as-tu emprunté ?

— Peu importe. De toute manière, j'aurai amplement de quoi le rembourser dès que notre première récolte sera vendue.

Clint lâcha son marteau, s'extirpa de sous la voiture et se campa devant elle, les poings sur les hanches.

— Combien, Angela ?

A contrecœur, elle lui annonça un chiffre.

— Rien que ça ! Bon, eh bien, il ne me reste plus qu'à repartir pour Nashville avec une partie des bêtes et à les revendre là-bas.

— Je t'assure que rien ne presse ! protesta Angela.

— Qu'est-ce que tu en sais ?

— Quand bien même, tu n'as pas besoin d'y aller. Roscoe et Billy s'en chargeront.

— Tu ne peux pas leur demander ça. C'est trop dangereux. Rien que la semaine dernière, le Klan a lynché deux Noirs qui revenaient de vendre leur récolte au marché. Leur seul tort avait été de racheter un champ à leurs anciens maîtres. Je n'ai pas envie qu'il arrive la même chose à Roscoe et Billy. Sans compter qu'ils refuseraient certainement de partir : Nashville n'est pas Chattanooga, et en trois semaines, les choses ont diablement changé dans le pays. Tu ne t'en rends peut-être pas compte mais eux le savent très bien.

Angela ne répondit rien. Qu'aurait-elle pu dire ? Qu'elle avait peur qu'il revoie Lila ? Qu'elle redoutait de rester seule à la ferme ? Quelques-uns de ses ouvriers dormaient certes dans la grange, faute de posséder un toit à eux, mais elle savait qu'ils prendraient leurs jambes à leur cou si le « fantôme » se manifestait à nouveau.

Elle avait raconté à Clint ce qui s'était passé la nuit de l'orage, mais il avait haussé les épaules : elle avait dû rêver, cette mystérieuse apparition n'était sans doute qu'une illusion due à la fatigue. Quant à la voix, le bruit du vent dans les pins avait pu la tromper… Ces explications n'avaient rassuré Angela que sur un point : il n'était pour rien dans cette farce macabre, sans quoi il aurait au contraire tout fait pour l'effrayer. Restait qu'elle avait bel et bien vu quelqu'un…

— Bon, comme tu voudras, soupira-t-elle.

Clint réprima un mouvement d'humeur. La perspective d'aller jouer les maquignons à Nashville l'enchantait aussi peu qu'elle… D'autant que c'était sa faute s'il en était réduit à cette extrémité. Il l'avait mise en garde contre Jordan, il lui avait dit et répété de ne pas accepter son argent, et elle n'avait rien eu de plus pressé que de courir se jeter dans la gueule du loup.

— C'est pour toi que je fais ça, lança-t-il sèchement. Si les soucis matériels t'ennuient, tu n'as qu'à épouser mon frère, tu en seras débarrassée.

— Ça t'arrangerait bien, hein ? répliqua Angela, piquée au vif.

— Oui, ça m'arrangerait ! Ça m'arrangerait de pouvoir travailler tranquillement sur ma ferme au lieu de m'échiner sur des projets délirants en attendant que Madame se lasse de ses caprices !

Ces derniers mots achevèrent de mettre le feu aux poudres. Angela avait passé la journée à trimer au jardin sous un soleil de plomb. Sa robe était trempée de sueur, ses reins brisés, ses bras couverts de piqûres d'orties — bref, elle n'était pas d'humeur à supporter les sarcasmes de Clint.

— La vérité, siffla-t-elle, c'est que tu te mords les doigts de m'avoir proposé ce marché ! Tu es en train de réaliser que mes projets soi-disant délirants ne le sont pas du tout et que tu n'auras qu'à t'incliner s'ils aboutissent. Parce que tu le sais pertinemment : c'est à moi que Dooley voulait léguer la ferme.

— Que tu dis...

— Tu me traites de menteuse ?

— Je dis simplement que personne n'a vu son testament.

— Naturellement, puisqu'on me l'a volé !

— Là encore : que tu dis...

Angela le foudroya du regard.

— Très bien ! s'exclama-t-elle après un silence. Si c'est comme ça, je crois qu'il vaut mieux que tu partes. Définitivement. Je me débrouillerai sans toi.

— Désolé, mais j'ai aussi mon mot à dire ! J'irai vendre ces bêtes à Nashville, que ça te plaise ou non, et j'essaierai d'en tirer assez pour que tu puisses rembourser Jordan s'il réclame son argent. Je n'ai pas envie que cette ferme soit pourrie d'hypothèques quand tu en partiras, une fois tes beaux projets tombés à l'eau. Parce que je connais Jordan : le titre de propriété a beau être à mon nom, il est assez requin pour tenter quelque chose de ce genre.

Il marqua une pause puis ajouta froidement :

— Oui, vraiment, ça me simplifierait la vie que tu l'épouses.

— Tu pourrais installer ta traînée ici, c'est ça ?

— Je n'y avais pas pensé, mais maintenant que tu en parles... Lila est plutôt bonne fille, et au moins je n'aurais pas l'impression de coucher avec mon contremaître !

Sur quoi, il tourna les talons et se dirigea tranquillement vers la grange.

— C'est ça, va-t'en ! grinça Angela, au bord des larmes. Et surtout ne reviens jamais !

Clint ne se retourna même pas. Pire, il se mit à siffloter. Elle l'aurait tué. Dire que, depuis son retour, il était venu la rejoindre chaque nuit sitôt les ouvriers endormis et qu'elle, pauvre idiote, lui avait ouvert ses bras... Lila en faisait sans doute autant, mais du moins elle avait le bon sens de se faire payer ses services !

— C'est fini, bien fini ! se jura-t-elle, furieuse, et elle rentra se changer pour aller chez Jordan.

A cet instant, elle aurait tout donné pour pouvoir rembourser à Clint ce qu'il avait payé pour la ferme et être définitivement débarrassée de lui. Mais comment faire ? Emprunter encore à Jordan ? Avec ce qu'elle lui devait déjà, ce n'était guère prudent, d'autant qu'elle ne pouvait espérer aucune rentrée d'argent dans l'immédiat : elle devrait attendre encore longtemps avant qu'elle ait récolté assez de résine pour la vendre à la distillerie, et d'ici là, il faudrait nourrir et payer les ouvriers. Non, le problème était insoluble...

Le pire était qu'elle tenait sincèrement à Clint. Ce qu'elle avait pris pour une amourette sans importance s'était bel et bien transformé en amour... Pour elle, car apparemment, de son côté à lui, leur liaison n'avait été qu'une simple passade.

Là encore, elle ne voyait pas d'issue. Clint n'était pas homme à se contenter d'une seule femme, et elle n'était pas, comme Lila, prête à le partager avec une autre.

Pour aller chez Jordan, Angela avait mis une jolie robe de taffetas couleur pêche qu'elle avait achetée sur un coup de tête après la vente des chevaux. Le décolleté était un peu trop profond à son goût, mais il n'y avait guère de choix au bazar de Pinetops — pour tout dire, cette robe était la seule de tout le magasin qui fût à peu près de sa taille.

Malgré la douceur du soir, elle avait donc mis un châle pour cacher ses épaules nues, et même ainsi, son élégance contrastait avec la pauvreté de son équipage : un vieux chariot bâché que Clint avait réparé avec les moyens du bord. Jordan avait bien proposé d'envoyer Gabriel la chercher avec le buggy mais elle avait préféré refuser.

Quand elle arriva chez les McCabe, le jeune homme l'attendait dans le salon, tout de blanc vêtu dans son fauteuil d'infirme. Un plateau de rafraîchissements était posé sur la table marquetée et un énorme bouquet de fleurs trônait sur la cheminée.

— Assieds-toi, je t'en prie, dit-il en désignant le sofa. Ma mère nous rejoindra dans un moment, elle se sent encore un peu faible.

— Peut-être vaudrait-il mieux qu'elle se repose, suggéra Angela.

— Oh non, cela lui fera le plus grand bien de descendre dîner avec nous. Molly est avec elle, elle l'aidera à s'habiller.

— Molly est revenue ?

— Avant-hier. Elle s'est confondue en excuses et m'a supplié de la reprendre à notre service. Naturellement, j'ai accepté.

— Et ta mère ? Elle va mieux ?

— Beaucoup mieux. Le Dr Casper est très content d'elle, il dit qu'elle sera sur pied d'ici quelques jours.

Il marqua une pause puis ajouta :

— Tu sais, c'est elle qui a eu l'idée de t'inviter.

— Je suis désolée, Jordan, murmura Angela en

secouant la tête, mais j'ai peine à le croire. Ta mère n'a guère d'affection pour moi, je le sais bien.

Jordan lui prit la main et la pressa doucement.

— Ma mère n'a d'affection pour personne, mais quelle importance ? C'est de nous qu'il est question. Je lui ai dit ce que j'éprouvais pour toi, elle sait que j'ai l'intention de t'épouser et que, bon gré mal gré, elle devra accepter ce mariage.

Il mentait. Jamais il n'avait parlé à Addie de ses sentiments pour Angela — ni a fortiori de son projet de l'épouser !

— Non, poursuivit-il, c'est plutôt après Clint qu'elle en a. Elle ressent sa présence comme un affront. Ce n'est jamais agréable d'avoir un traître dans sa famille, mais quand en plus il habite à deux pas... Je dois dire que je ne serais pas fâché non plus qu'il s'en aille, mais pour d'autres raisons. Le fait qu'il habite chez toi commence à faire jaser. Je ne voudrais pas que les gens se fassent une mauvaise opinion de ma future femme...

Angela, qui bouillait déjà depuis un moment, refusa d'en entendre plus.

— Jordan, coupa-t-elle d'un ton sec, combien de fois faudra-t-il te répéter que je ne veux pas t'épouser ? Ton affection me touche beaucoup mais, je te l'ai déjà dit, il ne peut être question que d'amitié entre nous. D'ailleurs, j'ai bien trop de travail à la ferme pour seulement penser au mariage !

Jordan hocha la tête sans un mot mais il était furieux. C'était à cause de Clint qu'elle le repoussait, il en était certain. Quelque chose de louche avait dû se passer entre eux.

Angela trouva le moment judicieux pour lui rappeler qu'il avait promis de dîner tôt, de façon qu'elle puisse rentrer avant la nuit. Naturellement, il avait commencé par lui proposer de dormir chez lui mais comme elle avait refusé, elle le soupçonnait de retarder délibérément le moment de passer à table.

Sans doute espérait-il qu'une fois au pied du mur elle préférerait accepter son hospitalité que de reprendre la route en pleine nuit. Si tel était le cas, il se trompait lourdement.

Enfin, ils passèrent dans la salle à manger où les attendait une table somptueusement dressée — verres en cristal, couverts en argent, porcelaine de Chine... le tout artistiquement disposé sur une nappe de lin blanc brodée au petit point.

Addie les rejoignit alors qu'ils venaient de s'asseoir à table. Elle était pâle comme une morte dans sa robe de satin crème, et s'appuyait si lourdement sur Gabriel que celui-ci semblait la porter plus que la soutenir.

— Vous êtes sûre que vous vous sentez bien ? demanda Angela, alarmée. Ce n'est peut-être pas prudent de vous lever si vite.

— Je suis parfaitement remise, rétorqua la vieille dame d'un ton sec. Et quand même je ne le serais pas, il me reste assez de jugement pour savoir ce que je peux ou ne peux pas faire !

Elle se tourna vers Jordan et lui jeta un regard assassin. Il avait eu droit à une scène mémorable quand il lui avait annoncé son intention d'inviter Angela, mais il avait réussi à lui faire promettre de se tenir correctement : c'était cela, ou il la conduisait à l'hôpital de Nashville... Trop faible pour lui tenir tête, Addie avait accepté le marché tout en se jurant de lui rendre bientôt la monnaie de sa pièce.

— Je voulais te remercier pour l'autre jour, Angela, dit-elle du ton d'un enfant qui récite sa leçon. Et aussi pour le café.

Elle sentit le pied de Jordan écraser le sien sous la table et ajouta :

— Et je m'excuse pour ce que je t'ai dit quand je suis venue à la ferme. Je t'avais mal jugée.

Angela était si heureuse d'entendre ces mots

qu'elle ne remarqua ni le ton contraint sur lequel ils étaient prononcés, ni le sourire benoît de Jordan.

— Vous ne pouvez pas savoir comme je suis contente, madame ! s'écria-t-elle. Comme je vous l'ai dit, Clint travaille pour moi mais...

Addie ne put en supporter davantage.

— Assez ! explosa-t-elle. Je ne veux pas qu'on prononce le nom de ce traître sous mon toit !

Ce disant, elle tapa si violemment du poing sur la table que son verre se renversa, répandant son contenu sur la nappe. Jordan pâlit de rage.

— Maman ! Tu avais promis de ne pas faire d'esclandre ! siffla-t-il, oubliant jusqu'à la présence d'Angela qui s'était précipitamment levée pour éviter que le vin ne coule sur sa robe.

— Je suis peut-être malade, mais c'est encore moi qui commande dans cette maison, espèce de petit ingrat ! N'oublie pas que je pourrais t'en chasser comme j'ai chassé ton frère ! Je veux bien faire toutes les excuses et les courbettes que tu voudras, mais je ne supporterai pas qu'une petite dévergondée vienne me chanter les louanges de ce Judas !

— Et moi, je ne supporterai pas plus longtemps tes manières de tyran, vieille chipie !

Angela, atterrée, avait battu en retraite vers la porte tandis que Molly et Gabriel accouraient pour essuyer la nappe. Le temps que Jordan s'aperçoive de sa disparition, elle était remontée dans son chariot et faisait claquer les guides sur les croupes des chevaux. L'attelage remonta l'allée au grand galop et s'engagea dans la rue au même train. Elle ne ralentit l'allure qu'à la sortie de la ville, et seulement parce que, la nuit tombant, elle avait de plus en plus de mal à distinguer la route.

Le sang battait douloureusement à ses tempes, une foule de pensées confuses se bousculaient dans sa tête. L'attitude d'Addie la laissait déçue mais pas vraiment surprise, alors que celle de Jordan...

Jamais elle ne l'aurait cru capable d'une telle violence. La façon dont il s'était emporté contre sa mère l'avait sidérée ; il avait eu des accents presque haineux et... menaçants — oui, c'était le mot : menaçants. Rien à voir avec le Jordan posé et bienveillant qu'elle connaissait.

Peut-être Clint avait-il raison ? Peut-être aurait-elle dû refuser son prêt ? Mais aussi, qu'aurait-elle fait sans cet argent ?

Elle songea à sa dispute avec Clint et soupira. Elle s'était conduite comme une sotte. Nul doute qu'après ce qu'elle avait dit il courrait tout droit se jeter dans les bras de Lila...

Absorbée dans ses pensées, Angela ne vit qu'au dernier moment les deux cavaliers qui lui barraient la route.

— Eh là, qu'est-ce qui vous prend ? cria-t-elle en tirant brutalement sur les guides.

Elle allait continuer sur le même ton, quand elle s'aperçut avec horreur que le bas de leurs visages était dissimulé sous un foulard. Sa main chercha à tâtons le Remington posé près d'elle, sous son châle, mais au même instant un troisième homme bondit sur elle et la tira violemment en arrière.

— C'est dangereux de se promener toute seule la nuit, ma jolie. On risque de mauvaises rencontres... Envoie ta bourse, et vite !

Angela essaya de se dégager mais elle n'était pas de force.

— Tu ne veux rien dire ? Très bien. Allez les gars, fouillez le chariot. Si vous ne trouvez rien, on la fouillera, elle. Je crois qu'on passera un bon moment...

L'un des deux cavaliers voulut mettre pied à terre mais l'autre le retint par le bras :

— Attends ! Je crois qu'une voiture approche.

Il y eut un instant de flottement, puis l'homme qui

tenait Angela l'envoya rouler à l'arrière du chariot et sauta sur son cheval.

— Ce n'est que partie remise ! lança-t-il avant de s'enfoncer dans les bois à la suite des autres. On sait où tu habites, on passera te voir un de ces soirs !

Le temps qu'Angela reprenne ses esprits et bondisse sur son revolver, il avait disparu sous le couvert des arbres.

Encore tremblante, elle attendit quelques minutes mais personne ne vint. Si une voiture était passée, c'était sans doute sur la grand-route, de l'autre côté du ruisseau. En tout cas, elle l'avait échappé belle.

Se maudissant pour son imprudence, elle se remit en route, le Remington sur les genoux.

— Chapeau, Slade ! lança Pete Dugan en riant. Ç'aurait été moi, ordre ou pas, cette petite garce passait à la casserole !

— C'est peut-être pas son type de fille, ricana Buck Sweeney. Les goûts et les couleurs...

Slade serra les poings.

— La ferme, vous deux ! Elle ne perd rien pour attendre... La prochaine fois, je me la ferai aux petits oignons, même si je dois me faire taper sur les doigts.

Pete mordit dans sa chique en regardant Buck du coin de l'œil.

— Te faire taper sur les doigts par qui ? Tu ne nous dis jamais rien, on ne sait même pas où tu prends tes ordres.

— Vous n'avez pas besoin de le savoir. Contentez-vous de suivre les miens.

Buck haussa les épaules. Il n'était pas vraiment surpris : il avait posé dix fois la question à Slade et, les dix fois, il avait obtenu la même réponse.

— En tout cas, dit-il, notre mystérieux patron a l'air d'un drôle de zigue.

— C'est son problème. Moi, je fais ce qu'il me dit, un point c'est tout.

— Reconnais tout de même qu'on aurait pu pousser un peu plus loin. C'est vrai, ça rime à quoi d'attaquer cette fille pour détaler ensuite comme des lapins ?

— On était seulement censés lui faire peur.

Pete se gratta pensivement le menton.

— Si c'était histoire de lui faire peur, elle doit avoir son compte pour ce soir, non ? Tu crois vraiment que c'est la peine de fiche le feu à sa ferme ?

— Je t'ai dit qu'on suivait les ordres, tu es bouché ou quoi ? siffla Slade en descendant de cheval.

Ils étaient arrivés devant la cabane délabrée qui servait de quartier général au Klan. Plusieurs hommes les y attendaient, dont certains avaient déjà revêtu leur longue tunique et leur cagoule. Slade souleva les lattes disjointes du plancher pour prendre ses propres habits.

— Ça s'est bien passé ? lui demanda quelqu'un.

Il reconnut la voix de Frank Cox, un fermier de Pinetops qui avait prêté serment de fidélité à l'Union pour obtenir la charge de marshal. Slade aimait bien Frank. Il avait réussi un joli coup en se faisant nommer à ce poste, et il jouait son double jeu à la perfection.

— A merveille, répondit-il. Une chance qu'un de tes hommes ait croisé McCabe et ce nègre sur la route de Nashville. Depuis le temps qu'on attendait qu'il parte pour pouvoir la coincer seule…

— T'en fais pas pour McCabe, je lui réglerai son compte quand il reviendra. Lui mort et sa ferme en cendres, je pense que la petite O'Neil se dépêchera de plier bagage.

— Tu veux dire qu'elle me tombera toute rôtie dans le bec, oui !

17

Arrivée à la ferme, Angela enleva sa robe, la fourra dans le foyer de la cuisinière et y mit le feu. Jamais elle ne pourrait la remettre sans à nouveau sentir sur elle les mains de la brute qui l'avait ceinturée.

Elle alla se coucher, mais même avec le Remington sous son oreiller, il lui fallut des heures pour s'endormir. Et pour quelques minutes à peine : elle n'avait pas fermé les yeux qu'un bruit de sabots la réveillait. Son cœur se mit à battre la chamade. Clint et Roscoe ne pouvaient être déjà de retour, et si c'était le fantôme de l'autre nuit, il était venu accompagné — à en juger par le bruit, il y avait au moins dix cavaliers.

Affolée, elle saisit le Remington et courut à la fenêtre. Ce qu'elle vit lui glaça le sang. Ils n'étaient pas dix, mais vingt ou trente déployés en arc de cercle à la lisière de la forêt comme autant de spectres. Leurs longues tuniques blanches flottaient autour d'eux tels des suaires, et leurs visages disparaissaient sous des cagoules pointues. Chacun tenait à la main une torche enflammée.

Du coin de l'œil, Angela vit l'un de ses ouvriers qui se faufilait hors de la grange et s'enfonçait dans la forêt. Les autres ne tarderaient pas à le suivre, s'ils ne s'étaient déjà enfuis.

Un des cavaliers se détacha du groupe. Il portait tunique et cagoule comme les autres, mais les siennes étaient écarlates.

La main crispée sur son revolver, la jeune femme le vit s'avancer vers la maison. Il arrêta son cheval à une dizaine de mètres de la véranda et cria :

— Sors de là, Angela O'Neil! Nous ne voulons pas te faire de mal, juste te parler!

— Je vous entends très bien d'où je suis! répliqua-t-elle, avec un aplomb qui l'étonna elle-même car, elle avait beau avoir une arme et savoir s'en servir, elle était loin d'être rassurée.

— Tu as embauché des nègres dans ta ferme. Tu ne crois pas qu'il y a suffisamment de Blancs sans travail?

— J'en embaucherai quand ils accepteront les mêmes salaires.

— Tu ne comprends pas, Angela O'Neil. Nous ne voulons pas de gens comme toi dans le pays!

A partir de là, les choses se précipitèrent.

Angela tira deux fois en l'air, espérant provoquer un mouvement de panique parmi les hommes du Klan. De fait, ceux-ci battirent en retraite — à l'exception de deux: celui qui était habillé en rouge et un autre, qui fit tournoyer sa torche pour la lancer sur la maison.

La jeune femme n'avait pas le choix. Elle le visa à l'épaule et tira. Tandis qu'il s'effondrait à terre, la torche encore à la main, elle fit feu une quatrième fois. La balle siffla aux oreilles de l'homme en rouge qui s'enfuit sans demander son reste...

Angela attendit que le bruit de son cheval au galop se fût perdu au loin, puis elle enfila ses bottes et sortit prudemment sur le seuil. Le silence était retombé sur la clairière. On n'entendait plus que le murmure du vent dans les pins, ponctué par le cri d'un oiseau nocturne.

Elle commençait à souffler quand un bruit de pas la fit sursauter. Dieu merci, ce n'était que Billy qui sortait des fourrés où il s'était caché.

— Ça va, mademoiselle Angela, vous n'avez rien? demanda-t-il en la rejoignant, puis, avisant l'homme étendu à terre près de la torche enflammée: Vous... vous l'avez tué?

— Seulement blessé, il a dû s'assommer en tombant. Venez, Billy, aidez-moi à lui enlever sa cagoule. Peut-être pourrez-vous le reconnaître.

Elle marcha jusqu'à l'homme évanoui et ramassa la torche pour l'éclairer tandis que Billy dégageait son visage.

— Mon Dieu, mademoiselle, c'est Frank Cox, le marshal de Pinetops !

Angela crut que ses jambes allaient se dérober sous elle. Le marshal ! A peine cinq minutes plus tôt, elle avait pensé envoyer Billy le chercher et voilà qu'il gisait à ses pieds, une balle dans l'épaule, après avoir essayé de mettre le feu à sa maison ! Décidément, toutes les misères du monde semblaient se donner le mot pour lui tomber sur les épaules... Accablée, elle s'agenouilla près de Cox et examina sa blessure.

— C'est grave ? questionna Billy.

— Pas très, mais il a besoin d'un docteur et je ne peux pas l'amener à Pinetops, avec les autres qui risquent de revenir. Et je ne peux pas vous y envoyer non plus : si jamais quelqu'un vous trouvait sur la route avec lui, blessé, vous risqueriez de vous retrouver pendu sans autre forme de procès. Non, voilà ce que vous allez faire : vous allez le porter dans la grange, l'attacher, et filer bride abattue chercher le Dr Casper. Je pense que nous pouvons lui faire confiance — si tant est qu'on puisse faire confiance à qui que ce soit dans une ville où le marshal est un homme du Klan !

— Moi, je connais quelqu'un de sûr... commença Billy.

Mais Angela ne l'entendit pas, elle retournait déjà vers la maison — oh, pas pour se coucher, elle savait bien qu'elle ne dormirait pas, même s'il y avait peu de chances que le Klan revienne cette nuit ! Non, simplement pour s'asseoir avant de tomber d'épuisement.

Après ce qui lui parut une veille interminable, le jour finit par se lever. Presque aussitôt, elle entendit une voiture sur le chemin.

Elle se précipita dehors, pensant que c'était le docteur, mais à sa grande surprise elle reconnut le buggy de Jordan. Il était suivi de près par un chariot bâché dans lequel étaient assis deux hommes.

— Mais... et le docteur ? J'avais dit à Billy...

Jordan l'arrêta d'un geste.

— C'est lui qui est venu me chercher. Il avait peur que le docteur ne fasse partie du Klan. La seule personne dont il pouvait être sûr qu'elle n'était pas avec eux cette nuit, c'était moi, à cause de mes jambes.

— Et eux ? demanda Angela en désignant d'un mouvement de tête les deux hommes du chariot.

— Mon contremaître, Slade Hawkins, et un de ses ouvriers. Ils vont conduire le marshal à Nashville, il verra un docteur là-bas.

— Mais pourquoi ?

— Billy a raison, on ne peut faire confiance à personne à Pinetops. Mieux vaut amener Cox au quartier général des armées. Là-bas, on s'occupera de lui et au moins on ne le laissera pas filer. Où est-il ?

— Dans la grange. Il est simplement blessé à l'épaule, rien de grave.

— Bon. Vous vous en occupez, les gars ? Et surtout, dites bien au grand prévôt que je passerai le voir dans la journée. Il faut absolument qu'il nous envoie quelqu'un de sûr pour rétablir l'ordre.

Les deux hommes opinèrent de la tête puis se dirigèrent vers la grange. La jeune femme ne leur jeta qu'un regard distrait, mais celui que Jordan avait appelé Slade Hawkins lui déplut aussitôt. Il y avait dans sa physionomie quelque chose d'inquiétant, et les deux gros revolvers qu'il portait ostensiblement à la ceinture n'étaient pas faits pour atténuer cette impression.

— Angela? Angela, tu rêves?... Seigneur, mais tu ne tiens plus debout! Ecoute, nous allons rentrer ensemble à Pinetops et je demanderai à Gabriel de te préparer la chambre d'amis. Il faut être raisonnable: tu ne peux pas rester ici avec ces bandits qui risquent de revenir.

— J'ai prouvé que j'étais de taille à me défendre, non? répliqua-t-elle avec un sourire las. Enfin, quand je ne baisse pas ma garde... Je l'ai baissée une fois hier et j'ai bien failli me faire détrousser et violer.

— Quoi? s'écria Jordan, atterré. Tu veux dire que ces gredins...

— Oh non, pas eux!

Angela raconta brièvement ce qui lui était arrivé en rentrant chez elle.

Le jeune homme blêmit.

— Je suis désolé, dit-il, j'aurais dû m'arranger pour que tu partes avant la nuit. Je te dois vraiment des excuses, Angela, et pas seulement pour ça... Je n'aurais jamais cru que ma mère se conduirait aussi mal.

— Franchement, ce n'est pas ce qui me préoccupe le plus. Je la connais assez pour faire la part des choses. Non, ce qui m'inquiète, c'est le Klan. Si ça continue, ces gens-là feront la loi dans le pays — et j'ai vu à quoi pouvait ressembler leur loi!

— Nous allons y mettre bon ordre, ne t'en fais pas. J'irai voir le grand prévôt aujourd'hui même, et je ne sortirai pas de son bureau avant qu'il ait trouvé une solution. D'ici là, je te le répète, tu ne peux pas rester seule ici.

— Clint rentrera bientôt.

— Raison de plus pour partir! Angela, il fait partie de cette bande de fripouilles, ça crève les yeux.

As-tu remarqué qu'il n'était jamais là pendant leurs raids ? C'est tout de même curieux, non ?

— Mais non, je sais où il est allé, ça n'a rien à voir.

— Si tu sais où il est, dis-le-moi, déclara Jordan d'un ton impérieux.

La jeune femme commençait à perdre patience.

— Cela ne te regarde pas. Il traite une affaire pour moi.

— Désolé, mais tes affaires me regardent, rétorqua sèchement Jordan. Elles me regardent au plus haut chef. N'oublie pas que c'est à ma banque que tu as emprunté de l'argent.

Il se tut, honteux, puis ajouta plus calmement :

— Excuse-moi, je dis toujours tout de travers... Mais aussi, je me fais un sang d'encre pour toi !

— Je sais, je sais, soupira Angela.

La dernière phrase de Jordan l'avait pourtant piquée au vif. Décidément, plus vite elle pourrait le rembourser, mieux cela vaudrait !

— Ils vont faire une enquête, tu sais, reprit-il.

— Comment ça ?

— Eh bien, l'armée, les représentants de l'Union. Ils vont sans doute te poser un tas de questions sur ce qui s'est passé cette nuit. Je leur raconterai ce qui t'est arrivé en rentrant de chez moi, ça expliquera en partie que tu aies eu la gâchette facile, mais... Seigneur, si seulement je pouvais mener ma propre enquête ! Mais que veux-tu que je fasse, cloué dans mon fauteuil ?

Il faisait tellement peine à voir, en cet instant, qu'Angela fut malgré elle attendrie. Elle avait été injuste. Après tout, s'il ne l'avait pas aidée, elle se serait trouvée sans un sou à l'entière merci de Clint, et ses chances de récupérer la ferme auraient été peut-être réduites à néant.

Dans un élan de sympathie, elle grimpa dans le buggy et s'assit en face de lui.

— Cesse de te torturer, Jordan, dit-elle en lui prenant les mains. Tu as déjà fait tellement pour moi que je ne sais comment te remercier.

Il secoua la tête d'un air accablé.

— Ça me rend fou de te savoir seule ici à la merci de ces bandits, et de ne rien pouvoir faire pour te protéger. Je t'aime, Angela, j'ai si peur de te perdre... Viens habiter chez moi, je t'en supplie, là au moins je pourrai veiller sur toi. Ou si tu refuses de quitter la ferme, laisse-moi m'y installer avec toi.

— Oh, Jordan, combien de fois faudra-t-il...

— Juste quelques jours. Le temps que l'armée nous envoie un nouveau marshal et que les choses rentrent dans l'ordre. S'il te plaît... Tu ne sais même pas quand Clint va rentrer. Si par hasard il a fait une nouvelle conquête, tu ne le reverras pas avant des semaines. Je le connais, tu sais.

Angela soupira. Force lui était de reconnaître qu'elle ignorait quand Clint rentrerait, et elle ne tiendrait pas une deuxième nuit comme celle qu'elle venait de passer. Elle ne pouvait compter sur ses ouvriers pour faire des tours de garde, et elle était à bout de forces.

— Je t'en prie, insista Jordan. Juste le temps que les choses se calment.

— Mais ta mère ? Elle sera furieuse.

— Elle ne saura même pas que tu es dans la maison... Gabriel, s'il te plaît, trouve-moi Billy et dis-lui que Mlle Angela va rentrer avec nous. Explique-lui qu'il vaut mieux que lui et les autres quittent la ferme pour quelques jours. Et reviens vite, que nous partions sans tarder !

Il se retourna vers Angela pour lui demander si elle voulait emporter quelques affaires, mais la jeune femme dormait déjà à poings fermés. Son regard s'attarda sur ses longs cils et ses lèvres pleines. Il brûlait de l'embrasser mais il n'osait pas, de crainte qu'elle ne se réveille et ne le repousse devant ses hommes.

— Bientôt, se jura-t-il. Bientôt, tu seras à moi et pour toujours.

Molly aida Angela à enfiler une chemise de nuit, ouvrit le lit pour qu'elle n'ait plus qu'à s'y glisser, et lui versa une grande tasse de thé.

— Buvez, ça vous fera du bien. Gabriel vient de le préparer, il est encore brûlant. Je vous laisse la théière sur la table de nuit, que vous puissiez vous resservir… Dormez bien, mademoiselle. Pendant ce temps, je vais vous préparer un bon déjeuner.

Molly sortit sur la pointe des pieds, laissant la jeune femme boire son thé. Gabriel avait bien recommandé qu'elle en prenne au moins une tasse avant de s'endormir.

Il était encore tôt. Rien ne bougeait dans la maison. Mme Addie ne devait pas être réveillée, sans quoi elle aurait déjà sonné pour qu'on lui apporte son chocolat — ou ses pantoufles, ou Dieu sait quoi encore. Il est vrai qu'elle avait eu un mauvais sommeil… Molly, qui depuis qu'elle était malade dormait dans sa chambre sur un matelas posé à même le sol, l'avait entendue se tourner et se retourner dans son lit. Elle avait demandé si elle désirait quelque chose, mais la vieille dame lui avait vertement répondu de se mêler de ses affaires et de la laisser tranquille.

La servante sortit dans le jardin et se dirigea vers le poulailler. Hier soir, Mlle Angela était partie avant le dîner, et d'après ce que Billy avait dit de ce qui s'était passé ensuite, il était probable qu'elle n'avait à cette heure toujours rien dans l'estomac. Nul doute qu'elle apprécierait un bon poulet rôti pour son déjeuner !

Après s'être assuré que Molly avait bien suivi ses instructions, Gabriel retourna au buggy.

— Tout est en ordre ? l'interrogea Gabriel.

— Oui, monsieur. Molly a installé Mlle Angela dans la chambre d'amis, elle est en train de préparer le repas.

— Et pour le thé ?

— J'ai fait fondre les sachets dedans, comme vous l'aviez demandé. Mlle Angela en avait déjà bu une tasse quand Molly est descendue à l'office.

Jordan se laissa aller contre le dossier capitonné de la banquette avec un sourire satisfait. Angela ne se réveillerait pas avant son retour. Avec la dose de laudanum qu'elle avait prise — pratiquement le double de ce qu'il donnait à sa mère quand il voulait être tranquille pour quelques heures — peut-être même dormirait-elle jusqu'au lendemain... Tant mieux. La journée ne faisait que commencer et il se sentait déjà fatigué. Il avait besoin de temps pour réfléchir et adapter son plan au tour imprévu qu'avaient pris les événements.

— Souhaitez-vous prendre quelque chose avant que je vous conduise à Nashville, monsieur ? questionna innocemment Gabriel.

— Nous n'allons pas à Nashville.

— Mais vous aviez dit...

— Tais-toi donc et conduis-moi à la banque. Il faut que je prépare des papiers pour une saisie d'hypothèque.

Gabriel hocha humblement la tête et grimpa sur le siège du cocher tandis que son maître se rencognait dans la voiture.

Ni l'un ni l'autre ne leva les yeux vers la maison, sans quoi ils auraient vu Addie qui les observait depuis la fenêtre de sa chambre.

La vieille dame, qui avait le sommeil léger, s'était réveillée quand Gabriel était venu prévenir Molly que son frère l'attendait en bas. En fait, c'était Jordan que Billy avait demandé à voir, mais le vieux domestique n'avait aucune envie de réveiller son maître au milieu de la nuit — ou du moins, il préférait envoyer Molly voir d'abord de quoi il retournait.

Intriguée, Addie s'était levée sans bruit et avait suivi la femme de chambre. Elle se sentait trop faible pour descendre l'escalier mais, celui-ci donnant directement sur le vestibule, elle avait pu suivre sans peine la discussion qui s'y déroulait.

Gabriel s'étant finalement décidé à réveiller Jordan, elle était ensuite retournée se coucher de crainte qu'on ne la surprenne sur le palier, mais elle était restée sur le qui-vive. C'est ainsi qu'elle avait entendu Jordan partir avec le buggy, puis revenir environ une heure plus tard accompagné d'Angela, qu'il avait confiée à Molly avec mission de l'installer dans la chambre d'amis.

La rage au cœur, elle passa le restant de la journée à ruminer ces événements, fulminant contre Hawkins sans qui rien ne serait arrivé.

Quand le contremaître rentra enfin, peu avant la tombée de la nuit, elle avait accumulé une telle colère contre lui qu'elle trouva la force non seulement de descendre l'escalier, mais de traverser le jardin pour rejoindre son « bureau » — un mauvais appentis de planches qui jouxtait l'écurie.

Elle le trouva installé devant un cruchon d'eau-de-vie dont il semblait avoir déjà éclusé plusieurs verres.

— Vous feriez mieux de poser ça et de vous expliquer, Hawkins ! dit-elle en se laissant tomber sur une chaise car ses jambes flageolaient.

— M'expliquer sur quoi ? répondit-il avec un sourire nonchalant.

— Oh, je vous en prie, ne jouez pas au plus fin. Vous étiez censé faire peur à cette fille, pas mettre le feu à sa maison.

— Je ne sais pas de quoi vous parlez. Nous avons fait exactement ce que vous aviez dit : on l'a arrêtée sur la route, on lui a fichu une bonne frousse, puis on a fait semblant d'entendre quelqu'un venir et on a filé.

— Vous voulez dire que ce n'est pas vous qui avez essayé d'incendier la ferme ?

— Pour ça, non ! Ce doit être un coup du vrai Klan. Je suppose qu'ils s'en sont pris à elle parce qu'elle a embauché des nègres... Mais quand même on aurait deviné ce qu'ils préparaient, qu'est-ce qu'on aurait pu faire ? Ces types-là ne sont pas du pays, on ne les connaît pas.

Addie le regarda d'un air de doute. Ses protestations d'innocence ne la convainquaient qu'à moitié. Elle changea de sujet :

— En tout cas, je ne la blâme pas d'avoir embauché des Noirs. Quand on voit les salaires que réclament les Blancs...

— On dirait que vous la défendez... Vous voulez qu'elle parte, non ?

— Bien sûr ! Plus vite nous serons débarrassés d'elle et de Clint, mieux ce sera. Non, je dis seulement que les temps sont durs et qu'un travail est un travail, quelle que soit la paye à la fin du mois.

Elle fronça les sourcils et ajouta :

— Dites-moi, Hawkins, qu'est-ce que c'est que cette histoire à propos de Frank Cox ? Il paraît qu'il était avec ces bandits et qu'elle lui a tiré dessus ?

— Non, pas du tout ! Quelqu'un a dit au marshal qu'il se passait de drôles de choses à la ferme et il a eu la mauvaise idée d'aller voir de quoi il retournait. Quand elle l'a aperçu, cette fille est devenue comme folle, elle s'est mise à tirer dans tous les sens et c'est comme ça que...

— C'est bon, c'est bon, l'interrompit Addie. Il me racontera lui-même ce qui s'est passé quand il sera sur pied.

Elle avait hâte de partir. Il ne fallait pas que Jordan apprenne qu'elle était sortie et il n'allait pas tarder à rentrer de la banque. Du reste, elle était rassurée sur l'essentiel : Hawkins avait bien suivi ses ordres.

— Eh bien, Hawkins, qu'est-ce que vous avez à me regarder comme ça ? dit-elle en se levant péniblement.

— Je... je croyais que vous étiez au courant, madame.

— Au courant de quoi ?

— Cox est mort. Cette fille l'a tué.

18

Lorsque Jordan rentra de la banque, en début de soirée, Angela dormait toujours à poings fermés et Addie, qui avait dîné tôt, s'était retirée dans sa chambre en demandant à Molly de ne pas la déranger.

Le jeune homme se fit porter dans le salon et se versa un grand verre de whisky. Jusqu'ici, tout se passait pour le mieux. Il n'avait certes pas prévu qu'Angela tirerait sur Cox, mais cela servait à merveille son plan : toute la ville allait se retourner contre elle et, Clint parti, elle serait bien obligée de s'en remettre à lui, Jordan, pour la protéger. S'il jouait finement la partie, il aurait bientôt la femme de ses rêves avec pour dot les plus belles pinèdes du pays...

Restait le problème de sa mère, mais là aussi il avait son idée. Si tout allait bien, il serait bientôt libre de mener sa vie comme il l'entendait... Seigneur, ce ne serait pas trop tôt ! Il y avait tant d'années qu'Addie lui empoisonnait l'existence, tant de choses dont il avait souffert par sa faute ! A cause d'elle, il n'avait jamais partagé aucune intimité avec son père, c'était toujours avec Clint que celui-ci partait chasser ou inspecter la plantation, tandis que lui, sous prétexte qu'il était le cadet, devait rester sagement à la maison. Evidemment, cela lui attirait les railleries de tous les gamins de la ville. On riait dans son dos, on le traitait de fille, de bébé à sa maman...

Seule Angela ne se moquait pas de lui. Et même, se rappela-t-il avec un élan de tendresse, elle prenait sa défense quand les autres garnements l'humiliaient.

Il était certain de l'avoir aimée dès cette époque avec autant de flamme qu'aujourd'hui. Comme il avait souffert lorsqu'elle était partie ! Et comme son absence lui avait pesé pendant toutes ces années !

Mais c'était fini, bien fini ! Bientôt, elle serait sa femme et ils ne se quitteraient plus.

Jordan allait se servir un second verre quand un bruit le fit sursauter. Quelqu'un frappait — tambourinait, plutôt ! — à la porte d'entrée. Maudissant ce visiteur importun qui risquait de réveiller Angela, il tira la sonnette qui reliait ses appartements à ceux des domestiques, au fond du jardin, puis manœuvra son fauteuil pour sortir sur le palier.

Addie, qui avait sa chambre à l'autre bout du couloir, se hâtait déjà vers l'escalier, s'appuyant sur sa fidèle ombrelle comme sur une canne. Avec sa robe de chambre grise et son bonnet de nuit, elle avait l'air d'une chouette réveillée en plein midi.

— Retourne te coucher, maman, je m'en occupe ! lança Jordan avec humeur.

— Ah oui ? Et comment comptes-tu descendre l'escalier ? Voilà ce qui arrive quand on ne laisse pas les domestiques dormir dans la maison !

Elle se pencha à la balustrade du palier et cria :

— Eh bien, Gabriel, tu te dépêches ? Cette brute va défoncer la porte !

Encore titubant de sommeil, Gabriel se hâta d'aller ouvrir. Il se trouva nez à nez avec Clint.

— Mlle Angela est ici, n'est-ce pas? interrogea celui-ci sans lui laisser le temps de reprendre ses esprits.

— Oui, monsieur, elle...

— Occupe-toi de ce qui te regarde, Clint! cria Jordan. Et sors d'ici, tu n'as rien à faire dans cette maison.

— Exactement! renchérit Addie en agitant rageusement son ombrelle au-dessus de la balustrade. Gabriel, jette-le dehors!

Le domestique avala sa salive.

— Je... je crois que vous feriez mieux de partir, monsieur...

— Retourne te coucher, Gabriel, rétorqua Clint en poussant résolument la porte. Et vous deux, dites-vous bien que je ne sortirai pas d'ici avant d'avoir vu Angela! Dites-lui de descendre, ou c'est moi qui serai obligé de monter.

Il aurait donné cher pour éviter cette scène grand-guignolesque mais il n'avait pas eu le choix: les volets de sa chambre étaient fermés et l'espagnolette tirée.

Jordan faisait pivoter son fauteuil pour aller chercher le pistolet qu'il gardait dans le tiroir de son bureau quand Angela parut, chancelante, sur le palier.

— Que se passe-t-il? demanda-t-elle d'une voix pâteuse. J'ai entendu crier...

Clint se rua dans l'escalier et, repoussant Addie qui cherchait à s'interposer, la saisit à bras-le-corps juste comme elle s'évanouissait.

— Bon sang, qu'est-ce que tu lui as donné, Jordan? s'écria-t-il, furieux, en se retournant vers son frère.

— Mais rien! Elle est épuisée, voilà tout. Au cas où tu ne le saurais pas, le Klan a fait une descente chez elle la nuit dernière. Je l'ai ramenée ici pour qu'elle puisse se reposer sans avoir à craindre une nouvelle attaque.

— En tout cas, elle ne peut pas rester là, intervint Addie. Pas après...

Elle allait dire : « Pas après ce qui est arrivé à Cox », mais elle se rappela juste à temps qu'elle était censée n'être au courant de rien.

— Pas après la façon dont elle s'est conduite depuis son retour au pays.

— Angela ne bougera pas d'ici ! tonna Jordan.

La jeune femme, qui reprenait connaissance, secoua faiblement la tête.

— Non, il faut que je rentre à la ferme. Je vais m'habiller et...

— Ne t'occupe pas de ça, dit Clint. Nous enverrons chercher tes affaires plus tard. Viens, appuie-toi sur moi.

Jordan voulut s'interposer mais son frère fit pivoter son fauteuil et, d'une poussée, l'envoya rouler au fond du couloir.

Un instant plus tard, il hissait Angela sur son cheval et se mettait en route, la serrant fermement contre lui de peur qu'elle ne tombe de selle.

Sitôt arrivé à la ferme, il l'étendit sur le lit et prépara un café noir bien fort.

— Tiens, bois ça, dit-il en la secouant car elle s'était rendormie aussitôt couchée. Allons, réveille-toi ! Il faut que nous parlions.

D'un geste de somnambule, Angela prit la tasse qu'il lui tendait et but une gorgée.

— Tu sais déjà ce qui s'est passé, non ?

— Je sais ce qu'on m'en a dit. Maintenant, j'aimerais entendre ta version. Allons, raconte, et surtout n'oublie rien.

Elle s'exécuta, lui rapportant par le menu les événements de la veille. A mesure qu'elle parlait, le visage de Clint se fermait et son front se faisait plus soucieux.

— Pourquoi me regardes-tu comme ça ? demanda-t-elle. Je n'ai rien fait de mal. Cet homme allait mettre le feu à la ferme, il fallait bien que je l'arrête. D'ailleurs, il en sera quitte pour un bras en écharpe, il n'y a pas de quoi en faire un drame.

— Cox est mort, Angela.

Elle lâcha sa tasse de café qui se brisa sur le plancher.

— Quoi ! ? Mais... mais c'est impossible ! Je suis sûre de ne l'avoir blessé qu'à l'épaule, et il saignait à peine !

— Apparemment, sa tête a heurté un caillou quand il est tombé.

Le jeune femme resta un moment sans voix, la tête entre les mains.

— Il s'est évanoui, c'est sûr... dit-elle enfin. Mais je suis pratiquement certaine qu'il n'avait pas de sang sur le visage, ni dans les cheveux — il respirait encore quand Billy l'a porté dans la grange...

— Il y a autre chose, Angela.

— Quoi ?

— La femme de Cox prétend qu'il n'était pas avec les hommes du Klan. D'après elle, il avait simplement entendu dire qu'ils feraient une descente à la ferme pendant la nuit. Il serait venu te prêter main-forte et tu lui aurais tiré dessus dans un moment d'égarement.

— C'est faux ! s'écria Angela. Il faisait partie de la bande, j'en suis sûre ! Il était habillé comme eux, tout en blanc. Billy peut en témoigner, c'est lui qui a enlevé sa cagoule.

— Billy ne témoignera de rien. Il aurait trop peur de se faire lyncher. D'ailleurs, sa parole n'aurait aucune valeur devant un tribunal. Un Noir ne peut pas témoigner contre un Blanc, c'est la loi.

— Mais la tunique, la cagoule...

— Introuvables.

— Attends, ce n'est pas possible! Je me souviens parfaitement que Cox ne les avait plus sur lui quand les hommes de Jordan l'ont emmené. Elles doivent être restées dans la grange.

— J'ai regardé, elles n'y sont pas.

— Mais Billy...

— Je te le répète, Angela, Billy ne dira rien. Je lui ai parlé, il meurt de frousse.

— Ce qui veut dire, gémit Angela, que j'ai toutes les chances d'être pendue pour meurtre.

— Non. Il n'y a personne pour confirmer ta version des faits, c'est vrai, mais rien ne l'infirme non plus. Le tout est que nous retrouvions la tunique et la cagoule de Cox — et vite! Dis-moi ce qui s'est passé une fois que Jordan est arrivé ici.

— Il était venu avec deux hommes, deux employés à lui. Il leur a dit d'amener Cox à Nashville, au quartier général des armées. Manifestement, il s'attendait qu'on le jette en prison aussitôt qu'il aurait vu un docteur. Ensuite, il m'a convaincue de rentrer avec lui à Pinetops et d'y rester jusqu'à ce que les choses se calment. Il comptait aller lui-même à Nashville dans l'après-midi pour voir le grand prévôt et lui demander de nommer de toute urgence un nouveau marshal.

— Il ne l'a pas fait. Le grand prévôt est un ami à moi, je passe toujours le voir quand je suis en ville. J'étais dans son bureau lorsqu'il a reçu le télégramme annonçant la mort de Cox, je te garantis qu'il n'était au courant de rien. Une chose est sûre, cette histoire va faire du bruit! Il était furieux. Je le comprends, si ses marshals commencent à se faire descendre comme des lapins...

— Je ne l'ai pas « descendu »! se récria Angela, à bout de nerfs. Je suis sûre qu'il n'était que blessé. Et je suis sûre aussi que, marshal ou pas, il était avec ces bandits. Tu me crois, n'est-ce pas?

Clint la prit dans ses bras et soupira.

— Je te crois, bien sûr. Le problème, c'est que je risque d'être le seul...

Clint ne dormit pas de la nuit. Non qu'il redoutât une nouvelle attaque du Klan — ils ne reviendraient pas si vite —, mais trop de choses se bousculaient dans sa tête. Surtout, il appréhendait le moment où il annoncerait à Angela que c'était lui qui allait mener l'enquête sur la mort de Cox. Il ne savait absolument pas comment elle réagirait. Il était totalement convaincu par sa version des faits, mais il devrait néanmoins jouer les policiers, ne serait-ce que pour l'étayer de preuves, et cela risquait de créer des frictions entre eux.

S'efforçant de chasser cette pensée, il tira une chaise près du lit et s'assit à côté de la jeune femme endormie. L'aube qui pointait derrière la vitre baignait son visage d'une lueur rosée. D'une main hésitante, il effleura ses longs cheveux dénoués et repoussa la couverture pour mieux la contempler. Sa fine chemise de batiste soulignait les courbes de son corps plus qu'elle ne les cachait — ses seins ronds, sa taille gracile, ses hanches et ses longues jambes... Il n'avait pas pensé lui faire l'amour, mais la vue de tous ces trésors enflamma son désir.

Retenant son souffle, il défit un à un les minuscules boutons de nacre et repoussa les pans de la chemise pour baiser sa poitrine nue. Angela se réveilla en gémissant. L'espace d'une seconde, il crut qu'elle allait le repousser mais elle l'attira contre elle et enfouit son visage au creux de son épaule. Il sentit ses bras se refermer sur lui comme un tendre piège, sa bouche chercher la sienne, son corps tout entier se cambrer pour mieux épouser le sien. Lèvres soudées dans un baiser brûlant, ils finirent de se déshabiller, faisant voler leurs vêtements à travers la pièce avant de replonger, éperdus, dans le brasier de la passion.

Ils ne faisaient plus qu'un. Plus rien ne comptait que l'élan irrésistible du désir, du plaisir — de l'amour, songea Clint dans un éclair de lucidité. Il ne pouvait se le cacher plus longtemps : il aimait Angela. C'était son cœur, autant que son corps, qui exultait dans cette étreinte, et il savait qu'il en était de même pour elle.

La jouissance les laissa hébétés, pantelants, tels deux naufragés jetés sur le sable par la tempête. Et tels ces naufragés qui n'osent bouger de crainte d'éveiller la douleur d'un membre brisé, ils n'osaient parler de crainte de s'avouer leurs sentiments.

— Je crois que nous ferions mieux de nous habiller, dit finalement Clint. Nous risquons d'avoir de la visite avant peu.

Angela poussa un soupir.

— Oui, tu as raison. Sans compter que j'aurais tout intérêt à descendre à Nashville dès ce matin pour voir le grand prévôt.

— Ce ne sera pas nécessaire.

Quelque chose dans la façon dont il avait dit ces mots lui fit dresser l'oreille.

— Pourquoi ? demanda-t-elle en se redressant sur un coude.

— C'est moi qui vais conduire l'enquête.

— Toi ? Tu veux dire que le grand prévôt t'a demandé d'enquêter sur moi ?

Cela semblait si saugrenu qu'elle ne put s'empêcher de sourire.

— Entre autres, oui, répondit Clint d'un ton grave. C'est moi qu'il a choisi pour remplacer Cox.

Il ramassa sa chemise sur le plancher et tira de la poche une petite plaque de cuivre en forme d'étoile.

Angela lui jeta un regard effaré.

— Attends, bredouilla-t-elle, je crois que j'ai besoin de me rafraîchir un peu les idées.

Elle se leva, jeta une veste sur ses épaules et traversa la pièce d'un pas de somnambule.

Comme elle sortait sur la véranda, il l'entendit trébucher sur quelque chose et pousser un cri.

— Clint ! Clint, viens voir !

Il se précipita. Elle était à genoux devant la porte et serrait contre elle un ballot de linge taché de sang.

— Angela, qu'est-ce que...

— Regarde ! s'écria-t-elle, riant et pleurant à la fois. C'est la tunique de Cox, et sa cagoule !

19

Clint remit son rapport sur la mort de Cox aux autorités de Nashville. Il en ressortait que l'ancien marshal faisait bien partie des hommes du Klan qui avaient encerclé la ferme, et qu'Angela avait tiré sur lui en situation de légitime défense, alors qu'il s'apprêtait à incendier sa maison.

Naturellement, les gens du pays n'accordèrent aucune foi à ce rapport, pas plus qu'aux dénégations de la jeune femme lorsqu'on l'accusait d'avoir abattu le marshal dans un moment de panique — thèse que s'efforçait d'accréditer la veuve de Cox.

Peu à peu, cependant, leur vindicte retomba et les choses se calmèrent. Marcia Cox était partie vivre à Atlanta et, surtout, ils avaient d'autres sujets de préoccupation. Le Klan multipliait ses raids dans la région. Lynchages, passages à tabac, incendies, il ne se passait pas une semaine sans que ces bandits commettent un nouveau crime.

Angela n'entendit guère parler de ces troubles.

Elle avait trop à faire à la ferme pour se rendre souvent à Pinetops, et Clint, craignant de l'affoler, ne lui en fit qu'un récit édulcoré. D'ailleurs, elle ne voulait plus penser au Klan. Ses démêlés avec l'organisation secrète étaient pour elle de l'histoire ancienne. Elle estimait avoir suffisamment prouvé son aptitude à se défendre pour être désormais tranquille de ce côté. La mort de Cox, bien qu'accidentelle, aurait au moins servi à cela.

La première récolte de résine fut plus que prometteuse. Il ne fallut pas moins de quatre chariots pour la porter à Nashville, et quand elle ressortit de la distillerie, Angela avait en poche non seulement de quoi rembourser à Clint ce qu'il avait payé pour l'arriéré d'impôt, mais encore assez pour acheter le matériel qui lui manquait afin de doubler sa production. Elle était aux anges.

C'est alors que Clint lui annonça qu'il allait de nouveau s'absenter de la ferme.

— Cela ne m'enchante pas de te laisser seule, expliqua-t-il tandis qu'ils regardaient le soir tomber, assis sur les marches de la véranda. Mais j'ai une affaire importante à régler et ça va me prendre du temps. Le Klan est en train d'étendre son influence à d'autres Etats. Dans certaines villes, il est déjà tout-puissant.

Angela ne fit aucun commentaire. Elle tira simplement de sa poche la liasse de billets qu'elle avait mise de côté.

— Tiens, c'est pour toi. J'ai tenu ma part du marché, à toi de tenir la tienne.

Clint secoua la tête.

— Non, pas avant que tu aies remboursé Jordan. Jusque-là, je garde le titre de propriété. Je ne voudrais pas qu'il fasse main basse sur la ferme sous prétexte que tu ne peux pas le payer.

— En quoi est-ce que cela te regarde? s'emporta Angela. Rien ne m'empêche de lui faire un nouvel emprunt une fois la ferme à mon nom, et le risque sera exactement le même.

— Oui, mais ce ne sera plus mon problème. Ce sera le tien.

Angela rempocha rageusement ses billets.

— Bon sang, Clint, tu sais pourtant que je n'ai pas de quoi vous rembourser tous les deux, pas avec ce que je vais devoir investir pour doubler la production de résine !

— C'est bien pour ça que je te dis de commencer par lui — et c'est un fieffé service que je te rends, crois-moi. Tes souvenirs t'aveuglent, Angela. Jordan a changé, ce n'est plus le gentil petit garçon que tu as connu. Demande aux gens de Pinetops : il passe son temps à prêter de l'argent à des fermiers dont il sait pertinemment qu'ils ne pourront pas le rembourser, et au premier défaut de paiement, hop, il fait saisir leur maison ou leurs champs ! Il a déjà amassé une jolie fortune de cette manière, et il est en train d'écarter sa mère de la banque pour avoir les coudées plus franches. Mais Addie n'est pas folle, elle se rend compte de ses manœuvres, elle.

— Comment as-tu appris tout cela, si ce n'est pas indiscret ?

— En parlant à des gens qu'il a fait saisir. Cela s'est passé de la même façon pour tous : un jour de retard dans leur paiement et l'huissier était à leur porte. Et naturellement, c'est encore pire depuis que le Klan s'est implanté dans la région. Les Noirs ont tellement peur qu'ils fuient de plus en plus nombreux vers le Nord. Les fermiers qui les employaient doivent embaucher des Blancs, qu'ils sont obligés de payer le double ou le triple. C'est ça, ou leur récolte pourrit sur pied. Evidemment, ils ont de plus en plus de mal à joindre les deux bouts. Et évidemment, quand ils n'y arrivent plus, Jordan sort ses reconnaissances de dettes et leur envoie l'huissier.

Angela secoua la tête en soupirant.

— Je n'ai jamais vu deux frères se détester à ce point. Jordan essaie de me faire croire que tu appartiens au Klan, et toi qu'il n'est qu'un vautour qui s'engraisse sur la misère du monde !

— Mais c'est ce qu'il est devenu, que tu le veuilles ou non ! Je conviens qu'Addie ne l'a pas aidé en le gardant constamment dans ses jupes quand il était petit, ni moi et les autres gosses en nous moquant de lui pour ça. Mais la façon dont il prend maintenant sa revanche en écrasant de pauvres bougres qui ne lui ont rien fait…

— Tu es injuste. Ce n'est qu'un malheureux infirme. Imagine ce que tu ressentirais, toi, si tu devais passer le restant de tes jours cloué dans un fauteuil !

— Si c'est ainsi que tu le vois, je ne te ferai pas changer d'avis, n'est-ce pas ?

— Non, tu ne me feras pas changer d'avis.

Plusieurs minutes s'écoulèrent dans un silence tendu, puis la jeune femme posa sa main sur le genou de Clint dans un geste d'apaisement.

— Ne parlons plus de ton frère, veux-tu ? C'est pour toi que je me fais du souci. Tu disparais des journées entières, tu refuses de me dire où tu vas, ce que tu fais…

— Moins tu en sais, mieux cela vaut pour toi. Tout ce que je peux te dire, c'est que j'ai déclaré la guerre au Klan et que ce n'est pas simple dans une ville où les trois quarts des gens soit approuvent ces bandits, soit tremblent devant eux.

— … soit en font carrément partie, ajouta Angela. Regarde Cox, personne ne se serait douté qu'il jouait un double jeu. C'est vraiment dommage qu'il soit mort avant qu'on n'ait pu l'interroger.

— Ça dépend pour qui… Pour ses complices, c'est une chance — une chance qu'ils ont peut-être aidée.

Angela le dévisagea avec des yeux ronds.

— Tu veux dire qu'ils l'auraient tué ?

— J'en suis pratiquement sûr. Le problème, c'est que je n'ai pas l'ombre d'une preuve. J'ai interrogé Slade Hawkins et le gars qui était avec lui, ils jurent leurs grands dieux que Cox est mort juste après qu'ils sont partis d'ici, et que le Dr Casper a conclu à une fracture du crâne quand ils lui ont apporté le corps.

— Fais attention à toi, murmura Angela en effleurant sa joue. Je ne voudrais pas que tu finisses comme lui.

— Tu as autant à craindre que moi, ne l'oublie pas. C'est même la principale raison qui m'a poussé à accepter cette étoile de marshal : je ne serai vraiment tranquille que lorsque tous les complices de Cox seront sous les verrous... Disons que c'est ma façon de m'acquitter de ma dette envers Dooley. Je lui serai toujours reconnaissant de m'avoir ouvert les yeux pendant la guerre. Sans lui, je ne passerais peut-être pas aujourd'hui pour un traître aux yeux des gens d'ici, mais je ne serais qu'un de ces petits planteurs arrogants toujours prêts à cracher sur les Noirs pour mieux se convaincre de leur importance. Oui, je lui dois une fière chandelle !

Ces paroles frappèrent Angela comme un écho de ses propres doutes. Alors même qu'ils faisaient l'amour, un peu plus tard ce soir-là, alors même qu'elle s'abandonnait entre ses bras en gémissant, elle ne pouvait s'empêcher de chercher dans les yeux de Clint l'assurance que c'était par amour qu'il souhaitait la protéger, et non pour s'acquitter d'une quelconque dette.

Ce qu'elle ignorait, c'est qu'il se demandait lui aussi quelle place il occupait dans son cœur. Celle d'un ami qui l'aidait à réaliser ses rêves ? Celle d'un amant occasionnel ? Il espérait être davantage à ses yeux et le redoutait à la fois. Qu'arriverait-il si elle s'attachait à lui comme il était, malgré lui, en train de s'attacher à elle ?

Malgré les doutes qui les rongeaient — ou peut-être à cause de ces doutes — ils firent l'amour ce soir-là avec plus de passion que jamais. Ce fut comme un feu d'artifice dont le bouquet les laissa suspendus entre ciel et terre, oublieux de tout. Mais cet instant de grâce ne pouvait durer, ils le savaient l'un comme l'autre.

— Je partirai demain matin, dit finalement Clint. Ça ne me plaît pas de te laisser seule ici, mais je n'ai pas le choix.

— J'ai déjà prouvé que j'étais de taille à me défendre, lui rappela Angela. Et je n'étais pas aussi bien armée que maintenant. J'ai acheté un fusil à canon scié et une mitraillette Spencer — de quoi tenir un siège !

Clint faillit répondre que les hommes du Klan avaient eu également le temps de se préparer, et que son habileté à jouer du revolver ne les surprendrait pas deux fois... Ce n'était pas seulement pour elle qu'il s'inquiétait. Les ouvriers qui dormaient dans la grange étaient tout aussi vulnérables — et ils avaient autant, sinon plus, à redouter du Klan...

Quand Angela se réveilla le lendemain matin, Clint était parti et elle se sentit plus seule que jamais.

Dieu merci, le travail ne manquait pas à la ferme : il fallait embaucher de nouveaux ouvriers, leur montrer le travail, délimiter les parcelles à gemmer...

Pendant les semaines qui suivirent, elle s'absorba totalement dans ces tâches. Elle ne descendait plus en ville, sinon en coup de vent, et quand Jordan venait la voir, elle était le plus souvent dans les pinèdes, occupée à marquer des arbres. Presque chaque soir, elle trouvait à son retour un bouquet de fleurs sur la table, accompagné d'un sachet de thé ou de café — denrées encore rares en ces temps d'après-guerre.

Ces attentions la touchaient mais, au fond, elle était soulagée que Jordan ne l'ait pas trouvée chez elle. Elle commençait à désespérer de jamais lui faire comprendre qu'elle ne voulait pas l'épouser.

Arriva l'échéance du prêt. Quelques jours auparavant, Jordan avait commencé à espacer ses visites. Peut-être par discrétion, pour ne pas lui donner l'impression qu'il venait réclamer son argent. Peut-être aussi dans l'espoir qu'elle ne pourrait payer et qu'elle viendrait elle-même le voir afin de demander un délai.

Le jour dit, Angela enfila le plus joli des deux ensembles qu'elle avait achetés à Nashville quand elle avait été vendre la résine — une robe de popeline champagne, à manches bouffantes et volants de dentelle, que complétaient une ombrelle et un chapeau à voilette assortis. Après quoi, elle glissa le Remington dans son sac et descendit à Pinetops.

Pour commencer, elle alla porter sa liste au bazar afin qu'Emmett Peabody pût tout préparer pendant qu'elle réglait ses affaires à la banque. Comme un fait exprès, c'est Dorothy et non Emmett qui se tenait derrière le comptoir lorsqu'elle entra. Angela lui tendit sa liste, qu'elle parcourut rapidement avant de s'exclamer d'un air pincé :

— Eh bien, il y en a pour une somme ! J'espère que vous avez de quoi payer, cette fois, parce que, quoi qu'en pense M. McCabe, je n'ai pas l'intention de vous faire éternellement crédit.

— J'étais justement venue vous régler ce que je vous dois, répliqua poliment Angela. Ainsi que ces quelques courses, bien entendu.

Lucille Byrnes, qui venait d'entrer dans le magasin, partit d'un rire sarcastique.

— Je vois que les affaires marchent fort, Angela

O'Neil ! Est-ce le nouveau marshal qui t'a donné tout cet argent, ou bien est-ce son frère ?

— Excusez-moi, madame, mais je ne vous remets pas.

— C'est que tu as la mémoire courte. Je t'ai tout de suite reconnue, moi. Il faut dire que tu ressembles étonnamment à ta mère : même visage, mêmes cheveux... et à peu près autant de sens moral. Ça ne m'étonne pas que tu aies froidement abattu ce pauvre Cox !

Angela ouvrit la bouche pour répondre mais la referma aussitôt. A quoi bon se lancer dans une discussion sans fin ?

— Voilà, madame Peabody, dit-elle en se retournant vers Dorothy. Si vous pouviez me préparer tout ça pour dans une heure, ce serait parfait.

Elle n'avait pas fait deux pas vers la porte que Lucille Byrnes jetait à la cantonade :

— C'est tout de même curieux comme certaines choses se répètent d'une génération à l'autre ! Prenez cette fille : les frères McCabe sont prêts à s'entretuer pour elle, exactement comme Carlin et Dooley O'Neil ont failli le faire pour sa mère.

— Que voulez-vous, les chiens ne font pas des chats, renchérit une autre ménagère.

Angela fit celle qui n'avait rien entendu, mais son cœur battait à tout rompre quand elle se retrouva dans la rue... Ainsi, la liaison de sa mère avec Dooley n'avait pas vraiment été un secret. Peut-être même que de bonnes âmes comme cette Mme Byrnes — Lucille Byrnes, le nom lui revenait à présent — s'étaient empressées d'en informer toute la ville. Dieu que cette femme était méchante ! Et bête, avec ça — bête à manger du foin ! Aller s'imaginer que c'était à cause d'elle que Clint et Jordan étaient à couteaux tirés ! Ils s'étaient toujours détestés, même enfants ! Et si besoin était, la guerre avait fini de les dresser l'un contre l'autre.

Elle poussa rageusement la porte de la banque. Mathilda Warren l'introduisit aussitôt dans le bureau de Jordan.

— Angela ! s'écria celui-ci en roulant son fauteuil vers elle. Comme je suis heureux de te voir… Mais qu'as-tu ? Tu sembles toute chose.

— Je suis un peu fatiguée, c'est tout, répondit Angela avec un sourire contraint.

La vérité, c'est qu'elle ne parvenait pas à lui pardonner de l'avoir droguée après l'attaque du Klan. Cela partait sans doute d'une bonne intention, mais depuis elle se défiait de lui.

— Tu es épuisée, tu veux dire ! Arrives-tu à dormir, au moins ? Ce doit être terrible pour toi, penser que tu as tué cet homme, qu'il laisse une femme et deux enfants… Tu dois te sentir affreusement coupable.

— Pas du tout. D'abord je ne l'ai pas tué, seulement blessé, et puis je n'ai fait que me défendre, il était sur le point de mettre le feu à la maison. Dieu sait combien de crimes il avait pu commettre avec ses amis avant de s'en prendre à moi — et en toute impunité, puisqu'il était marshal ! Il n'a eu que ce qu'il méritait… Quant à sa femme et ses enfants, je suis désolée pour eux, mais je pense sincèrement qu'ils ne regretteront pas longtemps une pareille fripouille.

Jordan pâlit. La dureté de ces paroles révélait une Angela qu'il ne connaissait pas et qui ne lui plaisait guère.

— Excuse-moi… dit-il. Je ne pensais pas que tu prendrais le dessus si facilement. La vie que tu mènes t'a vraiment endurcie, Angela.

Pour toute réponse, la jeune femme tira une grosse enveloppe de son sac à main.

— Voici l'argent que tu m'as prêté. Tout est là, je ne te dois plus rien.

Jordan resta un moment interloqué, fixant d'un regard vide l'enveloppe posée sur son bureau.

— C'est donc tout ce que je suis pour toi? gronda-t-il enfin. Un vulgaire banquier?

— Ecoute, Jordan...

— Non, c'est toi qui vas m'écouter! Je t'aime, je t'ai toujours aimée, et si tu n'étais pas à ce point obsédée par cette maudite ferme, tu t'apercevrais que tu m'aimes aussi. Donne-moi une chance, Angela, c'est tout ce que je te demande.

Voyant qu'elle ne répondait rien, il poursuivit avec véhémence:

— C'est Clint, n'est-ce pas? Bon sang, quand te décideras-tu à regarder les choses en face? Il se moque de toi comme il s'est moqué de toutes les autres! Sais-tu qu'il voit encore sa putain chaque fois qu'il descend à Nashville? Quant à son étoile de marshal, c'est une revanche qu'il prend sur les gens d'ici, rien de plus. Il sait que tout le monde le méprise pour ce qu'il a fait pendant la guerre et...

— Ça suffit, Jordan, tu dis n'importe quoi!

— Je dis la vérité, c'est toi qui ne veux pas l'entendre. Tu refuses d'admettre qu'il se donne des airs de justicier comme il se donne des airs de don Juan en courant après tous les jupons qui passent!... Tiens, pas plus tard qu'avant-hier, quelqu'un l'a vu dans un saloon de Pulaski «monter» avec une fille. Vérifie, si tu ne me crois pas!

— Pourquoi dis-tu de telles horreurs sur ton frère? s'écria Angela, à bout de patience.

— Pour t'ouvrir les yeux. Pour que tu comprennes enfin que tu n'as rien à faire avec ce voyou. Ce qu'il te faut, c'est un homme bon, intelligent, raffiné — pas une brute comme lui. Et je peux être cet homme, Angela! Mon infirmité ne... enfin, nous pourrions mener une vie normale, avoir des enfants.

Il l'attira brusquement vers lui et, emprisonnant son visage à deux mains, essaya de l'embrasser.

Angela s'accrocha à ses épaules pour mieux le repousser, et c'est à cet instant qu'Addie entra... Naturellement, elle crut interrompre un baiser passionné.

— Arrête! Arrête immédiatement! s'écria-t-elle en abattant son ombrelle sur la tête de son fils.

Celui-ci lâcha Angela avant de lui faire face, mais la colère de la vieille dame avait déjà changé de cible :

— Espèce de petite catin! Comment oses-tu t'en prendre à mon fils? Cela ne te suffit pas d'avoir tué un homme? Il te faut gâcher la vie de tous ceux qui croisent ton chemin? Ah, tu es bien comme ta...

Elle s'interrompit brusquement, ouvrit la bouche comme un poisson qui cherche l'air, puis s'effondra sur le plancher au moment précis où Mathilda Warren, alertée par ses cris, passait la tête dans l'entrebâillement de la porte.

— Mon Dieu, madame Addie, qu'est-ce que...

— Vite, allez chercher un docteur! lui lança Angela en s'agenouillant près de la vieille dame pour lui soutenir la tête.

Jordan la regardait faire sans bouger. Il ne paraissait pas le moins du monde affolé.

— Ce n'est rien, elle a souvent des malaises de ce genre, dit-il, puis avisant les clients de la banque qui se pressaient à la porte : Eh bien, qu'est-ce que vous avez à reluquer comme ça? Je vous ai demandé quelque chose? Filez, tous, ou je fais directement saisir ce que vous me devez sur vos comptes!

Le petit groupe se dispersa en hâte tandis que Mathilda courait chercher le docteur. Celui-ci arriva quelques minutes plus tard, tout essoufflé. Jurant entre ses dents, il ouvrit sa mallette de cuir, en tira un stéthoscope et s'agenouilla près d'Angela qui soutenait toujours la vieille dame.

— Le pouls est trop régulier pour que ce soit une attaque, dit-il au bout d'un moment. Je pense qu'elle a simplement eu un malaise. Aussi, que faisait-elle ici ? Je lui avais dit de ne pas se lever avant une quinzaine.

— Vous la connaissez, soupira Jordan avec un geste agacé. Il n'y a pas moyen de lui faire entendre raison. Ce n'est pas la première fois que ça lui arrive ; elle s'énerve, elle s'énerve, et elle perd soudain connaissance. Ou elle fait semblant, allez savoir avec elle...

Addie ne broncha pas mais elle bouillait intérieurement. Son fils avait raison, elle ne s'était pas vraiment évanouie. La pièce s'était mise à tourner autour d'elle, un voile noir était tombé devant ses yeux, mais elle n'avait pas perdu connaissance, ou alors quelques secondes à peine. En tout cas, elle entendait très bien ce qui se disait autour d'elle. Si elle gardait les yeux fermés, c'était par calcul, non par faiblesse.

— Je doute qu'elle « fasse semblant », grommela le docteur en se relevant. Elle est épuisée, surmenée. Si elle ne se repose pas, elle court à la catastrophe.

— De toute façon, le mal de Bright est toujours fatal, non ?

— La vie aussi, Jordan. Votre mère est gravement malade, mais elle a encore de longues années devant elle si elle se montre raisonnable.

— Dans ce cas, je vais me mettre en quête d'une bonne clinique, où l'on pourra la soigner comme il faut. Je suppose qu'en y mettant le prix...

Le Dr Casper le dévisagea durement.

— Addie ne voudra jamais quitter Pinetops, vous le savez comme moi. D'ailleurs, ce dont elle a besoin, c'est de repos et elle peut aussi bien se reposer chez elle.

— Je ne parlais pas uniquement pour *elle*, rétorqua Jordan d'un ton sec. Je suis moi-même handicapé, si je dois en plus m'occuper d'une grabataire... Sans compter qu'elle commence à perdre la tête. Non, il existe des endroits pour les gens comme elle, c'est là qu'elle doit aller.

Ulcérée par tant de cynisme, Angela voulut intervenir mais Addie la prit de vitesse.

— Ah, c'est comme ça ? siffla-t-elle en se relevant avec peine. Tu veux me faire enfermer à l'asile ? Joli calcul ! On fait passer la vieille pour une folle et on met la main sur la banque, la plantation, la maison... Mais tu ne te débarrasseras pas de moi si facilement, Jordan, c'est moi qui te le dis !

Elle pointa son ombrelle vers le docteur et ajouta :

— Quant à vous, si vous vous avisez de tremper dans ses petites combines, vous pourrez aller exercer votre beau métier dans une autre ville, foi d'Addie McCabe !

Angela, qui sentait son tour venir, esquissa un mouvement de retraite vers la porte. Trop tard :

— Toi, ma petite, tu vas quitter le pays et vite ! Je ne veux plus te voir tourner autour de mon fils, c'est compris ?

Contrairement aux deux hommes, Angela décida de faire face.

— Je n'ai jamais tourné autour de votre fils. J'ai même tout fait pour décourager ses avances. Vous vous trompez sur mon compte depuis le début. Je ne demande qu'à être votre amie. Rappelez-vous quand vous étiez malade : qui est venu vous voir ? Qui vous a soignée en attendant le docteur ?

— C'est vrai, intervint Casper. Il faut reconnaître que...

— Vous, taisez-vous ! Cette petite garce essaie de m'amadouer pour mieux mettre le grappin sur mon fils !

— Mais qu'est-ce que vous croyez ? s'écria Angela, à bout de nerfs. Que je veux épouser Jordan ? Je *ne veux pas* l'épouser, je me tue à le lui dire. Tout ce que je désire, c'est exploiter tranquillement la ferme de mon oncle et me faire des amis ici — parce que... parce que je n'ai pas d'autre endroit où aller !

Sur quoi elle sortit en courant, des larmes plein les yeux.

— Sacré bout de femme… murmura le docteur, admiratif.

Addie haussa les épaules.

— Une petite effrontée, oui !

Mais l'attitude d'Angela l'avait surprise, elle devait l'admettre. Peu de gens osaient lui tenir tête de la sorte, et surtout, elle tombait des nues quant à cette histoire de mariage. Jordan était bel homme, et suffisamment riche pour faire oublier son infirmité. A la place d'Angela, n'importe quelle fille sensée aurait été ravie de l'épouser. Or, elle avait refusé. Il ne pouvait y avoir qu'une explication à cela : elle était amoureuse de Clint.

« Très bien, songea Addie. Très, très bien. Ces deux-là font la paire. Si l'un s'en va, l'autre ne tardera pas à suivre. »

Tandis qu'elle se faisait ces réflexions, Jordan rongeait son frein en pianotant nerveusement sur l'accoudoir de son fauteuil. Il était furieux. Avant peu, toute la ville saurait qu'il avait demandé Angela en mariage et qu'elle avait refusé. De quoi aurait-il l'air, alors, sinon d'un parfait imbécile ?

Mais elle ne l'emporterait pas au paradis ! Elle allait se mordre les doigts de l'avoir tourné en ridicule. Et pour ce qui était de leur mariage, il se ferait de toute manière, qu'elle le veuille ou non !

20

Clint avala le fond de whisky qui restait dans son verre et adressa un sourire reconnaissant à la femme assise au bord du lit. Elle portait une robe de soie noire bordée de dentelle rouge, dont le décolleté dévoilait une gorge opulente. Ses lèvres et ses joues fardées dessinaient sur son visage trois taches du même orange vif, et ses cheveux frisottés empestaient le parfum bon marché.

— Merci, Lucy, tu m'as sacrément aidé, dit-il en posant quelques billets sur la table de nuit.

— Je pourrais t'aider autrement, marshal. Je suis la meilleure fille du saloon — certains disent de tout Pulaski — et ce que tu me laisses là couvre largement la nuit.

En d'autres temps, Clint ne se serait pas fait prier. Mais, justement, les temps avaient changé et lui non plus n'était plus le même.

— Non, il doit être minuit passé. Il faut que je rentre.

— Tant pis pour toi. En tout cas, tu as un crédit pour une nuit d'amour quand tu voudras. Et pour le reste, n'oublie pas : motus et bouche cousue, je ne t'ai rien dit.

— Rassure-toi, je n'ai pas l'habitude de trahir mes informateurs. Il faut dire que je n'en ai pas tellement, à part toi et tes amies : les « honnêtes gens » s'en voudraient de dire ce qu'ils savent à un traître. Sans vous, je n'aurais pas avancé d'un pouce dans mon enquête sur le Klan.

— J'espère que tu finiras par les coincer. Ces types-là ne valent pas la corde pour les pendre. Si tu savais dans quel état ils ont mis mon frère, sous prétexte qu'il avait loué un champ à un ancien esclave...

— A la prochaine, Lucy. Et continue d'ouvrir l'œil.

— A la prochaine, marshal.

Il s'éclipsa par la porte de derrière pour ne pas mettre la puce à l'oreille du patron. Au début, pour la même raison, il s'attardait une heure ou deux avec ses « informatrices », mais c'était vite devenu gênant. Les filles se sentaient mal à l'aise de simplement bavarder avec lui alors qu'il leur donnait l'équivalent de plusieurs passes. Elles lui faisaient des avances, se vexaient quand il les repoussait. Il essayait alors de leur expliquer qu'il avait eu une rude journée, qu'il était trop fatigué pour penser à la bagatelle, mais il sentait bien qu'elles ne le croyaient pas.

Elles avaient raison, d'ailleurs. La vérité, c'est qu'il était amoureux d'Angela et qu'il n'y avait plus de place dans sa vie pour les aventures d'un soir. Mais cette vérité-là, il avait lui-même du mal à l'admettre.

Après sa dernière visite à Pinetops, Angela s'était jetée à corps perdu dans le travail. Elle ne descendait plus en ville, préférant envoyer Billy faire les courses que de supporter les réflexions désobligeantes des commères. Debout avant l'aube, elle expédiait les corvées du ménage, s'occupait des bêtes — elle avait acheté trois vaches et un cochon, ainsi que quelques poules —, puis elle partait surveiller le travail des ouvriers dans les pinèdes.

Outre les nouvelles parcelles à gemmer, elle leur avait demandé de clôturer les anciennes — où des bûcherons sans scrupules étaient venus abattre des arbres — et de labourer les pièces de prairie disponibles pour planter du coton au printemps.

— Vous avez l'une des plus belles fermes du pays, mademoiselle Angela, dit un jour Billy tandis qu'ils travaillaient ensemble au nouveau poulailler. Ici, la plupart des terres sont ou trop pentues ou trop rocailleuses pour être labourées. Les vôtres sont juste comme il faut — et riches, avec ça ! Je comprends que M. Clint ait voulu les acheter.

— Il n'était pas le seul, répondit Angela, pensant à Jordan et sa mère. En tout cas, elles sont à moi maintenant... Billy...

— Oui, mademoiselle Angela ?

— Je voulais vous dire merci pour l'autre jour. Je vous dois une fière chandelle.

— Je ne sais pas de quoi vous voulez parler, mademoiselle, dit le jeune Noir sans lever les yeux de son ouvrage.

— Oh si, vous le savez. La tunique et la cagoule de Cox… Si vous ne les aviez pas cachées puis déposées devant ma porte, je n'aurais jamais pu apporter la preuve qu'il était avec les hommes du Klan, ce soir-là.

Billy continuait de fixer le grillage au montant du poulailler comme si de rien n'était.

— Vous devez vous tromper, mademoiselle. Je n'ai pas touché à ces choses-là.

Angela sourit. Elle n'était pas dupe et il le savait très bien.

— Ah oui ? Alors comment expliquez-vous que je les ai trouvées devant ma porte ?

— Je ne l'explique pas, mademoiselle. Tout ce que je sais, c'est que, quand je suis revenu avec M. Jordan et que j'ai accompagné ses deux employés dans la grange, le marshal ne les avait plus sur lui. Quelqu'un les lui avait enlevées.

— Eh bien, remerciez ce quelqu'un de ma part, je lui dois vraiment beaucoup. A propos, Billy, je voulais vous demander, vous n'auriez pas des nouvelles de Clint, par hasard ?

— Non, mademoiselle. Je l'ai aperçu en ville ce matin, mais seulement de loin et il avait l'air pressé.

Angela manqua s'étrangler. Cela faisait près d'un mois qu'elle l'attendait vainement chaque soir et s'endormait en se disant que son enquête avait dû le conduire trop loin de Pinetops pour qu'il puisse venir la voir, même en coup de vent ! De toute évidence, elle s'était trompée. Soit il courait effectivement le guilledou comme le prétendait Jordan, soit il avait abandonné tout espoir de récupérer la ferme et fait du même coup une croix sur elle. Dans les deux cas, elle était le dindon de la farce !

Furieuse, elle rentra dans la maison, prit une serviette, un pain de savon et se dirigea vers la cascade. Assez travaillé pour aujourd'hui, elle avait besoin de se changer les idées !

Mais elle eut beau passer l'après-midi à nager et musarder au soleil, son humeur n'avait pas évolué quand elle retourna à la ferme. Et l'arrivée inopinée de Jordan alors qu'elle allait se mettre à table n'arrangea rien.

— Je ne m'attendais pas à ta visite, surtout à cette heure, lança-t-elle d'un ton sec.

— Que veux-tu, l'amour n'a pas d'heure... Tu permets que je m'allonge un moment ? J'ai horriblement mal au dos.

Sans lui laisser le temps de répondre, il fit signe à Gabriel de l'étendre sur le lit puis le renvoya d'un geste.

Angela poussa un énorme soupir.

— Ecoute, Jordan, j'ai eu une journée éreintante, je veux me coucher tôt. Alors si tu permets...

— Accorde-moi juste un instant. Je me faisais du souci pour toi, tu sais. Voilà près de quinze jours que tu n'es pas venue me voir.

— Je n'avais aucune raison de le faire. J'ai payé ce que je te devais, non ?

— Oh, oui... A propos, voilà le reçu. Tu es partie si vite l'autre jour que tu l'as laissé sur mon bureau. Cela m'a fait très plaisir, d'ailleurs. Cela prouve que tu me fais confiance.

Ce disant, il avait retiré sa veste et dénouait nonchalamment sa cravate.

— Qu'est-ce que tu fabriques ? protesta Angela. Je viens de te dire...

Elle s'arrêta au milieu de sa phrase pour courir à la fenêtre. Gabriel était remonté dans le buggy et s'éloignait sur le chemin. Furieuse, elle se retourna vers Jordan qui continuait de sourire comme si de rien n'était.

— Non mais, qu'est-ce qui te prend? Pourquoi l'as-tu renvoyé?

— Je ne l'ai pas renvoyé. Je lui ai simplement dit d'aller faire un tour, pour que nous puissions parler tranquilles.

— Et de quoi, s'il te plaît?

— Mais de tout, de rien... Angela, pourquoi m'en veux-tu à ce point? Je t'ai aidée de mon mieux et...

— Je t'en suis très reconnaissante, mais j'ai remboursé ce que je te devais — intérêts compris —, alors il me semble que nous sommes quittes.

— Et notre amitié?

— Ce n'est pas mon amitié que tu cherches, tu le sais très bien! Et pour la centième fois, je ne veux pas t'épouser!

— Tu n'as pas toujours dit ça. Tu te souviens, quand nous étions petits? Tu disais toujours...

— Assez! Jusqu'à quand vas-tu ressasser ces souvenirs idiots? Je ne suis plus une enfant, Jordan! J'ai traversé l'enfer pour arriver là où je suis: être libre, indépendante, gagner ma vie. Et tu voudrais que j'abandonne tout ça pour me marier? Jamais, tu m'entends? Je t'ai offert mon amitié, tu n'en veux pas — et ta mère non plus... Entre parenthèses, je t'ai trouvé odieux avec elle l'autre jour. Elle n'est peut-être pas commode, mais c'est ta mère, tu pourrais lui montrer plus de respect.

Jordan baissa la tête d'un air contrit.

— Je sais, j'aurais dû être plus patient. Elle a suffisamment souffert avec Clint sans que... A propos, tu sais qu'il est de retour? Je l'ai vu devant chez Sweeney en venant. Il contait fleurette à une fille.

— Clint fait ce qu'il veut, cela ne me regarde pas!

— Ne t'emporte pas contre moi, je n'y suis pour rien. Je souhaitais simplement...

Il s'arrêta au milieu de sa phrase et se redressa soudain avec une grimace de douleur.

— Qu'est-ce que tu as ? s'écria Angela en se précipitant vers lui.

— Ma jambe, la droite, une crampe... Ça m'arrive parfois. Je t'en prie, aide-moi.

— Bien sûr, comment ?

— Assieds-toi là et masse-moi le mollet aussi fort que tu pourras. Je suis désolé de te demander ça, mais...

— Ne t'excuse pas, ce n'est pas ta faute, dit Angela en retroussant sa jambe de pantalon. Comme ça ? Plus fort ?

— C'est parfait... Vraiment, je suis confus...

— Ne parle plus, détends-toi.

Jordan se laissa retomber sur l'oreiller en gémissant.

— Il y a des moments où je regrette de ne pas être mort dans cette maudite guerre ! Je ne suis plus bon à rien. Ce n'est même pas que je sois paralysé : je peux bouger mes jambes, mais je ne pourrai jamais plus marcher à cause de la balle qui a touché ma colonne vertébrale. Ce n'est pas une vie, vraiment... Assis derrière mon bureau toute la journée, à remplir des papiers idiots, avec ma mère qui me crie après quand je rentre — quand elle ne vient pas carrément à la banque me faire des sermons devant les clients...

Il laissa passer un silence avant de poursuivre :

— Si tu n'étais pas revenue, je crois que j'aurais fini par me tirer une balle dans la tête. Tu m'as redonné une raison de vivre, j'ai cru à un signe du Ciel : Dieu m'avait mis à l'épreuve mais, maintenant que j'avais mangé mon pain noir, j'allais pouvoir être heureux, comme tout le monde. J'aurais dû me douter que tu ne voudrais pas d'un infirme pour mari.

— Arrête, Jordan, ça n'a rien à voir.

— Oh si, je le sais bien. Tu ne me trouves pas

assez viril, pas assez... Mais tu te trompes, je vais te le prouver!

Avant qu'Angela ait pu esquisser un geste, il l'attira brutalement contre lui. Elle essaya de le repousser, mais ses bras s'étaient refermés sur elle comme un étau. Elle avait beau se débattre, elle ne parvenait pas à se dégager.

— Je ne peux plus marcher, c'est vrai, mais je suis encore capable de faire l'amour, continuait Jordan, comme fou. Quand je te l'aurai prouvé, plus rien ne t'empêchera de m'épouser. Je ferai de toi la femme la plus heureuse de tout le pays, je te couvrirai de robes, de fleurs, de bijoux...

— Arrête, Jordan! hurla Angela, au bord de l'hystérie. Comment peux-tu croire que je t'épouserai après ce que tu viens de faire? Si tu continues, je te détesterai toute ma vie!

Il se figea. Il avait roulé sur elle et lui maintenait fermement les poignets, mais il n'essayait plus de l'embrasser.

— Non, ne me déteste pas, je t'en prie, gémit-il pitoyablement. Je ne veux pas te faire de mal, seulement te prouver à quel point je t'aime.

— Alors, lâche-moi! Lâche-moi ou je ne te pardonnerai jamais. Il faut me laisser du temps — *nous* laisser du temps. Je ne suis pas prête à me donner à toi, pas après toutes les épreuves que je viens de traverser. Un jour, sûrement... mais pas maintenant, je t'en supplie.

Elle mentait, bien sûr, mais que pouvait-elle faire? Jordan était malade, fou à lier. Si elle voulait lui échapper, elle devait à tout prix entrer dans son jeu et l'apitoyer, c'était sa seule chance.

— Je croyais... reprit-elle, feignant de ravaler un sanglot. Je croyais que tu étais mon ami, je te faisais confiance. Jamais je n'aurais pensé que tu pourrais...

Elle détourna la tête, fermant les yeux comme pour cacher ses larmes. Jordan pesait toujours sur elle de tout son poids, mais elle sentit son étreinte se relâcher peu à peu. Enfin, il roula sur le côté et la libéra.

— Ô mon Dieu, pourquoi ai-je fait ça ? gémit-il en se prenant la tête à deux mains. Je t'aime, je ne te veux que du bien, et pourtant…

Angela n'en entendit pas plus. Elle s'était déjà relevée et courait vers la porte. Gabriel s'occuperait de son maître quand il reviendrait.

Elle se précipita vers la grange, pensant trouver ses ouvriers, mais ils n'étaient pas encore rentrés. La journée avait été particulièrement chaude et, comme toujours en pareil cas, ils avaient préféré faire une pause l'après-midi pour reprendre le travail en soirée… Une bouffée de colère envahit la jeune femme. Jordan n'avait pas cédé à un moment de folie, il avait soigneusement préparé son coup. Il savait qu'elle serait seule, et sa prétendue crampe n'avait été qu'un prétexte pour l'attirer près de lui !

Elle attendit sur le seuil de la grange, espérant que Gabriel allait revenir et la débarrasser de ce monstre. Penser qu'il était là, dans sa maison, alors qu'elle était obligée d'attendre dehors, la mettait littéralement hors d'elle.

Au bout de quelques minutes, n'y tenant plus, elle sella son cheval et partit au galop sur le chemin. Elle avait besoin de sentir le vent fouetter son visage. Un long moment, elle chevaucha ainsi, la tête vide, le cœur battant. Quand elle s'arrêta, le soleil n'était plus qu'une tache de sang à l'horizon. Elle mit pied à terre et regarda autour d'elle. Elle était devant l'église, à côté du petit cimetière où reposaient son père, son frère et son oncle. Depuis son retour à Pinetops, elle s'était souvent promis de venir prier sur leurs tombes sans jamais en trouver le temps, et voilà qu'aujourd'hui… Comme une somnambule, elle poussa la grille rouillée et s'avança parmi les stèles.

Dans la pénombre qui tombait, elle ne vit pas tout de suite la femme qui priait, agenouillée sous le grand chêne. La femme non plus ne la vit pas, pas plus qu'elle n'entendit son pas sur l'herbe déjà humide de rosée. Angela s'approcha doucement pour éviter de la déranger, et c'est alors qu'elle vit le nom sur la tombe.

O'Neil.

Elle se demandait qui était cette femme qui se recueillait sur la tombe de son père, quand elle aperçut la voiture d'Addie McCabe arrêtée derrière l'église. Addie ? Mais que fabriquait-elle ? Le caveau des McCabe était à l'autre bout du cimetière, il le dominait de toute la splendeur de ses marbres et de ses dorures…

Elle s'avança encore d'un pas, retenant son souffle, et dans le même instant qu'Addie se retournait avec un sursaut, elle lut le prénom sur la tombe : Dooley.

— Que fais-tu ici ? s'écria la vieille dame en se relevant maladroitement. Tu m'espionnais, n'est-ce pas ?

— Pas du tout. Je venais me recueillir sur les tombes des miens. Mon père, mon petit frère… et mon oncle.

Angela avait délibérément insisté sur ce dernier mot, mais si Addie le remarqua, elle n'en laissa rien paraître.

— Tu as raison, profites-en tant qu'il est encore là, répliqua-t-elle d'un ton sec. Pour moi, ajouta-t-elle précipitamment, je suis venue dire une prière sur la tombe de ton père, comme chaque semaine — une promesse que j'ai faite à ma cousine Olive quand elle est partie.

Il était clair qu'elle mentait, mais Angela préféra ne pas relever.

— C'est vraiment gentil à vous, Addie… Mais que disiez-vous à propos de mon oncle ?

— Oh, rien… Je ne serais pas étonnée que quelqu'un vienne voler son cercueil par une nuit sans lune, c'est tout. Cela ne plaît pas à tout le monde de le savoir enterré ici, après ce qu'il a fait pendant la guerre.

— Vous... vous croyez vraiment ce que vous dites ? bredouilla Angela, horrifiée.

— Tout à fait. Pense aux parents des braves soldats confédérés qui reposent ici : imagines-tu que ça les enchante de savoir qu'un renégat est enterré à deux pas de la tombe de leurs fils ?

Elle se pencha pour ramasser son sac et son ombrelle, puis se redressa péniblement.

— Vous voulez que je vous aide ? proposa Angela. Vous avez l'air épuisée.

Sa sollicitude semblait sincère, mais Addie n'était pas femme à baisser la garde.

— Désolée de te décevoir, mais je ne suis pas fatiguée, rétorqua-t-elle froidement. Jordan et toi devrez attendre encore un peu avant d'être débarrassés de moi. Et je vous déconseille d'essayer de me faire enfermer à l'asile, il pourrait vous en cuire !

Angela ne put s'empêcher de sourire. Manifestement, Addie avait recouvré sinon la santé, du moins toute sa combativité.

— J'aimerais vraiment que vous cessiez de me considérer comme une ennemie. Et aussi que vous vous ôtiez de la tête cette idée que j'ai des vues sur Jordan !

— Lui en a sur toi, en tout cas, et je doute qu'elles lui soient venues toutes seules.

— Je vous jure que je n'ai rien fait pour l'encourager. Voilà des mois que j'essaie de le raisonner et qu'il s'obstine dans cette idée de mariage. C'est même pour ça que je suis partie de chez moi ce soir. Sauf le respect que je vous dois, il devenait... vraiment trop entreprenant.

Addie la dévisagea longuement puis hocha la tête.

— Je ne sais pas pourquoi, mais je te crois. Cela

dit, ajouta-t-elle aussitôt, cela ne change rien à notre problème. Je veux la ferme de Dooley et tu refuses de la vendre, comme Clint, tout cela pour me faire du mal.

— Ce n'est pas pour vous faire du mal, enfin ! Cette ferme est tout ce que je possède, c'est le seul endroit où je pourrai jamais me sentir chez moi.

— Même après ce qui s'est passé l'autre nuit ? Même si tu as tué un innocent ?

— Cox était avec les hommes du Klan. Mais vous ne voudrez jamais le croire, évidemment. Personne ne veut le croire excepté Clint — et peut-être Jordan, je n'en suis même pas sûre.

— Clinton te raconte ce que tu as envie d'entendre, rien de plus. Il a toujours été comme ça, prêt à tout pour arriver à ses fins.

— Vous l'avez toujours détesté ?

La question prit Addie au dépourvu.

— Comment ça ? balbutia-t-elle. Que veux-tu dire ?

— Il n'avait qu'un an quand vous avez épousé son père, n'est-ce pas ? Vous avez dû l'aimer, on ne peut pas détester un bébé qui vient de perdre sa mère… Pas vous, en tout cas.

— Où veux-tu en venir ? bredouilla Addie.

D'ordinaire, c'était elle qui posait les questions, qui jugeait, qui affirmait. Cette brusque inversion des rôles la laissait totalement désarmée !

— Je voulais simplement dire que je ne vous crois pas aussi dure que vous le prétendez. Je pense que quelqu'un a dû vous blesser très profondément lorsque vous étiez jeune, et que vous préférez passer pour une sans-cœur que de laisser quiconque le deviner.

Addie blêmit.

— Tu… tu n'es qu'une petite insolente… Tu ne respectes même pas la vieille femme que je suis.

— Oh si, Addie, je vous respecte. Je vous respecte et je vous plains.

— Je ne veux pas de ta pitié !

— Je sais.

— Tu ne sais rien du tout ! Tu ne peux pas savoir !

— C'est exactement ce que m'a dit oncle Dooley le jour où Clint a voulu noyer ma poupée.

— Tu dis n'importe quoi, tu...

— Oh, je vous en prie, laissez-moi vous expliquer ! C'était le jour où mon petit frère est né. Vous étiez venue avec Clint et Jordan, et on nous avait envoyés jouer près de la rivière. A un moment, Clint a pris ma poupée et l'a jetée dans l'eau. Je me suis disputée avec lui, je lui ai donné un coup de poing dans l'œil. Naturellement, vous m'avez grondée — mais très durement, plus que je ne le méritais. Quand vous avez été partie, j'ai dit à oncle Dooley que je vous détestais. Il m'a répondu que j'avais tort, que parfois les gens qui ont beaucoup souffert s'en prennent aux autres sans raison, mais qu'il ne faut pas leur en vouloir. Il m'a dit — je ne me rappelle plus les mots exacts, mais le sens était là —, il m'a dit que je devais regarder au-delà des apparences, et qu'alors je verrais combien ils étaient bons... C'est ce que j'essaie de faire avec vous, Addie. Je m'y prends peut-être mal, mais...

— Tais-toi, tu ne sais pas de quoi tu parles !

— Peut-être. Ce que je sais, c'est que...

Angela s'arrêta brusquement au milieu de sa phrase.

— Oh, regardez ! s'écria-t-elle en montrant un rond de marguerites qui poussaient au pied du grand chêne. C'est là qu'est enterré mon petit frère.

— Comment peux-tu le savoir ? répliqua Addie, exaspérée, tandis que la jeune femme courait vers les fleurs et s'agenouillait pour caresser leurs corolles blanches. Ton père était si furieux après le départ de ta mère qu'il n'a jamais posé de croix pour marquer la tombe !

— C'est Dooley qui a planté ces marguerites, j'en suis sûre.

— Allons donc, ne sois pas ridicule !

Angela n'allait pas lui raconter la légende des farfadets, ni la façon dont son oncle l'avait consolée, le jour de l'enterrement, en allant cueillir avec elle un bouquet de marguerites pour le porter sur la tombe de son frère. Mais sans aucun doute, c'était lui qui avait planté ces fleurs, et elle se promit de revenir bientôt pour en faire autant sur sa tombe.

Elle se retourna vers Addie qui s'éloignait déjà en direction de sa voiture, courbée sur son ombrelle comme sur une canne. Mieux valait la laisser tranquille. A tenter de forcer son amitié, elle ne réussirait qu'à la braquer.

Il faisait pratiquement nuit quand la jeune femme arriva à la ferme. Jordan était parti, Dieu merci. Elle n'aurait pas supporté de se retrouver face à lui après ce qu'il avait fait. Elle dîna d'une galette de maïs et d'un bout de fromage, puis se coucha, fourbue, pour sombrer aussitôt dans un sommeil sans rêve.

Moins d'une heure plus tard, elle se réveilla en sursaut. Quelqu'un tambourinait à la porte.

— Mademoiselle Angela ! Mademoiselle Angela, je vous en supplie, venez vite !

C'était la voix de Roscoe.

Affolée, elle bondit hors de son lit et courut lui ouvrir.

— Dieu soit loué, vous êtes là, mademoiselle ! Il faut que vous veniez. Billy…

— Quoi ? Qu'est-il arrivé ?

— Ils lui sont tombés dessus. Ils étaient au moins dix. Oh, mademoiselle, si vous saviez dans quel état ils l'ont mis !

— Mais qui ?

— Les hommes du Klan. On a cru qu'ils allaient le tuer. On l'a porté dans la grange mais il saigne de partout. Je vous en supplie, il faut nous aider !

21

Billy était étendu sur un lit de paille, torse nu, le visage en sang. Quand Angela s'agenouilla près de lui, il battit faiblement des paupières et voulut dire quelque chose, mais aucun son ne sortit de ses lèvres tuméfiées.

— Ne parlez pas, murmura la jeune femme. Et surtout, n'essayez pas de bouger.

Elle se tourna vers les autres ouvriers et leur demanda de l'eau et un linge propre. La première chose à faire était de nettoyer le sang qui avait coulé sur son visage et sa poitrine. Ensuite seulement, elle pourrait se rendre compte de l'étendue des dégâts.

— Ils l'ont roué de coups de pied, expliqua Roscoe. Il doit avoir plusieurs côtes cassées.

— On n'a rien pu faire, mademoiselle Angela, ajouta un de ses camarades. On aurait bien voulu, mais ils avaient des armes.

Angela prit la serviette et le broc d'eau qu'un homme lui tendait et se mit en devoir de nettoyer les blessures de Billy. En fait, il n'avait que deux plaies ouvertes, l'une sur la joue, l'autre au-dessus de l'œil. C'était cette dernière qui avait le plus saigné, l'arcade sourcilière avait littéralement éclaté. Pour le reste, Roscoe avait raison, il avait plusieurs côtes sinon cassées du moins fêlées, et des ecchymoses sur tout le corps. C'était un miracle que ces brutes n'aient touché aucun organe vital : un coup de pied à la rate ou au foie, et c'était la mort assurée.

— Il faut le laisser se reposer, déclara Angela. Il n'y a rien d'autre à faire. Maintenant, dites-moi ce qui s'est passé.

Roscoe et les autres lui expliquèrent que les « fantômes » — c'est ainsi qu'ils les appelaient — les avaient encerclés alors qu'ils s'apprêtaient à rentrer à la ferme, juste avant la nuit. Ils avaient travaillé sur la parcelle la plus éloignée, de l'autre côté de la colline, et il faisait déjà sombre dans le sous-bois — raison pour laquelle ils ne les avaient pas vus approcher.

— Ils ont demandé lequel de nous était Billy. On n'a rien dit, bien sûr, mais ils ont menacé de tous nous pendre s'il ne se désignait pas. Alors Billy s'est avancé d'un pas et...

— Ils lui ont cogné dessus comme des brutes, poursuivit Roscoe, les poings serrés. Ils disaient que ce n'était qu'un avertissement, que s'ils le reprenaient à se mêler des affaires des Blancs, ils lui régleraient carrément son compte. « A propos de compte, vous feriez mieux de demander tous le vôtre, a ajouté le chef. Parce que votre patronne va payer pour ce qu'elle a fait, vous pouvez le lui dire. »

Angela haussa les épaules. Cette menace ne l'inquiétait pas outre mesure. Ce qui la troublait davantage, c'est que les hommes du Klan aient appris que Billy s'était « mêlé des affaires des Blancs ».

— Comment diable ont-ils pu savoir ? se demanda-t-elle tout haut.

— Peut-être que certains étaient restés en arrière, l'autre fois, suggéra Roscoe. Ils auront vu Billy sortir de la forêt et vous rejoindre près du marshal.

— Oui, peut-être.

Mais elle n'était pas convaincue. Elle se releva en soupirant et se tourna vers les autres ouvriers.

— Ecoutez-moi bien, leur dit-elle. Vous ne devez pas vous laisser impressionner par ces brutes. Ce qu'ils veulent, c'est vous chasser d'ici. Il ne faut pas qu'ils y arrivent. Chez moi, vous avez un travail et un toit, c'est beaucoup par les temps qui courent...

Elle laissa passer un silence avant de poursuivre :

— Cela dit, nous allons prendre nos précautions. A partir de maintenant, vous quitterez le travail plus tôt de façon à pouvoir rentrer avant la nuit. Je ne crois pas qu'ils oseront vous attaquer en plein jour, ce n'est pas dans leurs habitudes, ils ont trop peur qu'on les reconnaisse... Sans compter qu'ils savent que je suis capable de me défendre. Dieu m'est témoin que je n'ai pas voulu tuer Cox, mais je vous jure que s'ils s'avisent de remettre les pieds ici, je leur tirerai dessus sans l'ombre d'une hésitation. Et cette fois, je ne viserai pas l'épaule !

Les ouvriers hochèrent la tête en signe d'approbation. Angela ignorait combien de temps cela durerait mais, pour l'heure, ils avaient l'air décidés à rester.

— Je vais veiller Billy, ajouta-t-elle. Vous, allez vous coucher. Si vous devez quitter le travail plus tôt, il faudra vous lever plus tôt aussi.

Elle s'installa sur une botte de paille tandis qu'ils montaient dans le fenil.

Billy s'était endormi. Il gémissait parfois dans son sommeil, mais sa respiration était paisible et régulière. Si paisible et régulière qu'à l'écouter Angela ne tarda pas à s'endormir également...

Elle rêvait de torches et de fantômes quand elle se réveilla en sursaut. Quelqu'un avait posé la main sur son épaule et la secouait doucement.

— Clint ! Dieu soit loué, tu es revenu !

— Roscoe m'a expliqué ce qui est arrivé. Viens à la maison, il faut que nous parlions.

— Mais Billy...

— Il dort, ne t'inquiète pas. J'ai regardé, je crois qu'il n'a rien de sérieux — un vrai miracle, vu la rossée qu'il a reçue.

Un moment plus tard, ils faisaient le point de la situation devant un café fumant.

— Ton enquête a avancé ? demanda Angela.

Clint secoua la tête. Il avait des soupçons de plus en plus sérieux, mais en l'absence de preuves, il préférait les garder pour lui.

— Non, pas d'un pouce.

— Ce qui veut dire que ces cinglés vont continuer à nous harceler, à frapper de pauvres bougres comme Billy, à... Seigneur, il faudra donc que je les abatte jusqu'au dernier pour que nous ayons la paix ?

— Pour l'amour du Ciel, Angela, ouvre un peu les yeux ! s'emporta Clint. Tu ne fais pas le poids contre ces types, tu l'aurais compris depuis longtemps si tu avais deux sous de bon sens ! Qu'est-ce que tu t'imagines ? Que tu les as impressionnés en tirant sur Cox ? Tu n'as fait que jeter de l'huile sur le feu, rien de plus !

— Ah oui ? Et qu'est-ce que j'aurais dû faire, selon toi ? Attendre tranquillement que lui et ses amis me fassent rôtir dans ma maison ? Non, Clint, je me suis défendue, et je me défendrai encore s'ils reviennent !

— Seule contre trente ? Bravo, je te souhaite bien du plaisir ! Bon sang, Angela, pourquoi ne pars-tu pas ? Au moins quelques semaines, le temps que je découvre qui ils sont et que je les arrête.

— Parce que je n'ai nulle part où aller, voilà pourquoi ! Et parce que de toute manière, où que j'aille, je ne serai pas plus en sécurité qu'ici... Tu dis que ton enquête piétine, mais qu'est-ce que tu as fait depuis un mois à part courir les bars ?

Clint serra les poings. Pas besoin d'être grand clerc pour deviner que Jordan lui avait farci la tête de mensonges.

— J'ai fait mon travail, rétorqua-t-il froidement. Du mieux que j'ai pu.

— Et tu étais tellement occupé que tu n'as pas trouvé le temps de venir me voir, même quand tu étais en ville ?

Il hésita. La vérité, c'est qu'il préférait se tenir à distance, surveiller les choses de loin. Angela n'était plus aussi vulnérable qu'avant, elle avait une dizaine d'ouvriers qui dormaient dans la grange, plus un solide arsenal pour se défendre en cas de besoin. Mais surtout, il avait besoin de garder la tête froide. Et garder la tête froide avec Angela, vraiment, il n'y arrivait pas !

— Non, je n'en ai pas trouvé le temps, répondit-il, parfaitement conscient de la faiblesse de son excuse.

Angela perdit le peu de patience qui lui restait.

— Tu avais trop à faire avec tes petites amies, c'est ça ? Ne me prends pas pour plus bête que je ne suis, Clint. Je sais très bien que, depuis que tu es parti, tu as passé les trois quarts de ton temps avec des entraîneuses et des filles de saloon !

Clint sentit poindre sa colère. Pas après elle — en d'autres circonstances, sa jalousie l'aurait même plutôt flatté. Mais ce qu'elle disait, elle le tenait de quelqu'un... quelqu'un qui l'avait espionné, et qui à cette heure commençait peut-être à soupçonner qu'il ne fréquentait pas les bars louches pour la bagatelle mais pour son travail.

Ne sachant comment apaiser Angela sans lui avouer la vérité, il fit ce qu'il avait fait jusque-là avec toutes les femmes qui s'étaient trop attachées à lui. Il prit un air philosophe et soupira :

— Je t'avais prévenue, Angela. Le bonheur de l'instant, rien de plus...

Elle eut l'impression que l'on remuait une lame glacée dans son cœur. Luttant contre les larmes, elle bredouilla :

— Je... je pense que tu ferais mieux de partir, Clint. Je crois vraiment que nous n'avons plus rien à nous dire.

Il était presque aussi malheureux qu'elle, mais il trouva la force de garder son masque impassible.

— Je vais retourner interroger Roscoe et les autres, dit-il en renfilant sa veste. Peut-être se rappelleront-ils quelque chose qu'ils ne t'ont pas dit.

Sur quoi, il sortit comme si de rien n'était. Il n'était pas fier de ce qu'il venait de faire mais c'était la seule solution. Restait à espérer que plus tard, quand tout serait fini et qu'il pourrait s'expliquer, Angela voudrait bien lui pardonner.

La jeune femme attendit qu'il ait refermé la porte pour laisser libre cours à ses larmes. C'étaient des larmes de rage autant que de douleur. Comment avait-elle pu être assez stupide pour s'amouracher de Clint ? Jordan avait raison, ce n'était qu'un coureur de jupons, un don Juan à la petite semaine qui ne pensait jamais qu'à sa prochaine conquête. Ah, s'il n'y avait que lui pour démasquer les hommes du Klan, ceux-ci pouvaient dormir sur leurs deux oreilles, ils ne risquaient pas grand-chose !

— Mais ça ne se passera pas comme ça ! se jura-t-elle. S'il ne fait rien, moi je vais agir !

Elle ne savait pas du tout comment elle s'y prendrait concrètement, mais sa décision était prise. Elle déclarait la guerre au Klan !

Quand elle retourna à la grange pour voir comment allait Billy, elle trouva Molly en larmes près de lui. La pauvre fille était effondrée.

— Ça ne s'arrêtera jamais, gémit-elle entre deux sanglots. Aujourd'hui c'est mon frère, et demain... Mais pourquoi ont-ils fait ça ? Pourquoi ?

La jeune femme lui raconta comment Billy avait dissimulé la tunique et la cagoule de Cox et comment, grâce à lui, elle avait pu prouver que l'ancien marshal faisait bien partie du Klan.

— Seigneur ! soupira Molly. S'il a vraiment fait ce que vous dites, c'est un miracle qu'ils ne l'aient pas tué.

— Je sais, répliqua Angela en lui prenant la main. Mais il ne faut pas avoir peur. Maintenant, nous sommes sur nos gardes. S'ils reviennent, nous les recevrons.

Molly secoua la tête.

— Quoi que vous fassiez, ils finiront par attraper Billy, ou Roscoe, ou un autre, et ils passeront leur colère sur lui. Et ça continuera ainsi jusqu'à ce qu'on les jette tous en prison. Ce n'est pas vous qui allez les arrêter, mademoiselle.

— Ce n'est pas le marshal non plus. Il ne peut rien faire, il ne sait même pas qui ils sont — personne ne le sait.

— Certains s'en doutent, mais ceux-là ne diront rien. Peut-être M. McCabe fait-il partie de la bande, alors...

— Non, Clint n'est pas avec eux, j'en suis sûre. Il ne se serait pas enrôlé dans l'armée de l'Union pour rallier ensuite les plus extrémistes des Confédérés, ça ne tient pas debout.

— C'est votre façon de penser. Mais je vois les gens autour de moi, ils n'osent plus faire confiance à personne.

Angela sentit son cœur battre plus vite.

— Et moi, vous croyez qu'ils me feraient confiance ? Vous croyez qu'ils accepteraient de m'aider s'ils apprenaient quelque chose ?

Elle retint son souffle, attendant la réponse. Quelque chose lui disait que Molly en savait davantage qu'elle ne voulait l'avouer.

La jeune Noire lui jeta un regard soupçonneux.

— Qu'est-ce que vous pourriez faire ?

— Certainement pas des miracles, mais si j'avais ne serait-ce que les noms de deux ou trois membres du Klan, je pourrais les dénoncer aux autorités pour qu'elles essaient de découvrir les autres. Les autorités de Nashville, naturellement... s'empressa-t-elle de préciser.

Molly resta un long moment silencieuse, puis, après s'être assurée qu'elles étaient bien seules et que Billy dormait, elle s'éclaircit la voix :

— Ce ne sont peut-être que des rumeurs, mais... je pense savoir où ils se retrouvent.

Angela lui prit le bras et l'étreignit à lui faire mal.

— Dites-moi tout, la pressa-t-elle. Je n'en parlerai à personne, je vous le promets. Quoi qu'il arrive, cela restera entre nous.

Ce « quoi qu'il arrive » alarma Molly.

— Qu'avez-vous l'intention de faire ? Pas y aller, au moins ?

— Je l'ignore, mentit Angela. Dites-moi où se trouve cet endroit, je verrai ensuite.

— Eh bien, voilà... Vous voyez où habitaient les Slocumb ?

— Non, je ne me souviens pas.

— Cette vieille cabane près du bouquet d'arbres où le ruisseau disparaît sous Honey Mountain...

Angela hocha la tête. Honey Mountain, oui, elle voyait : c'était ce long épaulement rocheux dont la crête marquait la limite entre ses terres et ce qui avait été la propriété de son père. Une galerie souterraine permettait de passer d'un côté à l'autre sans être vu de personne. Peu de gens la connaissaient, car l'entrée était dissimulée par la végétation, mais Dooley l'y avait souvent amenée quand elle était enfant et elle se plaisait à imaginer que c'était là que lui et sa mère se retrouvaient en secret.

— On dit que les Slocumb en sont partis parce qu'ils avaient vu des fantômes dans les bois alentour, poursuivit Molly. Des fantômes et des feux follets. Ils ont eu si peur qu'ils ont quitté le pays pour aller s'installer en Géorgie, mais...

— Mais leurs fantômes pourraient être des hommes habillés en blanc et leurs feux follets de simples torches enflammées, acheva Angela.

Elle embrassa Molly sur les deux joues. Ce n'était qu'une hypothèse, bien sûr, mais tout à fait plausible. Et puis il fallait bien commencer quelque part.

22

Clint s'efforçait de ne plus songer à Angela, mais l'inquiétude le rongeait. Dans l'état où il l'avait quittée, elle était capable de n'importe quelle folie. Et puis, il y avait son enquête. Le tour que celle-ci prenait lui déplaisait de plus en plus. Penser que sa propre famille était impliquée dans cette affaire le rendait malade, et pourtant plus il avançait, plus il en était convaincu.

Il n'avait jamais aimé Slade Hawkins. Addie le savait, et il la soupçonnait de l'avoir engagé comme contremaître précisément pour cela, car elle ne l'aimait pas non plus. Toujours est-il que Slade faisait partie des deux hommes que Jordan avait amenés avec lui, soi-disant pour conduire Cox à Nashville. Il savait donc que c'était Billy qui était venu chercher son patron, et qu'il y avait de fortes chances que ce soit lui qui ait fait disparaître la tunique et la cagoule du marshal.

Cela dit, même si Slade appartenait au Klan, il n'était pas assez intelligent pour en être le chef, et comme il travaillait pour Addie, cela orientait tout naturellement les soupçons vers elle. Plusieurs éléments semblaient étayer cette thèse : le fait qu'elle n'ait jamais accepté la victoire du Nord et les bouleversements qui avaient suivi, sa fortune — il fallait un minimum d'argent pour financer les activités du Klan —, son caractère aigri et revanchard… D'un autre côté cependant, même si les scrupules ne l'étouffaient guère quand ses intérêts étaient en jeu, Clint l'imaginait mal ordonner les expéditions punitives dont avaient été victimes Angela et Billy.

Restait Jordan. Même cloué dans son fauteuil, celui-ci pouvait très bien tirer les ficelles…

Clint décida d'en avoir le cœur net. Il descendit à Pinetops, attacha son cheval devant la banque et poussa la porte.

— Vous désirez ? lui demanda l'employée qui se tenait au guichet.

— Ne vous dérangez pas, je ne fais que passer, répondit-il avec un sourire poli.

Sur quoi, il marcha droit vers le bureau de son frère et y entra d'un pas décidé.

— Mathilda, je vous ai déjà dit de frapper, grommela Jordan sans lever le nez de ses papiers.

— Désolé, mais je suis pressé.

Jordan sursauta.

— Clint ! Qui est-ce qui t'a permis d'entrer ici ? Tu sais très bien que je ne veux plus te voir.

— Allons, petit frère, ne te fâche pas…

— Je ne suis plus ton frère ! Sors immédiatement, ou…

— Ou tu appelles le marshal, c'est ça ?

Jordan se retint d'exploser.

— Très bien, grinça-t-il. Dis-moi ce que tu as à me dire et file d'ici. Je ne tiens pas à ce que mes clients te voient dans ma banque.

— Ta banque ? répéta Clint d'un air faussement surpris. Addie serait donc morte ? C'est curieux, je n'étais pas au courant.

— Il y a beaucoup de choses dont tu n'es pas au courant. Et pour une bonne raison : elles ne te regardent pas !

Clint tira un cigare de sa poche, l'alluma tranquillement et souffla la fumée au plafond.

— Un marshal se doit d'être bien informé, Jordan. Et tout bon citoyen…

— Viens-en au fait, bon sang !

— C'est curieux comme tu peux me détester. Vraiment… Je me suis toujours demandé pourquoi.

— Tu n'as pas dû chercher très loin. Je n'ai pas le temps de tout te rappeler, mais tu dois au moins te souvenir que tu étais le préféré de papa, que c'était toujours toi qu'il emmenait quand il partait chasser ou inspecter la plantation…

— Parce que Addie avait peur que tu ne t'enrhumes ou que tu ne te fasses mal, et il avait compris que ça ne servait à rien de discuter avec elle. Si j'ai eu plus de liberté, c'est qu'elle se fichait éperdument de moi, voilà tout. Je ne suis pas responsable de la façon dont ils nous ont élevés, Jordan, pas plus que toi.

— Dans ce cas, dis-moi ce qui t'amène et finissons-en !

— Très bien, comme tu voudras… Les hommes du Klan ont passé à tabac un des ouvriers d'Angela la nuit dernière, je voulais savoir si tu étais au courant.

Clint guettait la réaction de son frère, mais celle-ci ne fut pas suspecte. Soit Jordan était excellent comédien, soit il tombait vraiment des nues.

— Quoi ! s'écria-t-il. Angela n'a rien, au moins ?

— Non, c'est arrivé dans les collines.

Jordan tapa violemment du poing sur la table.

— Bon Dieu, Clint, qu'est-ce que tu attends pour boucler ces types ? Qu'ils la tuent ?

— J'ai besoin d'en savoir plus sur eux, c'est pour ça que je suis venu te voir. Je crois que tu pourrais m'aider à répondre à certaines questions.

— Par exemple ?

— Pourquoi le Klan prend-il Angela pour cible ? Elle m'a dit que tu voulais l'épouser et je sais qu'Addie a des vues sur ses terres. Autrement dit, ça ferait votre affaire à tous les deux qu'elle « craque » et abandonne la ferme.

Jordan blêmit.

— Tu nous accuses d'être complices de ces brigands, c'est ça ? Sors d'ici… sors d'ici ou je te fais jeter dehors !

Clint se dirigea nonchalamment vers la porte,

posa la main sur la poignée, puis se retourna vers son frère avec un sourire tranquille :

— Je te tiens à l'œil, alors au moindre faux pas... Tu peux passer le mot à Addie : si j'apprends qu'elle ou toi avez trempé dans cette histoire, je vous traînerai devant les juges, famille ou pas.

— Tu ne fais plus partie de notre famille ! Tu n'es qu'un renégat, un...

Clint entendit l'encrier de Jordan exploser contre la porte qu'il venait de refermer. Il salua poliment l'employée du guichet et quitta la banque, plutôt content de lui. Il avait réussi ce qu'il voulait : faire sortir Jordan de ses gonds. Si c'était lui qui dirigeait le Klan, cela l'amènerait peut-être à commettre une imprudence. Même chose si c'était Addie, car il se chargerait à coup sûr de la mettre au courant.

Le jeune homme passa à son bureau pour s'assurer que personne n'y avait laissé de message important mais sa boîte était vide, comme d'habitude. Marshal ou pas, les gens de Pinetops continuaient à le traiter en pestiféré.

Il accrocha sa veste au placard où il était censé ranger ses dossiers, puis se mit à faire les cent pas dans la pièce. Il avait beau faire, il ne pouvait s'empêcher de penser à Angela. Il n'aimait pas la façon dont ils s'étaient séparés. Il connaissait suffisamment la jeune femme pour la savoir capable des pires folies sous l'emprise de la colère. Peut-être ferait-il mieux de retourner à la ferme, d'essayer de la raisonner...

Il entendit la porte grincer et se retourna en sursaut, la main sur la crosse de son revolver.

— Eh bien, en voilà un accueil ! s'exclama Lila.

— Excuse-moi, je suis un peu nerveux.

— Je vois ça...

Elle ferma son ombrelle — une ravissante petite chose en satin abricot, assortie à sa robe au décolleté plongeant — et demanda avec un regard en dessous :

— Tu ne me fais pas entrer ?

— Si, bien sûr, dit-il en tirant son unique chaise pour l'inviter à s'asseoir. Excuse-moi, je ne m'attendais vraiment pas à te voir ici.

— Je ne voulais plus y mettre les pieds, mais j'ai appris que ma cousine était malade, alors je suis venue lui dire un petit bonjour. De toute façon, la ville doit être plus sûre maintenant que c'est toi le marshal.

Elle souriait bravement mais elle sentait ses bonnes résolutions — ne pas pleurer, ne pas se jeter dans ses bras — fléchir de seconde en seconde. Clint devina sa gêne et s'efforça de la mettre à l'aise.

— Je suis content de te voir, dit-il en s'asseyant sur son bureau. Qu'est-ce que tu deviens ? J'ai eu quelques nouvelles par ton amie qui travaille chez Sweeney mais...

Lila se rembrunit brusquement.

— C'est justement à cause de Ramona que je voulais te voir. Elle m'a raconté quelque chose qui... enfin, je me suis dit que je ferais mieux de t'en parler. Tu connais Slade Hawkins, le contremaître de ta belle-mère ?

— Oui, bien sûr.

— Alors écoute. Tu sais que Ramona et Buck Sweeney sont plus ou moins à la colle. Buck la rejoint une fois les clients partis, et — bon, je ne te fais pas un dessin...

— Oui, et alors ?

— Et alors, Ramona me disait que Slade a pris l'habitude de tirer Buck du lit en pleine nuit.

— Sans doute pour lui demander un dernier verre, ce n'est pas bien méchant.

— Non, le bar est fermé depuis longtemps quand il fait ça. Il a un signal, une sorte de sifflement sinistre — Ramona dit que ça lui fiche chaque fois la chair de poule. Dès qu'il l'entend, même s'il ronflait comme un sonneur, Buck se lève, s'habille à toute vitesse et elle ne le revoit plus de la nuit.

— Comment sait-elle que c'est Slade qui l'appelle ? Ça pourrait être n'importe qui.

— Une fois, il a sifflé alors qu'ils étaient en pleine partie de jambes en l'air, et elle a entendu Buck ronchonner après lui : « Bon sang, tu choisis tes moments, Hawkins ! » — quelque chose comme ça. Bien sûr, elle a fait celle qui n'avait rien entendu, mais elle est sûre du nom.

Elle le dévisagea d'un air grave.

— Qu'est-ce que tu en penses, Clint ? Tu crois que ça pourrait avoir un rapport avec le Klan ? Je veux dire, s'ils tiennent des réunions secrètes, ils doivent avoir un signal de ralliement, non ?

Clint serra les poings. Il se maudissait de n'y avoir pas songé plus tôt. Le sifflement dont elle parlait, il l'avait entendu plusieurs fois quand il passait la nuit avec elle chez Sweeney, et jamais il n'avait fait le rapprochement.

— Tu ne dis rien ? insista Lila. Tu crois que je me trompe, c'est ça ?

Clint secoua la tête. Elle ne se trompait pas, non, mais s'il lui disait le contraire, elle en parlerait certainement à Ramona, qui en parlerait aux autres filles du saloon... et, d'ici deux jours, toute la ville serait au courant.

— Tu sais ce que c'est, ton fameux signal ? lança-t-il en riant. C'est un type qui promène son chien derrière chez Sweeney. Je l'ai souvent entendu siffler comme ça, et jusqu'à deux ou trois heures du matin !

Elle parut incrédule.

— Mais alors, pourquoi Buck se lève-t-il ? Pourquoi disparaît-il toute la nuit ?

— Il doit savoir qu'il ne se rendormira pas et il préfère descendre au bar, voilà tout.

— Et la fois où Ramona l'a entendu pester contre Hawkins ?

— Il se sera rappelé quelque chose à propos d'Hawkins... Ecoute, Lila, je suis désolé mais j'ai du travail par-dessus la tête et...

— Oui, je comprends, dit la jeune femme en se levant précipitamment. Excuse-moi de t'avoir dérangé pour cette histoire idiote.

— Tu ne pouvais pas savoir.

— Non, je ne pouvais pas savoir... Clint ?

— Oui ?

— Si tu passes à Nashville, viens me dire un petit bonjour.

— Je te le promets, répliqua-t-il en l'embrassant tendrement sur la joue.

Lila sentit les larmes lui monter aux yeux.

— J'espère au moins que ta jolie rousse mesure la chance qu'elle a, soupira-t-elle en ramassant son ombrelle.

Sur quoi, elle sortit sans se retourner, de peur d'éclater en sanglots.

Clint songea avec un pincement au cœur qu'à cette heure, sa « jolie rousse » devait le maudire de toute son âme — si elle n'était pas en train de pleurer, elle aussi... Bon sang, qu'il lui tardait d'en avoir fini avec cette histoire ! « Je lui expliquerai, se promit-il. Pour le moment, Sweeney. Le tenir à l'œil et, quand il bougera... être prêt à bouger aussi. »

Tandis que Clint mettait au point son plan de bataille, Angela qui s'apprêtait à pousser la porte du bazar se figea net. Elle n'avait vu Lila qu'une fois mais elle était sûre de ne pas se tromper : c'était bien elle qui venait de sortir du bureau du marshal ! Et à en juger par sa tenue, ce n'était pas une visite innocente. Seigneur, cette robe ! Et ce maquillage ! Elle devait s'être étalé une demi-livre de fard sur la figure. Le cœur serré par la jalousie, Angela regarda la jeune femme monter dans sa voiture. « Assez, se dit-elle, ce n'est pas le moment de jouer les amoureuses rejetées, tu as mieux à faire. Acheter du fil et des aiguilles, par exemple. Rien de tel qu'une petite séance de couture pour se détendre les nerfs, et il faut que ton costume soit prêt pour la prochaine réunion du Klan. »

De la fenêtre de son bureau, Jordan la vit pousser la porte du bazar d'un geste décidé. Il ne s'était pas trompé : elle était bien amoureuse de Clint. S'il lui restait le moindre doute à ce sujet, sa réaction à la vue de Lila venait de le chasser. Il serra les poings en se rappelant sa dernière visite à la ferme.

Les paroles d'Angela résonnaient encore dans sa tête : il fallait lui laisser le temps, elle n'était pas prête, pas après toutes ces épreuves. Ah, elle s'était bien moquée de lui ! Mais elle ne l'emporterait pas au paradis. Puisque attendre ne servait à rien, il allait agir.

Assise sur le bord de son lit, Addie regardait le Dr Casper ranger son stéthoscope.

— Un vrai cœur de jeune fille, plaisanta-t-il en refermant sa mallette de cuir. S'il n'y avait pas ce problème de reins, vous pourriez tous nous enterrer.

— Autrement dit, je vais mourir, énonça tranquillement la vieille dame.

Le médecin la dévisagea d'un air grave.

— Si vous ne prenez pas plus grand soin de votre santé, c'est possible, oui.

— Tout le monde meurt, ce n'est qu'une question de temps.

— Il y a des façons plus ou moins agréables de mourir, Addie. Le mal de Bright provoque de sérieuses douleurs. Nous ne savons pas grand-chose de son évolution, mais le médicament que je vous ai donné a fait ses preuves. Encore faudrait-il que vous acceptiez de le prendre et de vous reposer au moins quelques heures tous les après-midi. Or, vous ne faites ni l'un ni l'autre, n'est-ce pas ?

Addie écarta la question d'un geste agacé.

— Le Seigneur me rappellera à Lui quand Il le jugera bon. Vous pouvez partir, Casper, je ne vais pas passer la journée à écouter vos sermons.

Le médecin se leva et marcha jusqu'à la fenêtre. Il ne se sentait pas le courage de regarder la vieille dame dans les yeux pour ce qu'il avait à dire maintenant.

— Jordan et moi avons longuement parlé ce matin. Il pense — et je suis d'accord avec lui — que le seul moyen de vous obliger à vous soigner serait de vous envoyer quelque temps dans une clinique ou une maison de repos. Je lui ai suggéré un établissement de Nashville que je connais bien, mais il s'était déjà renseigné de son côté. Il m'a demandé d'écrire à une clinique de Philadelphie — une clinique spécialisée. C'est plus loin, plus coûteux, mais il veut ce qu'il y a de mieux pour vous.

— Il veut se débarrasser de moi, oui ! Je ne me laisserai pas faire, vous pouvez le lui dire !

Addie se leva, marcha jusqu'à l'armoire d'où elle tira une robe et une combinaison, et commença à déboutonner sa chemise de nuit. Le docteur se détourna en secouant la tête. Ils étaient tous les deux en train de perdre leur temps, elle à lui prouver qu'elle était encore valide, lui à essayer de la convaincre qu'elle devait se soigner.

— Très bien, soupira-t-il. Je lui dirai que j'ai fait mon possible.

— Dites-lui aussi qu'il peut aller au diable avec sa fichue clinique ! C'est moi qui ai fait de lui ce qu'il est, il aurait intérêt à ne pas l'oublier. La banque est encore à mon nom, avec le magasin, la maison et les terres. Si je possède tout cela, c'est parce que je n'ai jamais laissé personne me dicter ma conduite. Je ne vais pas commencer aujourd'hui, ni pour ses beaux yeux, ni pour les vôtres !

Le Dr Casper battit en retraite sans attendre la fin de cette tirade. Il avait fait ce qu'il avait pu. Pour le reste, il s'en lavait les mains.

Addie termina de s'habiller, sonna Molly et lui demanda d'aller chercher Slade Hawkins. La servante s'empressa d'obéir. Elle avait une fricassée de perdreaux sur le feu, mais ce n'était visiblement pas le moment d'en parler. Peut-être aurait-elle dû tenir sa langue au sujet de ce qui était arrivé à Billy ? Mais aussi, elle était rentrée tard de chez Angela, et dans un tel état qu'elle n'avait pas su résister à l'interrogatoire en règle que lui avait fait subir sa maîtresse.

Elle trouva Hawkins dans son bureau, déjà attablé devant un cruchon d'eau-de-vie bien qu'il ne fût pas midi. Elle délivra son message puis se hâta de retourner à sa fricassée. Elle ne tenait pas à rester avec lui. Il avait beau professer que « les négresses n'étaient que des guenons déguisées en femme », cela ne l'empêchait pas d'avoir la main baladeuse.

Hawkins ramassa son chapeau et la suivit en sifflotant. Il hésita devant l'entrée de service puis haussa les épaules et se dirigea vers le grand escalier. De toute façon, la vieille devait déjà être furieuse après lui, alors un peu plus, un peu moins... Il frappa à la porte de son bureau et retira son chapeau, n'osant tout de même pas pousser les choses trop loin.

— Entrez ! répondit une voix sèche.

Il obéit. Addie était assise derrière son secrétaire, raide comme la justice.

— Fermez la porte, lança-t-elle en guise de bonjour. Je ne tiens pas à ce que quelqu'un entende ce que je vais vous dire.

Hawkins s'exécuta et attendit patiemment que l'orage éclate, ce qui ne tarda pas.

— Qu'est-ce qui vous a pris de rosser cet ouvrier de la petite O'Neil ? Je ne vous avais rien demandé de tel ! Au contraire, je vous ai toujours interdit d'employer la violence. L'intimidation, oui, mais pas la violence !

Hawkins protesta mollement :

— Je vous assure que moi et mes gars, nous ne sommes pour rien dans cette histoire. Ce doit être un coup du vrai Klan, encore une fois.

— Vous mentez ! Il n'y a pas de « vrai Klan », il n'y a que vous et votre bande de voyous qui vous amusez à semer la terreur dans le comté ! Mais c'est fini, Hawkins, vous pouvez dire à vos amis que je n'ai plus besoin de leurs services ! Et quant à vous, cherchez une autre place, je ne veux plus jamais vous voir dans cette maison ni sur mes terres !

— Jordan n'appréciera pas que vous renvoyiez son contremaître sans le consulter, rétorqua Hawkins.

— Il fera avec ! Jusqu'à preuve du contraire, c'est encore moi qui commande ici.

Hawkins haussa les épaules et sortit. Il s'engageait dans l'escalier quand Jordan, porté par Gabriel, poussa la porte d'entrée.

— Qu'est-ce que vous fichez là ? siffla-t-il, furieux.

— C'est votre mère qui m'a fait appeler. Il paraît que je suis renvoyé.

— Renvoyé ? répéta Jordan en indiquant à Gabriel de le porter jusqu'à son fauteuil. Qu'est-ce que c'est que cette histoire ?

Hawkins se raidit, feignant l'indignation.

— Elle prétend que je fais partie du Ku Klux Klan !

Le jeune homme secoua la tête en soupirant.

— Pauvre maman, elle perd de plus en plus la raison... Je vous prie de l'excuser, Hawkins, il ne faut pas faire attention à ce qu'elle dit. Désormais, c'est moi qui vous donnerai vos instructions.

Il se redressa dans son fauteuil pour permettre à

Gabriel de lui glisser un coussin dans le dos, puis ajouta d'un air faussement accablé :

— Cela me fend le cœur mais je crois que le Dr Casper a raison, elle ne peut plus rester ici. Elle a besoin de repos, de soins, et moi avec mes jambes... C'est malheureux à dire, mais elle sera mieux dans cette clinique.

— Oui, c'est certain, approuva Hawkins. Au revoir, monsieur, et bonne journée.

Addie, qui avait tout entendu, se hâta de regagner sa chambre. Jordan n'allait pas tarder à monter prendre l'apéritif dans le salon et elle ne tenait pas à le croiser.

— Pauvre imbécile ! murmura-t-elle en se recouchant. Si tu espères te débarrasser de moi aussi facilement, tu te trompes lourdement !

Angela attendait, dissimulée dans les fourrés. La clarté de la lune lui permettait de distinguer les alentours.

Juste avant la tombée de la nuit, elle était montée jusqu'à la cascade et s'était faufilée dans la longue galerie souterraine qui courait sous Honey Mountain. Arrivée au bout, elle avait éteint sa torche puis s'était cachée dans les buissons, serrant contre elle le déguisement qu'elle s'était confectionné dans un vieux drap.

Une heure passa. Puis une autre. Elle commençait à se dire qu'elle était venue pour rien quand des éclats de voix retentirent au loin. Elle s'aplatit dans les fougères. Là-bas, entre les arbres, elle distingua les lumières mouvantes de torches embrasées. Un à un, les hommes sortirent de la forêt et se dirigèrent vers la ferme abandonnée. Le cœur battant, Angela les vit descendre de cheval, soulever les planches disjointes du seuil et revêtir leur sinistre défroque. Ils devaient être une vingtaine, trente peut-être.

La jeune femme frissonna. A cette distance et dans le flamboiement des torches, ils avaient vraiment l'air de fantômes. Elle s'approcha de quelques mètres en rampant dans les fougères. Son plan était arrêté : attendre qu'ils se mettent en route, enfiler son déguisement, puis les suivre discrètement et, si possible, se mêler à eux.

Seulement voilà, ils ne faisaient pas mine de partir. Peut-être s'agissait-il d'une simple réunion ? Peut-être allaient-ils continuer à discuter puis repartir comme ils étaient venus ? Si tel était le cas, il fallait au moins qu'elle entende ce qu'ils disaient. Serrant toujours son déguisement contre elle, Angela rampa jusqu'à un petit roncier. Elle ne pouvait s'approcher davantage sans se retrouver complètement à découvert, mais avec un peu de chance, cela suffirait.

Soudain le silence se fit dans la clairière. Un dernier homme venait d'émerger de la forêt et se dirigeait vers la ferme, sa torche à la main. Angela réprima un cri en le reconnaissant. C'était l'un des deux aides à qui Jordan avait confié Cox, après la descente du Klan chez elle. Slade Hawkins, le contremaître des McCabe !

Il s'habilla comme les autres, mais sa tunique et sa cagoule étaient rouges. Manifestement, c'était le chef.

— On annule tout pour ce soir ! lança-t-il à la cantonade. Plus de descente chez la fille O'Neil jusqu'à nouvel ordre, on change de tactique. Prochain rendez-vous demain à la même heure — inutile d'employer le signal de ralliement. Et maintenant, le plan de campagne...

Pétrifiée d'effroi, Angela l'écouta exposer ledit plan. Il était aussi simple qu'horrible. Hawkins et ses acolytes brûleraient la maison des parents de Billy, pendraient son père, puis chargeraient sa mère d'un message à l'intention des autres ouvriers de la ferme : s'ils continuaient à travailler pour Angela, leurs familles subiraient le même sort.

La réunion s'acheva. Les hommes ôtèrent tuniques et cagoules, les rangèrent dans la cache puis se dispersèrent dans la forêt. Pendant ce temps, la jeune femme réfléchissait à son propre plan de campagne. D'abord, prévenir les parents de Billy — qu'ils ne soient pas là quand le Klan débarquerait chez eux. Ce serait une première surprise pour Hawkins et sa bande. La seconde, c'est qu'ils auraient une nouvelle recrue avec eux : Angela elle-même.

23

Angela se tournait et se retournait dans son lit sans trouver le sommeil. Si elle s'était écoutée, elle serait partie sur-le-champ à Pinetops prévenir Molly du danger qui guettait ses parents, mais elle savait que la jeune femme dormait chez les McCabe et que, si elle débarquait là-bas en pleine nuit, Addie et Jordan ne manqueraient pas de lui poser des questions. Or, elle voulait à tout prix garder le secret. Personne ne devait être au courant de ce qui se préparait, pas même Billy, qui se remettait péniblement de ses blessures et n'avait nullement besoin de soucis supplémentaires.

— Angela...

Elle sursauta en reconnaissant la voix de Clint.

— Une seconde, j'arrive !

Elle se leva d'un bond, enfila hâtivement sa robe et courut ouvrir. Son cœur bondissait dans sa poitrine comme une bête en cage.

— Qu'est-ce que tu veux ?

— Te parler, c'est important.

Elle hésita une seconde puis s'effaça pour le laisser entrer. Il voulait parler? Très bien, ils parleraient. Cela lui permettrait au moins de vider ce qu'elle avait sur le cœur. Mais qu'il n'espère pas l'entraîner au lit avec des excuses oiseuses.

Clint alluma la lampe et se retourna vers elle, le visage sombre. Visiblement, ce n'était pas une réconciliation sur l'oreiller qu'il avait en tête.

— Eh bien, qu'est-ce que tu voulais me dire? demanda Angela. Et d'abord, comment es-tu arrivé jusqu'ici? Roscoe avait l'ordre de tirer sur quiconque s'approcherait de la maison.

— Il a dû me reconnaître. En tout cas, il n'a pas bougé. Maintenant, écoute-moi, c'est important. A partir d'aujourd'hui, je veux que tu fasses très attention à tout ce que tu diras devant Jordan. Et surtout, s'il se passe quoi que ce soit, si tu as le moindre ennui avec le Klan, appelle-moi mais ne lui en parle pas.

— Et pourquoi, s'il te plaît?

— Parce que j'ai de bonnes raisons de penser que certains de ses employés font partie de la bande.

Angela songea immédiatement à Slade, mais elle ne dit rien. Comment diable pouvait-il être au courant?

— Je ne vois pas le rapport avec Jordan. Même si ce que tu dis est vrai, il n'y peut rien.

— Les employés en question ne sont pas assez intelligents pour être les cerveaux, il doit y avoir quelqu'un derrière eux.

— Et ce quelqu'un, naturellement, serait Jordan... Pourquoi pas Addie, tant que tu y es?

— Ça se pourrait aussi.

Angela le considéra avec des yeux ronds.

— Tu parles sérieusement? Une femme à la tête de ce groupe de tueurs? C'est impossible, voyons! Et puis, tu imagines Addie ordonnant à ces cinglés de me faire rôtir dans ma maison ou de battre Billy?

— Je reconnais que c'est un peu gros, mais pourquoi pas? Ce ne sont pas les scrupules qui l'étouffent, tu sais, il n'y a qu'à voir son attitude pendant la guerre. Addie a toujours fait passer ses intérêts avant tout, or ça l'arrange bien que le Klan fasse régner la terreur parmi les anciens esclaves. Ainsi, ils restent comme ils sont : humbles, dépendants et soumis. Et ils continuent à travailler pour des salaires de misère.

Il laissa passer un silence.

— Quant à toi, reprit-il, rien ne dit qu'elle ait voulu te faire rôtir dans ta maison, mais te flanquer une bonne frousse pour te pousser à partir, ça, c'est tout à fait possible ! N'oublie pas qu'elle avait des vues sur cette ferme.

— Mais pourquoi tient-elle tant à l'acheter ? Elle possède déjà la moitié de la ville et les trois quarts des terres qui l'entourent. Ça devrait lui suffire, non ?

— Je me suis aussi posé la question. A mon avis, elle était amoureuse de Dooley.

— Ça ne l'a pas empêchée d'épouser ton père.

— Sur le tard, et c'était un mariage de raison. Il était riche, il avait besoin de quelqu'un pour s'occuper de moi. Elle était seule et sans le sou... Je me souviens qu'un jour — je devais avoir treize ou quatorze ans — j'ai entendu Lucille Byrnes en parler avec Mme Peabody. Elle disait que ce devait être une consolation pour Addie d'avoir pu l'épouser, mais que c'était vraiment triste qu'elle et Dooley ne se soient pas mariés, ils auraient fait un beau couple.

Angela réfléchit un moment.

— Si Dooley a rompu avec elle à cause de ma mère, cela expliquerait qu'elle m'en veuille. Et qu'elle tienne tant à la ferme : elle doit y avoir des souvenirs précieux — sans compter que si Dooley l'avait épousée, c'est elle qui en aurait hérité.

Elle hocha la tête. Oui, la théorie de Clint se tenait.

— Mais tu parlais de Jordan, reprit-elle. Pourquoi le soupçonnes-tu, lui ?

— Tu ne devines pas ? C'est pourtant simple : il te prête de l'argent, il devient ton ami et puis il s'arrange pour que tu abandonnes la ferme. Te voilà seule, perdue, avec peut-être un petit pécule mais qui ne durera pas longtemps. Vers qui te tournes-tu ? Vers lui, naturellement ! Désemparée comme tu l'es, il n'a aucun mal à te convaincre de l'épouser, et par la même occasion, il récupère la ferme et les pinèdes.

— Oui, cela se tient aussi, soupira Angela. C'est entendu, je me méfierai. Maintenant, si ça ne t'ennuie pas, j'aimerais aller me coucher. Oh, encore une chose...

— Oui ?

— A l'avenir, quand tu viendras me voir, choisis une autre heure. Je ne voudrais pas que les gens s'imaginent... des choses qui n'existent plus.

Clint sentit sa gorge se nouer. Il voulut répondre mais Angela secoua la tête.

— N'insiste pas, ce n'est pas la peine. Je croyais que tu avais changé mais je me trompais : tu n'es qu'un gamin capricieux pour qui les gens sont des jouets qu'on prend et qu'on laisse. Va-t'en, ça vaudra mieux.

Clint garda le silence. La flamme de la lampe éclairait toujours le même visage d'ange, les mêmes boucles rousses répandues en cascade, les mêmes yeux couleur d'eau profonde où il adorait se noyer... mais tout cela avait à présent la dureté de la pierre. Sa condamnation était sans appel. Un amant de passage, voilà tout ce qu'il serait pour elle.

Il se leva lentement, renfila sa veste et marcha jusqu'à la porte. Il lui semblait que son cœur avait cessé de battre, qu'il n'était plus qu'un mort vivant.

— C'est vraiment dommage que tu ressembles autant à ta mère, lança-t-il d'une voix blanche, puis il sortit sans se retourner, laissant Angela méditer ce message sibyllin.

Angela se mit en route dès les premières lueurs de l'aube. Parvenue à Pinetops, elle obliqua sur la droite et s'enfonça dans le bois qui séparait la route des champs de coton des McCabe. Elle aurait pu se rendre directement à la maison et demander Molly, mais elle redoutait qu'Addie et Jordan ne soient déjà levés et qu'ils ne réclament des explications. Elle s'arrêta donc à la lisière des arbres, attendit que les premiers cueilleurs arrivent et demanda à l'un d'eux d'aller chercher la servante.

Molly apparut dix minutes plus tard. Elle avait traversé le champ en courant, serrant ses jupes contre elle pour ne pas les accrocher aux pieds de coton. Elle était déjà inquiète, mais quand Angela lui raconta ce qu'elle avait vu et entendu la veille, ses yeux s'agrandirent d'horreur.

— Ils vont les tuer, mademoiselle ! Ils vont tuer mes parents ! s'écria-t-elle, au bord de la crise de nerfs.

Angela la prit par les épaules et la secoua fermement.

— Non ! Ils ne les tueront pas si vous faites exactement ce que je vous dis.

Elle attendit que la jeune femme ait un peu repris ses esprits et lui exposa son plan.

— Vous avez bien compris ?

— Oui, mademoiselle, hoqueta la servante entre deux sanglots.

— Alors retournez vite à l'office, il ne faut pas qu'on s'aperçoive de votre absence.

Angela rentra chez elle et patienta jusqu'au soir. Elle avait essayé une dernière fois son déguisement et l'avait glissé dans la sacoche de sa selle, ainsi que sa torche. Elle était prête. La veille, elle avait remarqué que certains hommes du Klan mettaient à leurs chevaux des sortes de caparaçons blancs qui descendaient jusqu'aux paturons — sans doute pour dissimuler leurs robes trop reconnaissables — mais elle n'avait pas besoin de prendre cette précaution avec sa jument baie : sa couleur était suffisamment discrète.

Elle se mit en route à la tombée de la nuit. Molly lui avait soigneusement expliqué où habitaient ses parents : il fallait traverser la ville puis prendre le deuxième chemin de terre sur la gauche ; la maison était tout au bout, au milieu d'une petite clairière. Angela n'aurait aucun mal à trouver un endroit où se cacher, elle était entourée de caroubiers plantés si serré qu'on avait peine à s'y frayer un chemin.

Il faisait déjà nuit noire quand la jeune femme arriva dans la clairière. La maison — il aurait été plus juste de parler de cabane — était vide. La porte faite de planches mal jointes était entrouverte, mais aucune lumière ne filtrait de l'entrebâillement.

Tirant sa jument par la bride, Angela se faufila parmi les caroubiers, enfila son déguisement puis s'accroupit dans l'herbe. De là où elle était, elle distinguait à la fois la maison et le chemin qui y conduisait — et le blanc de sa tunique devait se confondre avec celui des grappes de fleurs qui pendaient aux branches basses des caroubiers. De toute façon, on y voyait à peine. La lune n'était pas levée, de lourds nuages dérivaient dans le ciel.

Soudain, une vive lumière éclaira le chemin. Les hommes du Klan arrivaient. Ils chevauchaient à deux de front, chacun portant une torche enflammée. Angela sentit un frisson glacé courir le long de son dos tandis que les premiers passaient à sa hauteur. Elle avait été folle de se lancer dans cette aventure, elle aurait dû dire à Clint ce qu'elle savait, le laisser agir.

Mais qu'aurait-il fait ? Interroger Slade dans les

règles, comme un bon marshal ? Il n'en aurait rien tiré et cela aurait alerté les autres. Non, elle avait eu raison de se taire. D'ailleurs, songea-t-elle le cœur serré, il était trop tard pour revenir en arrière.

Elle prit une profonde inspiration et se leva sans bruit. Les derniers cavaliers pénétraient dans la clairière et se déployaient en demi-cercle autour de la maison. Maintenant. Il fallait y aller maintenant. Allumer sa torche et...

Elle se figea, le souffle court.

Un dernier homme s'avançait sur le chemin.

Sa tunique, sa cagoule, le caparaçon de son cheval, tout cela était noir. Et lui ne portait pas de torche : si celles de ses compagnons ne l'avaient pas éclairé juste comme il parvenait à sa hauteur, elle serait sortie de sa cachette sans le voir.

L'homme rejoignit les autres qui s'écartèrent avec un murmure respectueux pour le laisser passer. Profitant de ce que tous avaient les yeux braqués sur lui, Angela alluma sa torche et vint se placer au bout du demi-cercle qu'ils formaient. Elle savait maintenant que l'homme en rouge qu'elle avait vu la veille n'était qu'un sous-fifre. Le véritable chef du Klan était là, devant elle.

— Sais-tu pourquoi le Grand Titan est venu ? demanda le cavalier qui se tenait juste à côté d'elle à son voisin de gauche. D'habitude, on ne le voit jamais.

— Je suppose que c'est à cause du lynchage. Comme c'est la première fois, il doit vouloir s'assurer qu'on fait ça comme il faut.

Angela retint son souffle. S'ils la questionnaient sur quoi que ce soit, elle était perdue.

— Je me suis toujours demandé qui c'était, reprit son voisin.

— Ça, mystère ! répondit l'autre. Hormis le Grand Cyclope, personne ne le sait.

Comme il disait cela, l'homme en rouge vint se

placer près du cavalier noir. Ce devait être lui, le « Grand Cyclope » — Slade Hawkins. Il échangea quelques mots à voix basse avec le « Grand Titan », puis s'avança vers la maison et cria :

— Dehors, bande de cloportes ! On sait que vous êtes là, alors sortez de votre trou à rats avant qu'on n'y flanque le feu !

Comme personne ne répondait, l'homme en noir fit signe à Hawkins d'avancer encore. Celui-ci éperonna son cheval, se coucha sur l'encolure et fonça droit sur la porte de la maison qui claqua avec un bruit sec contre le mur de planches. On entendit un flot de jurons, un fracas de vaisselle cassée, puis Hawkins ressortit :

— Personne ! Pas un foutu nègre là-dedans ! Ils ont tous filé.

Sans un mot, l'homme en noir lui arracha sa torche des mains et la lança à travers l'une des fenêtres. Les autres l'imitèrent et, après cinq minutes, la maison n'était plus qu'un brasier dont les flammes s'élevaient jusqu'à la cime des arbres. Angela pensa aux parents de Molly : ils avaient échappé à ces fous furieux, c'était l'essentiel, mais quand ils reviendraient demain, ils ne trouveraient qu'un tas de cendres à la place de la cabane qui était sans doute tout ce qu'ils possédaient au monde.

Ecœurée, elle laissa tomber sa torche et s'esquiva discrètement, tandis que les hommes du Klan riaient et se tapaient dans le dos en contemplant leur œuvre. La nuit était trop noire pour qu'elle rentre chez elle à travers bois, et elle ne pouvait prendre le risque qu'ils la rattrapent si elle empruntait le chemin. Aussi retourna-t-elle à sa cachette sous les caroubiers en attendant qu'ils partent. Longtemps, leurs cris et leurs rires résonnèrent dans la clairière, mêlés au crépitement des flammes, puis le silence retomba enfin.

Angela patienta encore un moment avant de

remonter en selle et, quand elle s'engagea sur le chemin, ce fut au pas, afin d'être sûre de ne pas les rattraper. Tenant les rênes d'une main, elle enleva sa tunique et sa cagoule qu'elle glissa dans la sacoche de sa selle. Elle en aurait encore besoin, et sans doute plus d'une fois. Jusqu'ici, elle n'avait identifié qu'un des membres du Klan : Slade Hawkins. Si elle avait eu le cran de rester plus longtemps ce soir, elle aurait peut-être pu glaner un ou deux autres noms, mais certainement pas celui qui l'intéressait le plus, celui du Grand Titan.

En tout cas, Clint avait tort de soupçonner Addie et Jordan. Le mystérieux cavalier noir était de toute évidence un homme, et en pleine possession de ses moyens.

Perdue dans ses réflexions, Angela ne se rendit pas compte que quelqu'un la suivait.

A chaque raid du Klan, une fois l'action lancée, Slade Hawkins s'éloignait discrètement de façon à observer l'attitude de ses hommes. Aucun ne devait rester en retrait, c'était une des règles de l'organisation — et le meilleur moyen de se garantir d'éventuelles brebis galeuses. Or, ce soir, Slade avait vu un cavalier laisser tomber sa torche au lieu de la lancer sur la maison. Il avait voulu en avertir le Grand Titan, mais celui-ci avait déjà disparu : il était rare qu'il prenne part à un raid et, quand il le faisait, il s'arrangeait toujours pour partir le premier de crainte d'être reconnu.

Lorsque Slade avait vu le cavalier s'éclipser sans attendre la fin de la « fête », son premier réflexe avait été de l'abattre sur-le-champ ; il n'y avait pas de place au sein du Klan pour les lâches et les timorés. Quelque chose cependant l'avait retenu. Rien ne disait qu'il avait affaire à un lâche. Aussi bien, l'homme — il ne pouvait se douter que c'était une femme qu'il avait vue disparaître sous les caroubiers — était un espion, et dans ce cas, la première chose à faire était de découvrir qui il était, ce qu'il savait, et surtout s'il avait des complices.

Gardant un œil sur le cavalier qui chevauchait une centaine de mètres devant lui, Slade retira sa tunique et sa cagoule et les fourra dans la sacoche de sa selle. La prudence aurait voulu qu'il les rapporte tout de suite à la cabane d'Honey Mountain, mais il y avait plus urgent. Il repensa à Cox. Si on n'avait pas retrouvé son déguisement, tout aurait été différent. La thèse du brave marshal blessé par une folle qu'il essayait d'aider l'aurait emporté devant n'importe quel tribunal. Seulement voilà, dans la débandade générale, personne n'avait pensé à le déshabiller et ensuite il était trop tard : ce maudit nègre était passé par là. Slade n'avait pas eu le choix. Si Cox parlait, c'était la corde pour lui et tous les autres. Mais ce n'est pas agréable de fracasser le crâne d'un homme à coups de pierre, surtout quand on le connaît bien…

Slade pressa l'allure. La nuit était vraiment noire et il ne voulait pas laisser échapper sa proie. Son plan était arrêté : d'abord, suivre le cavalier et voir où il allait — ce pouvait être chez un complice ; ensuite, lui tomber dessus par surprise, le faire parler et l'abattre.

Le cavalier traversa la ville, toujours sans se presser, puis il prit l'embranchement après l'église. Slade se redressa sur sa selle. Ce chemin ne menait qu'à une seule ferme, celle de la fille O'Neil. A moins qu'un de ses ouvriers n'ait eu le cran de se déguiser pour se mêler à eux, ce qui était tout bonnement impensable, cela voulait dire…

Slade poussa jusqu'au petit pont qui enjambait le ruisseau puis il fit demi-tour. Inutile d'aller plus loin, il était fixé. Son espion était une espionne — une belle espionne, rousse aux yeux verts.

Addie n'avait plus ses yeux de vingt ans, et l'unique chandelle qui brûlait sur sa table de nuit ne diffusait qu'un halo de lumière, mais la vieille dame connaissait par cœur les mots qu'elle était en train de lire. C'était tout ce qui lui restait de Dooley : cette lettre qu'il lui avait donnée le jour de ses dix-neuf ans, en même temps qu'un bouquet de marguerites. Elle n'avait jamais pu se résoudre à la jeter, même après leur rupture et son mariage avec Angus.

Dooley lui avait brisé le cœur en la quittant, et pourtant pas un jour, pas une minute elle n'avait cessé de l'aimer. Un amour, mêlé de larmes et de rancune que le retour d'Angela avait réveillé. Chaque fois qu'elle voyait la jeune femme, elle repensait à son bonheur perdu et le visage de la mère se superposait à celui de la fille. Sans Edana, Dooley l'aurait épousée, c'est certain. Mais à quoi bon ressasser ses regrets ? Tout cela était si loin. Elle n'était qu'une vieille femme usée, aigrie, et ni l'argent ni le pouvoir ne lui rendrait sa jeunesse enfuie.

Addie rangea sa lettre dans le tiroir de la table de nuit, puis se pencha pour souffler la chandelle.

Tout ce qu'elle demandait à présent, c'était de vivre en paix les quelques jours ou les quelques mois que le Seigneur voudrait bien lui accorder. Et pour cela, elle devait déposer le fardeau de rancœurs qui pesait sur ses épaules depuis tant d'années. Pardonner. Accepter. Accepter l'idée que si Dooley l'avait vraiment aimée, il ne l'aurait pas quittée pour une autre. Accepter de voir Angela vivre dans cette maison où elle-même avait rêvé de vivre, et qui restait dans son cœur comme l'image du bonheur que la vie lui avait refusé.

Quelle importance, à présent ? songea-t-elle tristement. Et pourquoi s'acharner ? Elle n'aurait pas trop de ses dernières forces pour empêcher Jordan de l'envoyer dans cette maudite clinique.

D'ailleurs, Angela n'était pas la harpie qu'elle

avait imaginée. Bien sûr, elle avait un caractère impossible, mais du cœur aussi. Et un sacré cran, il fallait le reconnaître...

Clint était perclus de courbatures. Il n'avait pas voulu s'allonger de peur de s'endormir, si bien qu'il était resté cinq heures assis par terre, le dos appuyé à un chêne. Et pour rien ! Il avait entendu quelques chouettes, un chat qui faisait bruyamment sa cour, mais pas le moindre sifflement.

« Pas de réunion du Klan ce soir, se dit-il en se relevant péniblement. J'en suis quitte pour remettre ça demain. » Il essuya son pantalon et marcha jusqu'au frêne auquel il avait attaché son cheval.

C'est alors qu'il vit Buck Sweeney qui descendait tranquillement la grand-rue sur sa jument baie.

Le gros homme s'arrêta devant son saloon, encore ouvert bien qu'il fût au moins trois heures du matin, et disparut à l'intérieur tandis que le gamin noir qui faisait office de portier menait la jument à l'écurie.

Clint étouffa un juron. Il avait commencé son guet juste après la tombée de la nuit, mais Buck avait dû sortir avant — et à voir l'heure où il rentrait, sûrement pas pour une promenade de santé !

Autrement dit, le Klan s'était bien réuni, et à quelques minutes près, il avait tout manqué.

24

Il n'était pas huit heures quand Gabriel entendit sonner à la porte de la demeure. Il alla ouvrir et se trouva nez à nez avec Slade Hawkins. Le contremaître était comme fou.

— Il faut que je voie M. McCabe, c'est urgent !

— M. Jordan prend son petit déjeuner. Mais si vous voulez bien attendre, je vais l'avertir que vous êtes là.

— Je le ferai moi-même.

Hawkins écarta Gabriel d'une bourrade et s'élança dans l'escalier. Le vieux domestique le regarda monter les marches quatre à quatre, puis s'en retourna précipitamment à l'office. Il ignorait ce qui se préparait, mais visiblement ce n'était rien de bon.

Hawkins fit irruption dans le salon sans même prendre le temps de frapper.

— On a des ennuis, patron ! lança-t-il à Jordan en guise de bonjour.

— J'espère que c'est sérieux, répliqua celui-ci en essuyant le café que, de surprise, il avait renversé sur sa robe de chambre. Je n'apprécie pas que l'on entre chez moi comme dans un moulin, surtout à cette heure.

— C'est plus que sérieux : il y a un espion parmi nous.

— Un espion ?

— Une espionne, plutôt.

Jordan se rencogna dans son fauteuil, un sourire aux lèvres.

— Chère Addie... Je savais bien qu'elle finirait par comprendre que quelqu'un te donnait des ordres dans son dos et qu'elle essaierait de savoir qui. Mais cela n'a pas d'importance. Je vais m'arranger pour l'éloigner au plus vite. Nous la ferons passer pour folle.

Hawkins secoua la tête.

— Ce n'est pas de votre mère que je parlais.

— De qui, alors ?

— De la fille O'Neil.

— Angela ? s'écria Jordan, stupéfait. Je te préviens que si c'est une plaisanterie...

— Ce n'est pas une plaisanterie ! Je l'ai vue de

mes yeux. Et je mettrais ma main à couper que c'est à cause d'elle que ces fichus nègres nous ont filé entre les doigts. Il a bien fallu que quelqu'un les prévienne... Ce que je comprends moins, c'est pourquoi elle a agi seule, sans Clint. Si elle couche avec lui, elle aurait pu...

Jordan serra les poings.

— Rien ne dit qu'elle couche avec lui. Et quand bien même il y aurait quelque chose entre eux, je crois qu'elle commence à le voir tel qu'il est : un bon à rien qui ne pense qu'à courir les jupons — surtout celui de la petite Lila Coley. Elle l'a vue qui sortait de son bureau, l'autre jour, et je te garantis que si elle avait pu les étrangler tous les deux, elle ne s'en serait pas privée !

— Cela ne veut pas dire qu'elle s'abstiendra de raconter tout ce qu'elle sait à Clint.

— Elle est trop orgueilleuse pour lui demander de l'aide. Elle ne bougera pas avant de pouvoir lui servir nos noms sur un plateau. Sais-tu si elle a pu identifier certains de tes hommes, hier soir ?

Hawkins réfléchit un moment puis secoua la tête.

— Non, je ne crois pas. Les gars s'appellent tous par leurs noms de guerre, et avec leurs cagoules... Si elle avait été là quand on s'est retrouvés à la cabane, je ne dis pas, mais je suis sûr qu'elle est arrivée plus tard. J'ai compté mon monde avant de partir.

— Donc, nous sommes à peu près tranquilles de ce côté-là. Il n'empêche, je donnerais cher pour savoir comment elle était au courant de votre expédition.

— Ça, moi aussi !... Alors, qu'est-ce que vous décidez ?

— Qu'est-ce que tu veux que je décide, là, comme ça ? Laisse-moi le temps de réfléchir.

Jordan tourna son fauteuil vers la fenêtre et se mit à pianoter nerveusement sur l'accoudoir. Hawkins en profita pour rafler le croissant qu'il avait laissé sur la table.

« Réfléchis, mon gars, se disait-il. Réfléchis tout ton soûl, mais pour moi l'affaire est entendue : il faut faire taire cette fille, et définitivement ! »

Dans sa chambre à l'autre bout du couloir, Addie se réveilla en sursaut, trempée de sueur. Elle venait de faire un rêve atroce... Elle était enfermée dans un asile — un immense bâtiment aux murs lépreux, aux fenêtres barrées de lourdes grilles. Elle errait de dortoir en dortoir, enjambant de pauvres malheureux qui croupissaient dans leur crasse et leurs excréments. Elle cherchait désespérément une issue mais toutes étaient murées. Juste comme elle allait se tuer pour échapper à cet enfer, Angela arrivait et la sauvait...

La vieille dame laissa retomber sa tête sur l'oreiller. Dieu merci, ce n'était qu'un rêve ! Mais un rêve qui risquait de se réaliser. Elle n'était pas dupe des beaux discours du Dr Casper. Ce n'était pas dans une clinique que Jordan voulait l'envoyer, c'était dans un asile. Et s'il y parvenait, elle n'aurait d'autre issue que le suicide.

Les yeux fixés sur son ciel de lit en satin, Addie se mit à réfléchir. Il fallait regarder les choses en face. Jordan n'était peut-être qu'un ingrat, un fils dégénéré, mais cela ne servait à rien d'essayer de lutter contre lui. Il n'y avait qu'une façon de l'empêcher de mettre son plan à exécution : lui laisser les mains libres. Si elle faisait mine de se soumettre, d'approuver tout ce qu'il disait, peut-être cesserait-il de la considérer comme un obstacle et la laisserait-il finir ses jours chez elle, en paix.

Il voulait diriger entièrement la banque ? Elle signerait toutes les décharges qu'il souhaiterait. Il voulait épouser Angela ? Qu'il l'épouse, la maison était assez grande pour que chacun pût y vivre de son côté. Accepter. Accepter encore et encore... Et plus tard, quand elle se sentirait moins faible, reprendre le contrôle de tout!

Elle avait eu tort de sous-estimer Jordan, mais lui aussi l'avait sous-estimée. Si elle avait réussi à tenir tête aux Yankees, ce n'était pas pour se laisser damer le pion par son blanc-bec de fils.

Elle tira le cordon afin d'appeler Molly. Sa décision était prise, elle allait prendre un bain, s'habiller, après quoi elle irait trouver Jordan et ils parleraient. Elle sonna cinq fois, six fois: rien. Tant pis pour le bain, elle n'avait plus la force d'enjamber seule le rebord du tub. Pestant contre la servante qui ne venait pas, elle enfila hâtivement une robe et sortit dans le couloir.

Comme elle passait devant l'ancienne chambre de Clint, elle se rappela la question que lui avait posée Angela: avait-elle détesté son beau-fils dès le début, même quand il n'était qu'un bébé?

C'était difficile de répondre. Ce qui était sûr, c'est qu'elle en avait voulu à Clint de lui rappeler par sa présence qu'Angus ne l'avait pas épousée par amour, mais parce qu'il cherchait quelqu'un pour s'occuper de son fils. Elle voyait bien que c'était injuste, mais elle n'avait pas pu faire autrement.

Curieusement, Clint ne lui avait jamais reproché sa dureté. Il s'était toujours montré sinon aimant, du moins respectueux, et s'il n'y avait pas eu cette maudite guerre... Addie se demanda comment les choses se seraient passées si elle ne l'avait pas chassé de chez elle et rayé de son testament. Aurait-il approuvé les manœuvres de Jordan pour se débarrasser d'elle? Aurait-il pris sa défense? Impossible de le savoir. Et tout cela à cause d'une guerre dont, d'ici vingt ou trente ans, seuls les livres d'histoire se souviendraient...

La vieille dame s'arrêta devant la porte du salon,

prit une profonde inspiration et leva la main pour frapper. C'est alors qu'elle entendit, de l'autre côté du panneau de bois, une voix d'homme qui n'était ni celle de son fils, ni celle de Gabriel. Curieuse, elle laissa retomber sa main et se pencha pour écouter.

— Alors, qu'est-ce que vous décidez ? disait la voix.

— Il faut nous débarrasser de Clint, dès ce soir.

Elle resta pétrifiée d'horreur. C'était Jordan qui venait de parler !

— Vous voulez dire le tuer ? reprit la voix.

Addie était sûre de connaître cette voix, mais elle n'arrivait pas à mettre un nom ou un visage dessus.

— Evidemment, qu'est-ce que tu t'imagines !

— Ça ne va pas résoudre le problème. C'est d'elle qu'il faut nous débarrasser, on aura tout le temps de s'occuper de lui plus tard.

— Je ne veux pas qu'on touche à Angela, c'est compris ? Clint mort, elle ne pourra se tourner que vers moi, et comme j'ai l'intention de l'épouser... je ferai d'une pierre deux coups — que dis-je, quatre coups : Angela, son silence, la ferme et les pinèdes ! Pas mal, non ? Tout ce que je te demande, c'est de me débarrasser de Clint.

Addie s'appuya au montant de la porte. Elle chancelait. « Ce n'est pas possible, songea-t-elle, je dois être encore en train de rêver... » Mais elle savait bien qu'elle ne rêvait pas, que c'était la réalité qui prenait des allures de cauchemar.

— Les gars ne vont pas aimer ça, grommela Hawkins — car c'était lui, évidemment, comment ne l'avait-elle pas reconnu plus tôt ? Une fois qu'ils sauront que cette fille nous tient dans sa main, ils voudront la supprimer.

— Eh bien, ne leur dis rien, pauvre idiot ! Prends deux ou trois hommes qui sont avec toi depuis le début — mettons Buck et Emmett, ils t'obéiront sans discuter — et règle l'affaire avec eux.

Buck et Emmett... autrement dit Sweeney, le gros tenancier du saloon, et le très respectable M. Peabody! Décidément, Addie allait de surprise en surprise.

— Et la fille, pendant ce temps?

— J'irai la voir et je ne bougerai pas de chez elle de la soirée. Comme ça, tu auras les mains libres.

— De toute manière, elle doit penser qu'on va se tenir tranquilles un moment. C'est ce qu'on fait, d'habitude, après une expédition comme celle d'hier.

Addie tressaillit. Ainsi, ces bandits avaient encore frappé, et Dieu sait à qui ils avaient pu s'en prendre cette fois.

— Peut-être, reprit Jordan, mais deux précautions valent mieux qu'une. Pour ce qui est de Clint, tu peux être sûr qu'il ne quittera pas la ville aujourd'hui. Tu n'auras qu'à passer à son bureau vers sept ou huit heures et lui laisser un mot de la part d'Angela : elle a découvert quelque chose, elle l'attend à la cabane d'Honey Mountain. Il filera là-bas bride abattue et tu n'auras plus qu'à le cueillir avec tes gars.

— Bien, comme vous voudrez.

Addie s'éloignait déjà dans le couloir, réfléchissant à un plan pour les arrêter, quand elle entendit Hawkins ajouter:

— Patron?

— Oui?

— Ça ne vous fait rien? Je veux dire, c'est quand même votre frère...

— Mon frère? cracha Jordan comme si le mot le dégoûtait. Il n'est rien pour moi!

Ce fut la goutte qui fit déborder le vase. Sa fureur l'emportant sur toute prudence, Addie poussa violemment la porte et pénétra dans la pièce en hurlant:

— En enfer! Vous irez tous rôtir en enfer! Et avant cela, je veillerai à ce que vous passiez le restant de vos jours en prison. Clint est ton frère, Jordan, que tu le veuilles ou non. Je ne te laisserai pas lancer ces tueurs après lui !

Hawkins fut sidéré de voir le calme avec lequel son chef écoutait cette diatribe : le premier choc passé, il attendait que l'orage cesse, imperturbable. Lui-même était nettement moins rassuré et, tandis qu'Addie continuait à vitupérer, il demanda :

— Qu'est-ce qu'on fait, patron ? Il ne faudrait pas que les domestiques l'entendent.

— Tu as raison, répondit Jordan. Emmène-la dans sa chambre et enferme-la à double tour. Mais ne lui fais aucun mal, compris ?

Les yeux agrandis d'horreur, Addie vit le contremaître marcher sur elle. Il plaqua une main sur sa bouche et, de l'autre, lui tordit les bras dans le dos.

— Je t'ai dit de ne pas lui faire de mal ! répéta Jordan tandis qu'Hawkins la poussait brutalement vers la porte.

Celui-ci opina de la tête mais, sitôt qu'il fut dans le couloir, il assomma la vieille dame et la jeta sur son épaule comme un vulgaire sac de grain.

Quand il retourna dans le salon, Jordan paraissait nettement moins calme.

— Il ne nous manquait plus que ça ! grommela-t-il en passant nerveusement la main dans ses cheveux. Je vais aller voir Casper et lui demander de la faire interner au plus vite. Je ne pense pas que nous aurons grand mal à la faire passer pour folle — une femme qui accuse son propre fils d'appartenir au Ku Klux Klan et de vouloir tuer son frère… Molly aurait peut-être tiqué mais, Dieu merci, elle m'a donné son congé hier. Quant à Gabriel, il fera ce que je lui dirai sans poser de questions, comme d'habitude. Je lui expliquerai que ma mère a totalement perdu la tête, qu'il ne faut surtout pas la laisser sortir de sa chambre, et nous trouverons quelqu'un de discret pour s'occuper d'elle. Mettons une des filles que tu emploies à trier le coton ; comme ça, cela ne sortira pas de la maison. De toute façon, il n'y en a pas pour longtemps.

Hawkins ne répondit rien mais il avait son idée sur la question. Elle se résumait à quelques mots : quand on veut s'assurer le silence de quelqu'un, la tombe est plus sûre que l'asile.

En entendant le galop d'un cheval sur le chemin, Angela comprit aussitôt que Clint était de retour. Elle sortit du nouveau poulailler où elle était en train de garnir les nichoirs d'aiguilles de pin, et s'avança à sa rencontre, une main au-dessus des yeux pour se protéger de la lumière. Si elle s'était écoutée, elle aurait couru se jeter dans ses bras et lui aurait confié tout ce qu'elle savait, mais elle demanda simplement :

— Eh bien, qu'est-ce qui t'amène ?

Clint ne répondit pas tout de suite. A cet instant, avec ses longs cheveux nattés, son petit nez en trompette et ses joues rougies par le soleil, elle était le portrait craché de la petite fille qu'il avait connue quelque quinze ans plus tôt. Qui sait si à l'époque déjà il n'était pas amoureux d'elle ? Si ce n'était pas pour cela qu'il la taquinait sans cesse ?

Il s'arracha à ses souvenirs.

— Billy est toujours dans la grange ?

Angela prit son air le plus innocent.

— Oui. Pourquoi, tu veux le voir ?

— Molly est avec lui ?

— Je ne l'ai pas encore vue aujourd'hui. Mais pourquoi me poses-tu toutes ces questions ? C'est un interrogatoire ou quoi ?

— Désolé de t'importuner, mais j'ai une mauvaise nouvelle à leur annoncer. Le Klan a mis le feu à la maison de leurs parents, la nuit dernière.

Angela prit la mine atterrée qui convenait, posa

les questions attendues, et « apprit » avec soulagement que, Dieu merci, l'incendie n'avait fait aucune victime.

— On ne peut pas cacher ça à Billy, conclut-elle. Mais essaie de le ménager, il est encore très faible.

Sur quoi, elle retourna au poulailler tandis que Clint se dirigeait vers la grange. Rien que de l'avoir vu, de lui avoir parlé, son cœur battait la chamade. Elle se rappela le vieil adage : « L'amour a ses raisons que la raison ignore... » « Mais quand l'amour est impossible, il faut bien que la raison l'emporte », se sermonna-t-elle. Et elle se remit au travail en s'efforçant de ne plus penser à Clint.

Celui-ci revint au bout de quelques minutes, ruinant tous ses efforts.

— Alors, comment a-t-il réagi ? questionna-t-elle.

— C'est surtout pour Molly qu'il s'inquiète. Il a peur qu'il ne lui soit arrivé quelque chose, comme elle n'est pas encore venue le voir. Je lui ai dit qu'elle aidait sans doute leurs parents à s'installer ailleurs.

— C'est probable, oui. Je te préviendrai si je la vois. Je suppose que tu voudras l'interroger...

Angela saisit une poignée d'aiguilles de pin et la fourra dans un nichoir déjà abondamment garni. Qu'il parte, Seigneur ! Qu'il parte ou elle allait lui tomber dans les bras comme une pauvre idiote qu'elle était !

Clint lui prit le poignet et l'obligea à se retourner.

— Il faut que tu m'écoutes, dit-il. C'est après toi que le Klan en a, et il ne s'agit plus de simples manœuvres d'intimidation. Demain, je descendrai à Nashville demander qu'on m'envoie quelques hommes, mais même si je les obtiens... Je ne peux pas être partout, Angela, et toi tu ne peux pas rester seule ici — pas après ce qui s'est passé cette nuit. Je t'en supplie, pars jusqu'à ce que cette histoire soit finie.

Angela secoua la tête.

— Pas question. Tu fais ton travail, laisse-moi faire le mien.

Elle se tut un instant puis ajouta, la gorge serrée :

— Et quand tout sera vraiment fini, soit tu me donneras le titre de propriété de la ferme, soit j'irai le réclamer devant les juges. Lâche-moi, maintenant, tu me fais mal.

Ils s'affrontèrent un moment du regard, puis Clint laissa retomber sa main et s'éloigna sans un mot. Comme il détachait son cheval de la barrière, Angela se rappela la mystérieuse petite phrase qui n'avait cessé de lui tourner dans la tête depuis sa dernière visite.

— Attends ! cria-t-elle.

Il se figea, le pied à l'étrier, la main sur le pommeau de la selle.

— Pourquoi m'as-tu dit l'autre fois que c'était dommage que je ressemble autant à ma mère ?

— Parce que tu es aussi entêtée qu'elle, et que tu vas gâcher nos deux vies comme elle a gâché la sienne et celle de Dooley.

Sur ces mots, Clint se hissa en selle et lança son cheval au galop.

Angela essaya de le rappeler mais le temps qu'elle essuie ses yeux brouillés de larmes, il était déjà loin.

25

Tandis que Gabriel le conduisait chez Angela, Jordan rongeait nerveusement son frein. Depuis le matin, tout allait de mal en pis. D'abord Hawkins et ses nouvelles toutes fraîches, puis sa mère, et pour couronner le tout, le Dr Casper qui avait été appelé au diable Vauvert pour un accouchement difficile et ne rentrerait que le soir, voire le lendemain. Or, pour faire admettre sa mère dans cette fameuse clinique de Philadelphie, Jordan avait impérativement besoin d'une lettre du médecin, expliquant l'état de la vieille dame et justifiant son internement. Il aurait pu passer outre cette formalité en la conduisant à l'hospice de Nashville, où quelques billets suffiraient à faire taire les scrupules du directeur, mais Nashville n'était pas si loin, et si Clint se mettait en tête d'aller l'interroger...

En désespoir de cause, il était parti en laissant la vieille dame aux bons soins d'une certaine Cassie — la seule trieuse de coton qui ait consenti à quitter son atelier pour jouer les gardes-malades et, de l'avis même de Gabriel, une tête de linotte. Cette solution ne l'enchantait guère, mais il n'avait pas le choix.

Quand il arriva à la ferme, Angela n'était pas là.

— Tant pis, dit-il à Gabriel, porte-moi dans la maison. Et prends aussi les paquets.

Le domestique le souleva dans ses bras, coinça la grosse poche de papier brun sous son aisselle et monta péniblement les marches de la véranda.

— Tu m'installeras devant la table, ordonna Jordan tandis qu'il poussait la porte du pied.

Gabriel s'exécuta sans mot dire puis commença de déballer les paquets : une solide provision de sucre, de thé et de café, un gâteau et — merveille des merveilles — une petite fiole d'huile de noix. Il repliait la poche de papier quand Angela entra dans la pièce comme une furie. Elle ne les avait pas entendus arriver, occupée qu'elle était à clouer les perchoirs du nouveau poulailler, mais lorsqu'elle avait vu le buggy de Jordan garé devant la maison, son sang n'avait fait qu'un tour.

— Rapportez tout ça à la voiture et emmenez-le ! cria-t-elle à Gabriel en embrassant d'un même geste Jordan et les provisions étalées sur la table.

— Tu peux disposer, Gabriel, tu n'auras qu'à

m'attendre où tu sais, dit Jordan en souriant comme si de rien n'était.

Puis, se tournant vers Angela :

— Excuse-moi de te déranger, mais Emmett a été livré ce matin et je lui avais demandé de mettre quelques douceurs de côté pour toi...

— Je ne veux pas de tes cadeaux ! Je ne veux plus te voir ici ! J'avais beaucoup d'affection pour toi mais après ce qui s'est passé l'autre jour...

— Justement, je venais m'excuser.

— Je me moque de tes excuses. Ce que je veux, c'est la paix. Tu m'entends : la paix ! Alors tu vas rappeler Gabriel et...

Elle s'arrêta au milieu de sa phrase pour courir à la fenêtre — juste à temps pour voir le buggy disparaître sous les pins au bout du chemin.

— Pourquoi fais-tu cela ? murmura-t-elle en se retournant vers Jordan. Tu veux détruire le peu d'amitié qui me reste pour toi, c'est ça ?

Sa colère était brusquement tombée, cédant la place à une lassitude mêlée de dégoût.

Jordan baissa humblement la tête.

— Je ne resterai pas longtemps, promis. Je voulais juste te demander pardon. Je suis vraiment désolé pour l'autre jour.

Angela s'assit en face de lui, tout en restant à prudente distance pour ne pas risquer la même mésaventure que la première fois.

— C'est bon, dit-elle en soupirant. J'accepte tes excuses. Mais ne recommence jamais, compris ?

Jordan hocha la tête d'un air contrit.

— Je sais que j'ai eu tort. Mais je t'aime, Angela, je t'aime tellement...

— Je t'en prie, ne recommence pas !

— C'est parce que je suis infirme, c'est ça ?

— Mais non...

— Pourtant tu m'aimais, autrefois.

— C'était il y a quinze ans, Jordan, nous étions des enfants !

— Mes sentiments n'ont pas changé. Et je sais que les tiens non plus. Tu ne t'en rends pas compte, c'est tout.

Angela ne répondit pas. Elle avait déjà entendu ce refrain et savait que tout ce qu'elle pourrait dire ne servirait à rien.

Le jeune homme poussa un soupir à fendre l'âme.

— Excuse-moi, je vois bien que je t'ennuie. Tu as encore cinq minutes ? Juste le temps de boire un café et de goûter le gâteau...

— Et après tu partiras ?

— Et après je partirai.

Angela se leva et mit de l'eau à chauffer.

— Ça ne peut pas continuer comme ça, lança-t-elle en secouant la tête. Tu entres ici comme chez toi, tu renvoies Gabriel sans même demander mon avis. Que veux-tu que je fasse ? Que je dise à Roscoe de te jeter dehors ?

Jordan éclata de rire.

— Roscoe ? Il n'oserait pas me toucher !

— Et pourquoi ça ? répliqua sèchement la jeune femme.

Il comprit sa bévue et fit aussitôt marche arrière.

— Ce n'est pas une question de personne. Aucun nègre ne porterait la main sur un Blanc. La guerre est peut-être passée par là, mais chacun sait encore où est sa place, Dieu merci.

— Et si les anciens esclaves oublient la leur, le Klan les tue, c'est ça ? Sais-tu que ces brutes ont incendié la maison des parents de Billy et Molly, la nuit dernière ? Heureusement, ils n'étaient pas là. Ne me dis pas que tu approuves des horreurs pareilles !

Jordan détourna les yeux. Il n'aimait guère le tour que prenait la conversation. Angela avait assisté aux horreurs en question et elle le soupçonnait peut-être d'y avoir participé.

— Je suis au courant, dit-il en s'efforçant de dissimuler sa gêne. Et ça me rend malade, comme toi. Cela dit, je ne sais pas ce qui s'est passé au juste. Molly m'a donné son congé hier soir et je ne l'ai pas revue depuis. Elle n'aurait pas pu choisir un pire moment pour partir : maman est au plus mal et...

— Comment ça, au plus mal ? Le Dr Casper disait qu'elle allait beaucoup mieux !

— Ses reins vont beaucoup mieux, mais pour le reste...

Jordan enfouit la tête dans ses mains comme s'il allait pleurer.

— Elle a perdu la raison, Angela. Je le soupçonnais déjà depuis un moment, mais maintenant j'en suis sûr — et le docteur aussi. Cela fait plusieurs jours qu'il essaie de la convaincre d'entrer en clinique. Naturellement elle refuse, mais après ce qui s'est passé ce matin...

— Quoi ? Qu'est-ce qui s'est passé ?

— Elle est devenue folle, folle à lier.

— Où est-elle, en ce moment ?

— A la maison, elle...

— Tu veux dire que tu l'as laissée seule ? Dans cet état ? s'écria Angela, atterrée.

— Le Dr Casper lui a donné des cachets pour qu'elle dorme, mentit Jordan. Et elle a une servante avec elle. Je m'occuperai de son transfert dans cette clinique dès demain, mais aujourd'hui... aujourd'hui il fallait que je te parle, que je te demande pardon. Ces derniers jours ont été un enfer, je me sentais tellement coupable que je n'en dormais plus.

— Ne parlons plus de ça, veux-tu ? Raconte-moi plutôt ce qui s'est passé ce matin et ce qu'en pense le docteur.

Jordan se lança dans un récit inventé de toutes pièces, mais qu'il débita avec un tel talent de comédien que pas un instant Angela ne soupçonna qu'il mentait. Il ne faillit se trahir qu'une fois, quand elle proposa de le raccompagner chez lui pour veiller sa mère jusqu'au lendemain.

— Non ! s'écria-t-il, affolé, mais il se ressaisit aussitôt et ajouta : Je ne veux pas que tu la voies dans cet état. Si elle pouvait réaliser ce qui lui arrive, je suis sûr qu'elle te dirait la même chose.

Angela hocha la tête sans insister et se leva pour faire le café. Ils le burent en parlant de choses et d'autres, évitant de revenir sur le sujet. L'atmosphère se détendait peu à peu et, une fois de plus, Angela se prit à regretter leur complicité d'autrefois. Quand il oubliait de jouer les amoureux transis, Jordan était un compagnon charmant.

Une heure passa. Puis deux. Puis trois. Angela, qui pensait retourner à la cabane d'Honey Mountain, avait renoncé à son projet : après ce qui s'était passé la veille, le Klan ne bougerait sans doute pas pendant quelques jours. Et puis, elle ne se sentait pas le cœur de mettre Jordan à la porte.

Vers dix heures, cependant, elle lui rappela qu'il avait promis de partir sitôt son café bu.

— Ce n'est pas pour te chasser, ajouta-t-elle. Mais je voudrais être debout avec le soleil pour terminer ce maudit poulailler.

— Epouse-moi, tu en auras fini de toutes ces corvées ! rétorqua Jordan en riant. Tu vivras comme une reine, tu paresseras au lit tous les matins et tu passeras tes journées...

— A m'ennuyer à mourir ! acheva Angela sur le même ton. Je me plains, mais au fond je suis très heureuse au milieu de mes poules et de mes canards. Je crois même que je n'ai jamais été aussi heureuse de ma vie, car c'est la première fois que je suis vraiment chez moi.

— Chez toi, chez toi... façon de parler. Je suis passé au tribunal avant-hier encore, je peux t'assurer que le titre de propriété est toujours au nom de Clint.

— Parce qu'il n'a pas eu le temps de le faire mettre au mien.

— Parce qu'il continue de se moquer de toi, oui! Il n'a jamais eu l'intention de te céder cette ferme. Ma mère et moi lui en avons proposé le double de sa valeur, il a refusé de vendre, alors tu penses...

— J'ai déjà entendu cette histoire, coupa Angela d'un ton sec.

Elle repoussa sa chaise et se leva.

— Maintenant, si tu veux bien rappeler Gabriel, j'aimerais vraiment aller me coucher.

Jordan s'exécuta, visiblement à contrecœur.

— Et n'oublie pas! lança-t-elle tandis que le domestique le portait jusqu'à la voiture. La prochaine fois, attends que je t'invite pour venir.

Vexé d'être ainsi remis à sa place devant Gabriel, Jordan allait partir sans même lui dire bonsoir quand elle ajouta :

— Je suis réellement désolée pour ta mère. Si je peux t'aider en quoi que ce soit, n'hésite pas à demander. Et si jamais elle recouvre ses esprits, ne serait-ce qu'un moment, dis-lui toute mon affection. Ça a dû être horrible, ce matin, quand elle s'est mise à...

— Excuse-moi, mais je préfère ne plus en parler, grommela Jordan.

Sur quoi, il claqua la portière et fit signe à Gabriel de partir. Lui et les autres domestiques n'en savaient déjà que trop, ce n'était pas la peine de leur fournir matière à ragots.

Gabriel comprit parfaitement la raison de ce départ précipité, et cela acheva de le troubler. Il avait entendu les cris de sa maîtresse, le matin, de même que le cuisinier et la lingère qui se trouvaient avec lui à l'office. Son premier réflexe avait été de courir jusqu'au salon pour voir de quoi il retournait, mais il s'était arrêté au milieu de l'escalier. Il ne faisait jamais bon se mêler des affaires des Blancs — son père le lui avait toujours dit et, si besoin était, la mésaventure de Billy venait de le confirmer... Il s'était donc contenté d'écouter.

Au bout d'un moment, les cris avaient cessé. Il avait entendu des allées et venues à l'étage, puis plus rien. Il était retourné à l'office et aurait oublié l'incident si, environ une demi-heure plus tard, en montant desservir le petit déjeuner, il n'avait entendu sa maîtresse gémir dans sa chambre. Il avait essayé d'entrer, la porte était fermée à clef. Jordan était arrivé sur ces entrefaites et lui avait dit que sa mère était devenue folle et qu'il ne fallait surtout pas la laisser sortir. L'explication ne l'avait guère convaincu. Ce qui se passait n'était pas catholique, pas catholique du tout...

Quand ils arrivèrent à la plantation, Jordan, manifestement en colère, ordonna à Gabriel de le porter dans sa chambre et de quitter la maison.

— Dis à Cassie de partir aussi, ajouta-t-il. Maman dormira jusqu'à demain et je n'aime pas que les domestiques passent la nuit ici, tu le sais.

« Si je le sais ! » songea Gabriel. Son jeune maître avait instauré cette règle juste après son retour de la guerre — contre l'avis de sa mère, qui aurait au contraire souhaité qu'il ait constamment quelqu'un près de lui. Pauvre Mme Addie, il n'était pas tendre avec elle... Pour ce qui était de dormir jusqu'au lendemain, sûr qu'elle dormirait — avec la dose de laudanum que Cassie avait versée dans son thé, elle ne risquait pas l'insomnie ! Mais ce n'était tout de même pas prudent de la laisser seule.

Pour la première fois de sa vie, Gabriel décida de passer outre les ordres qu'on lui avait donnés. Il alla chercher une couverture et s'étendit sur la pelouse, au pied de l'escalier en colimaçon qui menait au balcon de la chambre de sa maîtresse. Ainsi, si elle avait une nouvelle crise, il pourrait au moins l'entendre.

Ce n'était peut-être qu'une vieille folle, mais pas si mauvaise qu'elle voulait le laisser croire ! Gabriel le savait bien, lui qui l'avait vue passer des nuits entières au chevet d'esclaves malades. Et combien de fois, pendant la guerre, alors que tout manquait, combien de fois l'avait-elle envoyé porter un sac de farine ou de sucre à une famille dans le besoin ?

La plupart des gens la tenaient pour une égoïste pétrie d'orgueil et de suffisance, mais lui savait bien qu'il n'en était rien, et cela faisait mal au cœur de la voir traitée avec si peu d'égards — surtout par M. Jordan, qui aurait dû être son bâton de vieillesse. Mais à quoi s'attendre d'autre, venant d'un jeune homme qui avait toujours considéré que tout lui était dû, et que la moindre contrariété mettait en rage ? Même enfant, il était ainsi et, bien sûr, son accident n'avait rien arrangé. Ce n'était pas drôle de se retrouver cloué dans un fauteuil roulant à vingt ans... « Peut-être que je serais devenu aussi méchant, à sa place, pensa Gabriel en s'enroulant dans sa couverture. Ou peut-être que j'aurais fait contre mauvaise fortune bon cœur. »

Il s'endormit avant d'avoir tranché.

Une fois Jordan parti, Angela s'assura que Roscoe montait bien la garde au bout du chemin et se coucha sans même se déshabiller. Elle était épuisée. Le travail de la ferme, la visite de Clint, puis celle de Jordan, c'était trop pour une seule journée.

Elle commençait à s'endormir quand elle entendit une voix lointaine appeler :

— Angela... Angela...

Elle saisit son revolver et sortit sur le pas de la porte. Le vent soufflait dans les grands pins, avec des gémissements d'âme en peine. Etait-ce cela qu'elle avait entendu ?

— Angela, ma chérie...

Cette fois, il n'y avait plus aucun doute. Elle descendit les marches de la véranda et scruta la clairière que la lune inondait de sa lumière argentée. Personne. Personne non plus au bout du chemin, où Roscoe montait la garde un instant plus tôt. Un frisson glacé courut sur sa nuque. Roscoe n'était pas homme à abandonner son poste sans prévenir, il avait dû lui arriver quelque chose.

— Qui est là ? cria-t-elle. Ayez au moins le courage de vous montrer !

Une ombre apparut au pied de la barre rocheuse qui dominait l'entrée de la galerie secrète. Une ombre sanglée dans un uniforme bleu sombre, dont les boutons de cuivre luisaient au clair de lune.

— Arrête ton petit jeu, Clint, ce n'est vraiment pas drôle !

Mais la voix qui répondit n'était pas celle de Clint, ni celle du « fantôme » qu'elle avait vu la première fois. C'était une voix infiniment douce, qui semblait porter avec elle les échos de mille clochettes d'argent :

— Comme tu es belle ! Je ne m'étais pas trompé : une telle beauté ne peut être qu'un cadeau des anges...

Angela porta la main à son cœur, qui battait à grands coups désordonnés. C'était absurde, insensé, mais... mais oui, elle avait eu l'impression que c'était Dooley qui parlait ! Dooley qui avait bercé son enfance de contes merveilleux et qui avait choisi son prénom « parce qu'une telle beauté »... Qui d'autre aurait pu connaître cette histoire ?

— Qui êtes-vous ? demanda-t-elle. Que me voulez-vous ?

— Addie a besoin de toi, Angela. Aide-la, je t'en supplie.

— Oncle Dooley ?

— Tu dois la rejoindre. Maintenant.

— Oncle Dooley, c'est toi ?

— Clint aussi a besoin de toi. Je n'ai plus beaucoup de temps mais, n'oublie pas, l'amour est comme les marguerites, il...

La voix se tut brusquement. Roscoe venait de surgir au bout du chemin et accourait.

— Qu'y a-t-il, mademoiselle ? Pourquoi est-ce que vous criez ? Je n'ai laissé passer personne, je vous assure !

Angela lui jeta un regard hagard.

— Vous n'avez pas entendu cet homme qui me parlait ?

Elle se retourna vers la barre rocheuse, mais l'ombre vêtue de bleu avait disparu.

— Non, mademoiselle, je n'ai entendu que vous... Mademoiselle ? Mademoiselle, vous vous sentez bien ?

Angela secoua la tête comme on s'ébroue d'un mauvais rêve. Soit elle était en train de devenir folle, soit...

— Allez seller mon cheval, Roscoe. Il faut que je parte, tout de suite !

Clint poussa la porte de son bureau et alluma la lampe pendue à la patère. Il était tard, il tombait de fatigue et pourtant son cœur était bien plus léger que le matin. Sa décision était prise : il irait voir Angela cette nuit même et il lui expliquerait tout. Elle comprendrait. Il était sûr qu'elle comprendrait.

Il marcha jusqu'à sa table de travail et jeta un coup d'œil distrait aux quelques notes qu'on avait laissées pour lui. L'une d'elles accrocha son regard. Un bout de papier brun sur lequel on avait hâtivement griffonné ces trois lignes :

Je sais où ils se retrouvent. Je pars à l'instant pour essayer de découvrir qui ils sont. Retrouve-moi dès que possible à la cabane d'Honey Mountain.

Angela.

L'inconsciente ! pensa-t-il. Autant se jeter dans la gueule du loup !

Et sans se douter une seconde que lui-même fonçait tête baissée dans un piège, il se précipita dehors, sauta sur son cheval et partit au galop.

26

Couchée sur l'encolure de sa jument, une main crispée sur les rênes, l'autre sur la crosse de son revolver, Angela galopait en direction de Pinetops.

Roscoe l'avait suppliée de le laisser l'accompagner mais elle avait refusé. Si c'était le Klan qui se cachait derrière son mystérieux « fantôme », il fallait que quelqu'un reste à la ferme pour parer une éventuelle attaque : donner l'alerte aux ouvriers, aider Billy à sortir de la grange, détacher les bêtes afin qu'elles puissent s'enfuir. Surtout, ne pas chercher à résister. Si la maison brûlait, eh bien, on la reconstruirait — inutile de risquer des vies pour sauver quelques planches.

Tandis que le vent fouettait son visage, Angela essayait de se remémorer son dialogue avec le « fantôme ». L'allusion à son prénom laissait penser que celui-ci connaissait bien Dooley, ce qui désignait Clint, mais si Clint voulait qu'elle voie Addie, quel besoin avait-il de monter une pareille mise en scène ?

Restait le Klan mais, là encore, pourquoi ? Il y avait tant de moyens plus simples de l'éloigner de chez elle — si c'était le but recherché. Et comment un membre du Klan aurait-il pu connaître l'histoire du cadeau des anges ?

« Les fantômes n'existent pas ! » se répéta Angela pour conjurer le doute qui s'insinuait en elle. D'ailleurs, fantôme ou pas, elle serait quand même allée voir Addie — ou, tout au moins, elle aurait demandé au Dr Casper de lui confirmer ce qu'avait raconté Jordan. Addie était âgée, malade, elle avait ses sautes d'humeur, mais de là à devenir folle...

La jeune femme arrêta sa jument un peu avant la demeure des McCabe, l'attacha à un arbre, et s'avança sans bruit jusqu'à la grille. Aucune lumière ne brillait aux fenêtres mais la lune, déjà haute dans le ciel, éclairait l'allée de gravier de sa lueur argentée.

Malgré la douceur de la nuit, Angela sentit un frisson glacé courir le long de sa nuque. Tout était calme, silencieux, et pourtant elle avait comme un mauvais pressentiment. Elle remonta l'allée et contourna la maison, cherchant l'entrée de service. La porte principale devait être fermée à clef, et si elle sonnait, elle ameuterait toute la maison. D'ailleurs, qui viendrait lui ouvrir ? Jordan ne pouvait pas descendre l'escalier seul, et il lui avait dit plusieurs fois qu'il renvoyait ses domestiques sitôt la nuit tombée. Restait à espérer que la porte de service ne soit pas verrouillée... Non, Dieu merci, elle était ouverte.

Gabriel se réveilla en entendant jouer le loquet, mais il reconnut Angela et ne bougea pas. Il savait qu'il n'y avait rien à craindre d'elle, et il ne tenait pas à ce que son maître apprenne qu'il lui avait désobéi.

Retenant son souffle, la jeune femme se faufila dans la maison et chercha à tâtons son chemin jusqu'au premier étage. La chambre d'Addie se trouvait au fond du couloir, sur la gauche quand on prenait le grand escalier. Donc, en passant par l'escalier de service, ce devait être... ici. Oui, c'était bien ça. Le cœur battant, Angela tourna la poignée de faïence. Sans résultat. La porte était fermée à clef.

— Addie ? appela-t-elle doucement.

Seul un faible gémissement lui répondit mais, comme elle se penchait pour coller son oreille à la porte, sa main glissa de la poignée et rencontra quelque chose de froid... La clef! La clef était restée sur la serrure! En un clin d'œil, elle fut dans la chambre.

— Cassie, c'est toi? bredouilla Addie. Aide-moi, je... je t'en supplie, il faut à tout prix que je sorte d'ici.

— Ce n'est pas Cassie, c'est moi, Angela. Je suis venue vous aider.

— Angela? répéta la vieille dame d'une voix pâteuse.

— Oui, Angela O'Neil.

— Il faut... il faut retrouver Clint. Ils vont le tuer.

Angela réprima un soupir. Jordan n'avait pas menti, la pauvre femme délirait. Elle tendit la main vers la table de nuit, cherchant la lampe et les allumettes pour faire de la lumière, mais la vieille dame lui saisit le poignet et l'étreignit avec force.

— Il faut me croire! Je les ai entendus. Jordan et ce démon de Slade Hawkins. C'est... c'est Jordan qui dirige le Klan — le vrai Klan. Je croyais qu'Hawkins et ses amis se contentaient d'effrayer les Noirs pour qu'ils se tiennent tranquilles — Dieu m'est témoin que je ne lui ai jamais rien demandé d'autre! — mais je me trompais... Ils m'ont menti. Tous les deux. Hawkins faisait semblant d'exécuter mes ordres, mais c'est Jordan qui tirait les ficelles dans mon dos!

Addie ravala péniblement sa salive et poursuivit de la même voix hachée:

— La nuit où ils ont essayé d'incendier ta ferme, j'ai fait exprès de me disputer avec Jordan pour que tu partes. J'avais demandé à Slade de t'attendre sur la route avec ses hommes. Ils devaient faire semblant de t'attaquer puis s'en aller comme s'ils entendaient quelqu'un venir. C'est tout… Ce qui s'est passé ensuite, je n'y suis pour rien, je te le jure !

Angela dégagea doucement sa main et la passa sur le plateau de la table de nuit. Les allumettes étaient là, posées près de la lampe. Elle en craqua une, souleva le verre en forme de poire et alluma la mèche. Le visage qu'illumina le halo tremblant de la flamme lui fit presque peur. Les traits creusés, les yeux hagards étaient vraiment ceux d'une folle.

— Oubliez tout cela, dit-elle en s'asseyant près de la vieille dame. Tout s'est bien terminé, c'est l'essentiel. Ce qu'il faut maintenant, c'est que vous dormiez. Je vais rester avec vous jusqu'à ce que vous trouviez le sommeil et, demain, je demanderai au Dr Casper de…

— Le Dr Casper ne pourra rien pour Clint ! Tu es la seule à pouvoir le sauver, la seule qui puisse les arrêter ! Oh, Seigneur, pourquoi ne veux-tu pas m'écouter ?

Essuyant les larmes d'impuissance qui coulaient sur ses joues, Addie tenta de se redresser mais sa tête retomba comme un poids mort sur l'oreiller.

— La nuit dernière, reprit-elle en s'efforçant de se calmer, j'ai rêvé que tu m'aidais. Jordan m'avait fait enfermer dans un asile. J'étais si désespérée que je voulais me tuer… Mais, au dernier moment, tu arrivais et tu me délivrais. Quand je t'ai vue entrer dans cette chambre, j'ai cru que ce rêve était plus qu'un rêve — un pressentiment, une prémonition, appelle cela comme tu voudras. J'ai cru… j'ai cru que tu allais *vraiment* m'aider !

Ses larmes redoublèrent et elle se mit à secouer convulsivement la tête, répandant ses cheveux gris sur l'oreiller.

— Il faut que tu me croies ! L'autre jour, au cimetière, j'ai compris que j'avais tort de vouloir te reprendre la ferme, que si c'était la volonté de Dooley de te la donner, tu avais le droit d'y vivre en paix. J'étais même prête à t'aider, à te défendre contre le Klan... Mais là, c'est *toi* qui dois m'aider ! C'est une question de vie ou de mort ! Jordan a lancé ses tueurs contre Clint. Si tu ne les arrêtes pas, il va mourir. Mon fils va mourir, tu comprends ?

Angela sentit son cœur se serrer. C'était la première fois qu'elle entendait la vieille dame appeler Clint son fils, et non « ce vaurien » ou « ce voyou ».

— Mais non, il ne va pas mourir, dit-elle doucement. Ce n'est qu'un mauvais rêve, comme hier soir. Vous allez...

Addie lui jeta un regard si noir qu'elle laissa sa phrase en suspens.

— Me réveiller, c'est cela ? Oui, je me réveillerai demain... avec un fils mort et l'autre assassin ! Ô Seigneur, si seulement je pouvais me lever ! Avec cette maudite fièvre, je ne parviens même pas à m'asseoir dans mon lit, alors monter à cheval... D'ailleurs, cela ne servirait à rien. Même si je pouvais tenir en selle, je n'arriverais jamais à retrouver le chemin d'Honey Mountain en pleine nuit.

— Pourquoi diable voulez-vous aller à Honey Mountain ? C'est si loin...

— Tu crois que je ne le sais pas ! Je connais la propriété de ton oncle mieux que personne ! Je l'ai parcourue à pied, à cheval, sous le soleil, sous la pluie... C'était le seul endroit où je trouvais un semblant de paix. Les arbres, les ruisseaux... tout me parlait de Dooley. J'avais l'impression qu'il m'accompagnait à chaque pas.

» Quand il est mort, ce sentiment est devenu plus fort encore. C'est pour cela que je voulais à tout prix racheter la ferme, parce que c'était tout ce qui me restait de lui, parce que c'est là que nous aurions vécu si ta mère... Mais ta mère n'y est pour rien. S'il m'avait vraiment aimée, personne n'aurait pu nous séparer.

Addie se tut. Elle ne pleurait plus mais ses yeux

demeuraient perdus dans le vague, son esprit tourné vers le passé. Ne sachant comment la réconforter, Angela lui prit la main et la pressa doucement. La vieille dame sursauta.

— Je sais! s'écria-t-elle. Je sais comment te convaincre! C'est à Honey Mountain qu'ils se retrouvent. Si tu les as suivis l'autre nuit, quand ils ont incendié la maison des parents de Molly, tu dois savoir cela!

— Qu'est-ce que vous dites? bredouilla Angela, abasourdie.

— Tu les as bien suivis, n'est-ce pas?

— Oui, mais... comment le savez-vous?

— Je les ai entendus en parler — Jordan et Hawkins. Slade s'était aperçu que tu les espionnais, il venait chercher les instructions de Jordan. J'étais dans le couloir et j'ai tout entendu. Jordan a dit que le plus urgent était de se débarrasser de Clinton. Hawkins devait passer ce soir à son bureau et lui laisser un message de ta part, disant que tu l'attendais à la cabane d'Honey Mountain. Une fois là-bas, Clint se trouverait à leur merci et... Tu vois? Tu vois que je n'ai pas perdu la tête? Si je n'avais pas eu la bêtise d'entrer dans la pièce à ce moment... C'est pour ça que Jordan m'a enfermée ici et qu'il me fait passer pour folle: je peux dire ce que je veux, personne ne me croit!

— Je pensais que vous déliriez, admit Angela, mais après ce que vous venez de me raconter... Seulement une chose est sûre, ce n'est pas Jordan le chef du Klan. J'ai vu cet homme — le Grand Titan, comme ils l'appellent. S'il avait été infirme, il n'aurait jamais pu monter à cheval comme il le faisait.

— Ce qui prouve bien qu'elle dit n'importe quoi!

Les deux femmes étouffèrent un cri. Jordan venait de pénétrer dans la pièce sur son fauteuil.

— Tes visites me font toujours plaisir, Angela, mais j'aimerais que tu m'expliques ce que tu fabriques ici à cette heure de la nuit. Tu aurais au moins pu sonner, au lieu d'entrer chez moi comme une voleuse.

— Chez toi ? siffla Addie, sur qui la colère agissait toujours comme le meilleur des remontants. Chez moi, tu veux dire ! Cette maison est à moi, à moi seule ! Et je te préviens, si jamais il arrive quoi que ce soit à Clinton, je t'en chasserai comme j'ai eu la bêtise de le chasser !

Elle se tourna vers la jeune femme :

— Je t'en supplie, Angela, va chercher du secours. Je ne sais plus à qui faire confiance, trouve quelqu'un pour nous aider. Il faut rattraper Clinton avant qu'il ne tombe aux mains de ces monstres !

Angela fit un pas vers la porte mais Jordan l'agrippa par le bras.

— Tu ne crois tout de même pas à ces fables ? Regarde-la, elle est folle à lier...

— N'insiste pas, Jordan. Je sais que tu mens. J'étais bien là, le soir de l'incendie, et elle n'avait aucun moyen de le savoir. Je suis au courant de tout : les rendez-vous à la cabane d'Honey Mountain, la cache sous le plancher... Il ne me manque plus que la dernière pièce du puzzle : le Grand Titan. Mais je saurai bientôt qui il est, parce que je vais aller là-bas.

Elle se dégagea d'un geste brusque et se retourna vers Addie.

— Vous pensez que ça ira, ou bien préférez-vous que j'aille réveiller Gabriel ?

— Je le ferai moi-même, n'aie crainte. Et je l'enverrai à Nashville chercher le grand prévôt et un détachement de l'armée.

Jordan essaya une ultime tentative :

— Voyons, Angela, sois raisonnable ! Tu vois bien qu'elle dit n'importe quoi ! Tu me connais, tu sais que je suis incapable de...

Angela n'entendit pas la suite, elle était déjà dans le couloir et cherchait à tâtons son chemin vers l'escalier. Elle dévala les marches, au risque de se rompre le cou, et sortit en courant, manquant bousculer Gabriel qui eut juste le temps de se dissimuler derrière l'une des caryatides qui soutenaient l'auvent du perron.

Le vieux domestique attendit qu'elle ait disparu au bout de l'allée, puis courut vers les écuries seller le meilleur cheval des McCabe. Il répugnait à laisser Addie seule avec Jordan mais l'essentiel était qu'il arrivât au plus tôt à Nashville.

La curiosité l'emportant sur la prudence, il avait finalement suivi Angela jusqu'à la chambre de sa maîtresse et, caché derrière la porte, avait surpris toute leur conversation. Il avait manqué s'évanouir de peur quand Jordan était arrivé, mais celui-ci n'avait pas fait la lumière dans le couloir de sorte qu'il était passé à côté de lui sans le voir. Gabriel avait donc entendu les dernières paroles d'Addie. Sachant qu'elle voulait l'envoyer chercher le grand prévôt, il avait décidé de devancer ses ordres et de partir aussitôt pour Nashville.

Tandis qu'elle galopait sur le chemin de la ferme, Angela priait le Ciel pour qu'il ne soit pas trop tard. Elle aurait gagné de précieuses minutes en coupant par la plantation des McCabe puis en montant à la cabane à travers bois, mais elle avait peur de rattraper les hommes du Klan. D'ailleurs, Clint ne passerait sûrement pas par là, il préférerait emprunter la galerie secrète. S'il n'était pas rentré trop tôt à son bureau, elle avait encore une chance de le rejoindre avant qu'il n'atteigne la cabane.

L'église… le petit pont… la forêt… encore cinq minutes et elle serait à la ferme. Dieu, que la route semblait longue! Au sortir des pins, elle passa en trombe devant Roscoe et obliqua vers la cascade. Les branches du vieux saule fouettèrent son visage mais elle les sentit à peine, pas plus que les ronces qui griffaient ses mains crispées sur les rênes. Parvenue à la vasque que le torrent avait creusée dans le roc, elle sauta à terre et attacha sa jument. La galerie n'était plus qu'à quelques mètres, en haut des rochers. Elle reprit son souffle et entama prudemment l'escalade. Mieux valait perdre un peu de temps que de risquer la chute.

L'entrée de la galerie était étroite. Le torrent laissait tout juste assez de place pour qu'on pût s'y faufiler de biais, le dos plaqué contre la paroi couverte de mousse. Au bout d'une dizaine de mètres, l'eau s'engouffrait dans une sorte de canal naturel creusé dans le roc et l'on pouvait marcher plus aisément, mais son fracas, amplifié par l'écho de la grotte, donnait froid dans le dos. Un faux pas, et c'était la noyade. Aucun nageur, si bon soit-il, n'aurait pu résister à un tel courant.

Angela commençait à regretter de n'avoir pas emporté de quoi s'éclairer. Elle était obligée d'avancer à tâtons et trébuchait presque à chaque pas sur le sol inégal. A un moment, elle perdit carrément l'équilibre. Elle se rattrapa de justesse à une anfractuosité du roc, mais le Remington, qu'elle avait glissé dans sa ceinture, tomba par terre et elle perdit un temps précieux à le retrouver.

Depuis combien de temps marchait-elle ainsi dans le noir ? Un quart d'heure ? Une demi-heure ? En tout cas, à chaque minute qui passait, ses chances de rattraper Clint devenaient plus minces... Elle s'arrêta et tendit l'oreille, mais le fracas du torrent couvrait tous les autres bruits. Même si Clint était là, à quelques mètres, elle n'avait aucune chance de l'entendre. D'ailleurs, pourquoi était-elle si sûre qu'il avait pris le même chemin qu'elle ? Il avait pu tout aussi bien couper par la forêt... Elle sentit les larmes lui piquer les yeux.

— Mon Dieu, murmura-t-elle, faites qu'il ne soit pas...

Elle n'avait pas fini sa phrase que quelqu'un l'empoignait par l'épaule. Elle laissa échapper un cri de terreur mais déjà les bras de Clint se refermaient sur elle, rassurants.

— Angela, pourquoi diable...

— Clint? Clint, c'est toi? Ô Seigneur, j'avais si peur de ne pas arriver à temps!

— Et moi de t'avoir manquée. Je n'ai trouvé ton mot que vers minuit et le temps de venir ici... mais raconte-moi plutôt ce que tu as découvert.

Angela s'exécuta. A mesure qu'elle parlait, Clint sentait une colère noire l'envahir.

— Tu ne peux pas rester là, décréta-t-il lorsqu'elle eut fini. Tu vas rentrer à la ferme. J'irai te rejoindre quand tout sera fini.

Angela secoua la tête.

— Non, je reste avec toi.

— Je te dis de rentrer! Ton fameux homme en noir ne peut être que Jordan. Il a dû quitter Pinetops juste après toi et il doit être quelque part derrière nous.

Comme il disait ces mots, une vive lumière illumina la galerie devant eux.

— Erreur! ricana Jordan. Cela fait déjà un bon quart d'heure que je vous attends!

Clint porta la main à son arme mais son frère fut plus rapide: il n'avait pas dégainé qu'une douleur fulgurante lui déchirait la cuisse. Pétrifiée, Angela le vit s'affaisser, serrant à deux mains sa jambe blessée. Elle voulut saisir son revolver mais Hawkins ne lui en laissa pas le temps. Vêtu de sa défroque rouge, il venait de surgir derrière Jordan et se ruait vers elle. Acculée à la paroi de la galerie, elle se sentit soulevée de terre tandis qu'une main se plaquait sur sa gorge, étouffant le cri d'horreur qui lui montait aux lèvres.

— Eh oui, j'ai pris le raccourci de la forêt, continua Jordan à l'adresse de son frère. Je savais qu'Angela et toi passeriez par ici et que je n'aurais qu'à vous cueillir à la sortie. Parce que je connais cette grotte, moi aussi. Je t'y ai suivi des dizaines de fois quand nous étions petits, Clint. Tu ne t'en es jamais rendu compte, mais je ne passais pas mon temps dans les jupes de ma mère, contrairement à ce que vous croyiez, papa et toi !

Sur cette dernière phrase, sa voix avait grimpé d'une octave comme celle d'une femme au bord de la crise de nerfs. Angela, qui se débattait en vain entre les bras d'Hawkins, le regardait avec des yeux agrandis d'effroi. *Il marchait. Jordan marchait...*

— Un vrai miracle, n'est-ce pas ? se moqua-t-il en se tournant vers elle. Ces imbéciles de médecin ont tout fait pour me décourager mais je n'ai jamais perdu espoir. A force d'efforts, j'ai d'abord réussi à me lever, à franchir un pas, puis un autre... Cela faisait un mal de chien, mais je savais qu'un jour j'y arriverais. Et j'y suis arrivé. Alors que tout le monde me croyait infirme, j'organisais tranquillement ma petite police privée — le Klan, comme vous l'appelez... Mais je manque à tous mes devoirs ! Angela, laisse-moi te présenter mes compagnons...

Gardant son revolver pointé vers Clint, il recula d'un pas pour éclairer la sortie toute proche de la grotte, où étaient postés deux hommes encagoulés de blanc.

— Buck Sweeney et Emmett Peabody, mes toutes premières recrues ! Et voici...

— Qu'est-ce qui vous prend ? s'écria Hawkins. Je vous ai dit qu'elle n'avait reconnu personne !

— Mais elle ne dira rien... n'est-ce pas, ma chérie ? Il est deux choses dont une femme ne doit jamais parler : les amis de son mari et ses affaires d'argent.

Il tendit la main vers Angela pour lui pincer la joue, mais celle-ci se détourna avec un mouvement de dégoût.

— Tu me détestes, n'est-ce pas ? Mais n'aie crainte, une fois que nous serons mariés...

— Bon sang, coupa Hawkins en dégainant son arme, vous ne comprenez pas qu'il n'y a qu'un moyen de nous tirer de là ?

Jordan lui jeta un regard mal assuré, mais poursuivit sur le même ton :

— Excuse-moi, ma chérie. Avant de régler ce petit problème, je voudrais expliquer à mon cher frère...

— Expliquez tout ce que vous voudrez, pendant ce temps on va s'occuper d'elle ! Pas vrai, les gars ?

Buck et Peabody ne répondirent pas mais ils s'avançaient déjà vers Angela.

— Non ! Non, ne la tuez pas ! s'écria Jordan en roulant des yeux affolés. Elle ne dira rien, je vous le jure ! Je vais l'enfermer chez moi, elle ne verra personne jusqu'à notre mariage... ni même après, si vous voulez... Je vous en supplie, laissez-la tranquille !

Hawkins secoua la tête.

— On ne peut pas prendre ce risque. Pas avec elle. Ni avec votre mère. Dès que nous en aurons fini ici, je retournerai à la plantation m'occuper d'elle... Vous ne vous en rendez peut-être pas compte, mais le Klan est bien plus que votre « petite police privée », Jordan. Nous avons nos règles, nos lois. C'est peut-être vous qui nous les avez apprises, mais cela ne veut pas dire que vous puissiez les changer quand ça vous arrange. Rappelez-vous : « Qui n'est pas avec nous... »

— Il a raison, intervint Buck. Il faut nous débarrasser de cette fille, sans quoi on finira tous au bout d'une corde !

— Non ! hurla Jordan, et avant que les autres aient pu réagir, il se rua vers Hawkins et le frappa au visage avec une violence inouïe.

A demi assommé par le coup, l'autre lâcha Angela et laissa échapper son revolver. Clint n'eut qu'à tendre la main pour en saisir la crosse. Malgré la douleur atroce qui déchirait sa jambe, il parvint à lever l'arme et à tirer. Emmett s'effondra, foudroyé par une balle en plein cœur. Hawkins lui jeta un regard hébété puis, reprenant ses esprits, il empoigna Jordan par le col de sa veste et l'envoya rouler vers la sortie de la grotte. Une seconde détonation retentit. Cette fois, c'était Buck que Clint avait visé. Il crut d'abord l'avoir manqué, car le gros homme restait debout et même avançait vers lui, mais il finit lui aussi par tomber. Ses cent kilos s'abattirent sur Clint comme une chape de plomb. Angela, que personne n'avait songé à désarmer, tira le Remington de sa ceinture, mais Hawkins s'était déjà emparé de l'arme de Clint et la braquait sur elle.

— Honneur aux dames ! ricana-t-il en la visant.

Jordan se rua sur lui juste comme il pressait la détente. La balle l'atteignit en plein front. Stupéfait, Hawkins vit son patron s'effondrer telle une masse à ses pieds. La surprise ne lui fit perdre que quelques secondes mais, quand il releva les yeux, le canon du Remington était braqué sur lui…

m-
ib
m-

ÉPILOGUE

Du haut des marches de l'église, ils regardaient s'éloigner les derniers invités de la noce.

— Je n'aurais jamais cru qu'il viendrait tant de monde, murmura Angela en étreignant la main de Clint.

Il écarta sa voilette blanche et posa un baiser sur ses lèvres.

— Je pense qu'Addie n'y est pas pour rien.

— Disons que j'ai un peu aidé les choses, admit la vieille dame avec un sourire faussement modeste. Les gens ont parfois besoin qu'on leur montre l'exemple. Il y a un temps pour tout, comme dit le Livre. Un temps pour la guerre, un temps pour la paix. Un temps pour la haine, un temps pour l'oubli et le pardon.

Angela et Clint échangèrent un regard complice. C'était le plus beau jour de leur vie. Et en plus, ils avaient réussi à faire la paix avec Addie.

Gabriel s'avança pour offrir son bras à la vieille dame mais elle le repoussa d'un geste agacé.

— Je n'ai pas besoin d'aide pour descendre trois malheureuses marches ! C'est vrai, à la fin ! Casper dit que je me porte comme un charme et tout le monde continue de me traiter comme une invalide ! A croire que ça vous ferait plaisir de me promener dans le fauteuil de Jordan...

Elle se tut brusquement et se détourna pour essuyer une larme.

— Ne pleurez pas, Addie, dit Angela en posant doucement la main sur son épaule. Quoi qu'il ait pu faire, vous l'aimiez. Et il vous aimait aussi, à sa manière.

Addie secoua la tête.

— Non, plus à la fin... Mais c'est ma faute, j'aurais dû lui laisser plus de liberté, plus d'indépendance. Il m'en voulait d'être toujours derrière lui. C'est peut-être pour cela que...

— Il m'a sauvé la vie, Addie. La balle qui l'a tué, c'est à moi qu'elle était destinée.

— Peut-être que ce geste rachète tout le reste ? Je ne sais pas, je l'espère...

La vieille dame prit une profonde inspiration et se tourna vers Clint en se forçant à sourire.

— Alors comme ça, vous allez passer votre lune de miel à la ferme ? En voilà une idée !

— Ce n'est pas un palace, mais c'est là que tout a commencé.

— Oui, c'est vrai... Bon, eh bien, je crois que je ferais mieux de rentrer.

Gabriel approcha la voiture et la vieille dame commença de descendre les marches de l'église. Elle s'arrêta à la troisième. Tout à coup, sa vie lui paraissait vide, aussi vide que la maison qui l'attendait.

— Passez me voir, de temps en temps, dit-elle en se retournant vers les nouveaux mariés. Vous serez toujours les bienvenus, vous savez.

Angela et Clint échangèrent un sourire.

— Si ça ne vous ennuie pas, nous pourrions peut-être vous faire plus qu'une simple visite, suggéra Clint.

— Tu veux dire...

— Nous ne pouvons pas la laisser toute seule dans cette grande maison, n'est-ce pas, Angela ?

— Je ne sais pas, c'est à elle de décider.

— Eh bien, c'est-à-dire... bredouilla Addie, les yeux brillants de larmes. Il faut reconnaître que, si je tombais vraiment malade, je me sentirais plus en sécurité. Mais attention, s'empressa-t-elle d'ajouter en pointant une ombrelle péremptoire, j'entends rester maître chez moi!

— Bien, madame, acquiescèrent-ils à l'unisson.

— Et pas question de me traiter comme un vieux légume!

— Comme si c'était notre habitude.

— On ne sait jamais, grommela Addie. Que chacun reste à sa place et...

— Et les cochons seront bien gardés! acheva Clint en riant.

Il lui offrit son bras pour aller jusqu'à la voiture et l'aida à monter.

— A la maison, Gabriel! lança-t-elle en claquant la portière. Je vais avoir du pain sur la planche pour installer ces deux tourtereaux.

Un grand sourire aux lèvres, Gabriel fit claquer les guides et la voiture s'ébranla.

Par la vitre, Addie regarda défiler les stèles du petit cimetière. La vue du carré de terre fraîchement retournée où reposait son fils lui déchira le cœur mais, comme son regard se portait vers la tombe de Dooley, un étrange sentiment de paix l'envahit.

L'amertume qui avait empoisonné sa vie l'avait enfin quittée.

Elle entrouvrit la portière de la voiture et jeta son ombrelle le plus loin qu'elle put. Quelque chose lui disait que, désormais, elle n'en aurait plus besoin!

Quand ils arrivèrent à la ferme, Angela s'arrêta pour cueillir un bouquet de marguerites dans le petit parterre qu'elle avait désherbé devant la véranda.

— Ce sont mes fleurs préférées, expliqua-t-elle à Clint. Tu sais pourquoi ?

— Non, dis-moi.

— Parce qu'on en trouve en toute saison. Les roses fleurissent en été, les jonquilles au printemps, mais on peut voir des marguerites même au cœur de l'hiver. C'est Dooley qui me l'a appris. Il disait que c'étaient les fleurs de l'amour, parce que comme l'amour, quand elles ont pris racine, rien ne peut les empêcher de fleurir...

Elle s'interrompit et posa un baiser sur les lèvres de Clint.

— C'était toi, mon « fantôme », n'est-ce pas ?

Le moment n'était peut-être pas des mieux choisis pour poser la question, mais elle avait besoin de savoir.

— Oui, soupira Clint. Je n'en suis pas très fier, mais je voyais le danger approcher et je me disais que la peur des fantômes réussirait peut-être où la raison avait échoué.

— Tu as bien vu que je n'en avais pas peur. Pourquoi as-tu recommencé ?

— Recommencé ?

— Tu sais bien, le soir où nous nous sommes retrouvés dans la grotte avec Jordan. Je me suis toujours demandé comment tu avais pu savoir qu'Addie avait besoin d'aide. En tout cas, heureusement que tu m'as envoyée chez elle, sans ça je n'aurais jamais appris qu'Hawkins avait laissé ce mot à ton bureau et tu serais tombé dans leur piège...

Elle s'interrompit brusquement.

— Clint ? Qu'est-ce qu'il y a ? Pourquoi me regardes-tu comme ça ?

Il la prit par les épaules et demanda d'une voix blanche :

— Où as-tu vu le « fantôme », ce soir-là ? Sous le vieux saule, comme la première fois ?

— Non, là-bas, près de la cascade.

Main dans la main, ils marchèrent jusque-là.

Ce fut Angela qui la vit la première. Une marguerite, toute seule, sur un rocher. Elle n'y avait pas poussé ; quelqu'un l'avait cueillie et piquée dans un creux de la pierre.

— Regarde ! s'écria Angela. On dirait qu'on l'a laissée là exprès pour nous !

— Peut-être Dooley, comme cadeau de mariage, répliqua Clint en souriant — mais son sourire était un peu forcé et sa voix tremblait.

Angela leva vers lui ses grands yeux d'un vert insondable.

— Je crois... je crois que c'est vraiment lui que j'ai vu ce fameux soir, tu sais.

— Peut-être, dit Clint en la prenant dans ses bras. Ou peut-être non... quelle importance ? Pour moi, tout ce qui compte, c'est notre amour.

— Puisse-t-il fleurir toujours, murmura Angela tandis qu'il se penchait pour l'embrasser.